W0410813

OSCAR
FABULA

LYSSA KAY ADAMS

THE *Bromance* BOOK CLUB

Traduzione di
Paola Molica

Titolo originale dell'opera: *The Bromance Book Club*

I edizione Oscar Fantastica febbraio 2024

ISBN 978-88-04-77684-0

Questo volume è stato stampato
presso ELCOGRAF S.p.A.
Stabilimento - Cles (TN)
Stampato in Italia. Printed in Italy

www.oscarmondadori.it

OSCARVAULT
OSCARMONDADORI VAULT
OSCAR VAULT è la community delle collane Oscar Fantastica, Fabula, Draghi e Ink

Questo libro è un'opera di fantasia. Personaggi e luoghi citati sono invenzioni dell'autore e hanno lo scopo di conferire veridicità alla narrazione. Qualsiasi analogia con fatti, luoghi e persone, vive o scomparse, è assolutamente casuale.

OSCAR
FABULA

Liber
in fabula

mondadori.it

THE Bromance BOOK CLUB

A mia nonna

Stavolta ce l'ho fatta
ad acchiappare il verme con la campana, vero?

CAPITOLO UNO

C'era un motivo se Gavin Scott non alzava quasi mai il gomito.

Era un pessimo bevitore.

Pessimo tipo "Sono caduto di faccia sulla moquette cercando di prendere la bottiglia". O tipo "Sono troppo ubriaco per orientarmi al buio, quindi tanto vale che me ne resto sul pavimento".

Ragion per cui non balzò in piedi quando Delray Hicks, suo migliore amico e compagno di squadra nei Nashville Legends, bussò alla porta della sua camera d'hotel, una situazione depressiva al quarto piano che gli ricordava di continuo che almeno a fare cazzate era un campione.

«È aperrrto» biascicò Gavin.

La porta si spalancò. Del fece scattare l'interruttore di un lampadario dalla luce accecante e subito sbottò in un'imprecazione. «Cazzo. Uomo a terra.» Si voltò e disse: «Aiutami».

Lui e un altro tale gigantesco avanzarono a passi pesanti verso l'amico e con le loro mani enormi lo afferrarono dalle spalle.

In un istante, Gavin si ritrovò con la schiena appoggiata al divano osceno incluso nel mobilio della camera. Il soffitto girava, così abbandonò la testa sui cuscini dietro di lui.

«Su.» Del gli diede qualche schiaffetto sulla guancia. «Sembra ancora vivo.»

Gavin inspirò e riuscì a sollevare il capo. Strizzò gli occhi un paio di volte, poi li stropicciò ficcandosi i palmi delle mani fin dentro le orbite. «Sono ubriaco.»

«Ma non mi dire» fece Del. «Cosa hai bevuto?»

Gavin alzò la mano per indicare la bottiglia di bourbon artigianale sul tavolino. Era il regalo che una distilleria locale aveva fatto a tutta la squadra per la fine del campionato poche settimane prima. Del sbottò di nuovo: «Ma dai, cazzo. Perché non ti sei tracannato direttamente l'alcool etilico?».

«Non ne avevo.»

«Prendo un po' d'acqua» disse l'altro tizio, che a giudicare dai lineamenti sfocati somigliava vagamente a Braden Mack, proprietario di diversi night club di Nashville, ma non aveva alcun senso. Perché avrebbe dovuto trovarsi lì? Si erano visti solo una volta a una partita di golf per una cosa di beneficenza. Da quando era amico di Del?

All'improvviso si presentò un terzo uomo, e questo Gavin lo riconobbe. Era uno dei suoi compagni, Yan Feliciano. «*¿Cómo es él?*»

"Come sta?" L'aveva capito. Assurdo, cazzo, quand'era ubriaco parlava spagnolo.

Del scosse la testa. «Ancora un cicchetto e si mette ad ascoltare Ed Sheeran.»

Gli venne il singhiozzo. «*No me gusta* Ed Sheeran.»

«Sta' zitto» disse Del.

«Quando sono spagnolo non balbetto.» Un altro singhiozzo. Accompagnato da un rigurgito acido, stavolta. «Quando sono ubriaco.»

Dopo aver imprecato, Yan chiese: «*¿Qué pasó?*».

«Thea vuole il divorzio» rispose Del.

Yan reagì con un verso di stupore. «Mia moglie mi ha raccontato che girava voce avessero dei problemi, ma non ci ho creduto.»

«Crrrecidi.» Con un lamento, Gavin abbandonò di nuovo la testa sul divano. Il *divorzio*. La donna che aveva sposato tre anni prima, la madre delle sue gemelline, quella che gli aveva fatto capire che esisteva davvero l'amore a prima vista, non voleva più vederlo. E l'unico colpevole era lui.

«Tieni, bevi questo» disse Del, passandogli una bottiglia d'acqua. Poi, rivolgendosi a Yan: «Sta qui da due settimane».

«Mi ha buttato fuori» disse Gavin, lasciando cadere la bottiglia ancora sigillata.

«Perché ti comportavi di merda.»

«Lo so.»

Del scosse la testa. «Io ti avevo avvisato.»

«Lo so.»

«Te l'avevo detto che si sarebbe rotta le palle se tu non avessi cominciato a tirare fuori le tue.»

«Lo so.» Stavolta Gavin lo disse ringhiando e alzando la testa. Troppa fretta. Aveva avuto troppa fretta. Un'ondata di nausea lo avvertì che il bourbon stava per fiondarsi verso l'uscita più vicina. Deglutì e fece un bel respiro, però, oh merda... Sentì la fronte e le ascelle inondate dal sudore.

«Oh cazzo, sta diventando verde!» gridò forse-Braden-Mack.

Mani gigantesche lo afferrarono di nuovo e lo costrinsero

a mettersi in piedi. Riusciva a malapena a toccare il pavimento mentre Del e pareva-proprio-Mack lo trascinavano in bagno. Arrancando, Gavin raggiunse il water, e proprio in quell'istante sparò fuori dalla bocca una roba dello stesso colore delle pessime decisioni. Mack ebbe un conato e se la diede a gambe lanciando improperi. Del rimase, nonostante Gavin continuasse a vomitare emettendo i grugniti di una tennista che assesta un colpo.

«Tu certa roba non la reggi» disse Del.

«Sto morendo» farfugliò Gavin, cadendo in ginocchio.

«Non stai morendo.»

«Allora ponete fine alla mia sofferensha.»

«Fidati, sono quasi tentato.»

Gavin si lasciò andare all'indietro e appoggiò le spalle alla parete beige del bagno. Sbatté col ginocchio sulla vasca beige, nascosta dietro una tenda di plastica altrettanto beige. Guadagnava 15 milioni di dollari all'anno ed era finito in un posto più orrendo delle bettole in cui alloggiava quand'era dilettante. Poteva permettersi molto di meglio, ma era la sua punizione. Autoimposta. Aveva lasciato che il suo orgoglio rovinasse la cosa più bella della sua vita.

Del tirò lo sciacquone e abbassò la tavoletta. Se ne andò per tornare un attimo dopo con la bottiglia d'acqua. «Bevi. Stavolta è un ordine.»

Gavin la aprì e ne fece fuori metà. Dopo qualche minuto, la stanza smise di girare. «Che ci fanno qui?»

«Ci arriverai.» Del si sedette sul water chiuso e si chinò in avanti, appoggiando i gomiti sulle ginocchia. «Stai bene?»

«No.» Un nodo gli serrò la gola. "Cazzo." Stava per scoppiare davanti a Del. Strizzò gli occhi e si piantò il polpastrello del pollice in mezzo alle sopracciglia.

«Piangi, lasciati andare» gli disse Del, assestandogli qualche colpetto al piede con la punta di una delle sneakers. «Non c'è nulla di cui vergognarsi.»

Gavin abbandonò di nuovo la testa contro la parete mentre due lacrime gli rigavano le guance. «Non ci credo che l'ho persa.»

«Non la perderai.»

«Ma se v-v-vuole il divorzio, coglione.»

Del non batté ciglio sentendo la sua balbuzie. Nessuno della squadra ci faceva più caso, soprattutto perché Gavin non si sforzava più di nasconderla davanti ai compagni. Un altro punto della lunga lista di cose per cui era grato a Thea. Prima di conoscerla, si sentiva a disagio, e cercava di parlare il meno possibile anche in presenza di persone che gli erano familiari. Ma Thea era rimasta completamente impassibile la prima volta che le aveva balbettato davanti. Non aveva provato a completare la sua frase, né guardato altrove imbarazzata. Aveva atteso che gli venissero fuori le parole. Nessuno eccetto la sua famiglia lo aveva mai trattato come se non fosse solo un atleta imbranato e balbuziente.

Quindi era stato molto peggio di un tradimento quando un mese prima aveva scoperto la menzogna della moglie. Perché questo era per lui: una menzogna.

Thea aveva finto a letto per tutta la durata del loro matrimonio.

«Ti ha detto proprio così?» gli domandò Del. «O ha detto che pensa sia arrivato il momento di considerare il divorzio?»

«Che cazzo di differenza fa?»

«Nel primo caso, per lei è finita. Nel secondo, magari hai ancora una chance.»

Gavin scosse distrattamente la testa appoggiata al muro, in

segno di disaccordo. «Altro che chance… Non l'hai sentita. Mi sembrava di parlare con una sconosciuta.»

Del si alzò in piedi e ora torreggiava su di lui. «Intendi lottare per il tuo matrimonio?»

«Sì.» Dio, sì. Non c'era cosa che voleva di più.

Merda, di nuovo quel nodo in gola.

«Cosa sei disposto a fare?»

«Tutto.»

«Dici sul serio?»

«M-m-ma che è 'sta stronzata? Certo che dico sul serio.»

«Bene.» Del gli porse la mano. «Avanti, allora.»

Gavin si lasciò aiutare a mettersi in piedi e seguì l'altro fuori dal bagno. Gli sembrava di pesare una tonnellata mentre arrancava fino al divano per poi crollarci sopra.

«Ma che bel posticino, Scott» disse Mack, sbucando dall'angolo cottura. Si strofinò una mela verde sulla spalla e le diede un morso sonoro e deciso.

«Quella è mia» brontolò Gavin.

«Non la stavi mica mangiando.»

«L'avrei mangiata dopo.»

«Certo, dopo esserti scolato pure il fondo della bottiglia.»

Gavin gli mostrò il dito medio.

«Vedi di smetterla» ordinò Del a Mack. «Ci siamo passati tutti.»

Un attimo. Cioè? Di che stava parlando?

Yan pretese di sedersi all'altro capo del divano e piantò gli stivali da cowboy sul tavolino. Mack appoggiò le spalle al muro.

Del li guardò. «Che ne pensate?»

Mack diede un altro morso alla mela e con la bocca piena disse: «Non lo so. Secondo te ce la fa?».

Gavin si passò una mano su tutta la faccia. Gli parve di essere finito in un film. Di quelli brutti. «Per favore, mi spiegate c-che state dicendo?»

Del incrociò le braccia. «Vogliamo salvare il tuo matrimonio.»

Gavin ridacchiò, ma i sei occhi che lo fissavano sembravano seri. Poi mugolò. «Sono nella merda.»

«Hai detto che faresti di tutto per riconquistare Thea» gli disse Del.

«Sì» borbottò lui.

«Allora devi dire la verità.»

Gavin si irrigidì. Del si chinò fino ad appoggiarsi sul tavolino, che sembrò protestare, schiacciato da quell'armadio alto un metro e novantacinque.

«Raccontaci cos'è successo.»

«Ve l'ho detto. Ha...»

«Non sto parlando di stasera. *Cos'è successo?*»

Gavin lanciò un'occhiata a tutti e tre. Anche se Yan e Mack-ladro-di-mele non fossero stati lì, non avrebbe fiatato. Era troppo umiliante. Già era terribile dover ammettere di non riuscire a soddisfare sua moglie, ma confessare anche la straordinaria minchioneria per cui aveva dato di matto, era andato a dormire nella camera degli ospiti e aveva deciso di punirla con lo sciopero della parola, rifiutandosi di ascoltare qualsiasi spiegazione perché il suo ego del cazzo era troppo fragile per accettare il fatto? Ecco, no. Preferiva tenerselo per sé, ma grazie comunque.

«Non ve lo posso dire» mugugnò alla fine.

«E perché?»

«È una cosa privata.»

«Si tratta del tuo matrimonio. Certo che è privata» replicò Del.

«Sì, ma è troppo...»

Mack lo interruppe con un verso scocciato. «Ti sta chiedendo se l'hai tradita, pezzo di coglione.»

Gavin ruotò la testa verso Del. «È questo che pensi? Pensi sul serio che la tradirei?» La sola idea gli fece venire voglia di inginocchiarsi di nuovo in bagno ed espellere gli ultimi rimasugli della sua cena liquida.

«No» disse Del. «Ma è giusto chiedere. È una regola. Noi non aiutiamo gli infedeli.»

«Ma noi chi? Di che parli?»

«Ieri sera ti sembrava una sconosciuta» gli ricordò Del. «Ti è mai venuto in mente che magari lei è una sconosciuta?»

Gavin lo fulminò con uno sguardo alla "che cazzo stai dicendo".

«In una coppia sposata chiunque prima o poi diventa uno sconosciuto agli occhi dell'altro. Gli esseri umani sono in continua evoluzione, e non cambiamo tutti allo stesso ritmo. Chi lo sa quante persone avranno divorziato solo per non aver capito che i problemi a loro dire insormontabili erano in realtà una semplice fase?» Del allargò le braccia. «Ma insomma, voi due? È già un miracolo che siate riusciti a conoscervi un minimo.»

«È il tuo modo di c-c-consolarmi?»

«Per quanto vi siete frequentati? Quattro mesi, prima che rimanesse incinta?»

«Tre.»

Mack fece un colpo di tosse, il cui suono ricordò la parola "inguaiata".

«Esatto» proseguì Del. «E di botto, vi fate prendere dal ghiribizzo e vi andate a sposare al municipio, e prima ancora della nascita delle gemelle ti convocano in serie A? Avanti, Gavin, sei stato sempre in giro da quando vi siete sposati, mentre lei è rimasta a crescere le bambine praticamente da sola in una città che non conosceva. Credi davvero che dopo tutto questo sia rimasta la stessa?»

No, però non era quello il problema con Thea, dannazione. Certo, era cambiata. E anche lui. Ma erano due bravi genitori, ed erano felici. Almeno, lui pensava che fossero felici.

Del fece spallucce e si alzò in piedi. «Senti, dico solo che col lavoro che facciamo è dura pure per le coppie che si frequentano per anni e sanno perfettamente in cosa si stanno andando a cacciare quando si sposano. Ma voi due vi siete buttati a capofitto e senza paracadute. Nessun matrimonio ne uscirebbe tutto intero, neanche nel migliore dei casi. Non senza una mano d'aiuto.»

«È un pochino tardi per la terapia di coppia.»

«No, invece. Ma comunque non sto parlando di questo.»

«E di che cazzo stai parlando, allora?»

Anziché assecondarlo, Del scambiò di nuovo un'occhiata con Yan e Mack. «Quindi?»

«Io dico di sì» fece Yan. «Se non li facciamo tornare insieme, possiamo dirgli addio per la prossima stagione.»

Mack scrollò le spalle. «Per me va bene, almeno si tira fuori di qui. Cioè, dai...» Con un gesto plateale, richiamò l'attenzione sulla stanza in cui si trovavano.

Gavin si accasciò in direzione di Yan. «Come si dice "vai a farti fottere" in spagnolo?»

Mack diede l'ultimo morso alla mela e si buttò il torsolo alle spalle. Finì con estrema precisione dentro al lavandino. Gavin lo odiò con tutto se stesso. «Quella mela me l'avevano data le mie figlie.»

«Ops...»

«Ascolta» disse Del, «dormici su. Domani sera ci vediamo per la tua prima seduta ufficiale.»

«Prima seduta ufficiale di cosa?»

«Della soluzione a tutti i tuoi problemi.»

Lo fissarono come se quella fosse stata una spiegazione esaustiva. «Abbiamo finito?»

«Un'altra cosa» disse Del. «Costi quel che costi, non devi vedere tua moglie.»

CAPITOLO DUE

Niente al mondo ha la forza di una brava donna che ne ha fin sopra i capelli.

Di tutte le perle di saggezza popolare che la nonna le aveva insegnato negli anni, Thea Scott sperava che almeno quella fosse vera perché, porca vacca, quel martello pesava una tonnellata. Quattro tentativi per colpire il punto preciso, e tutto quello che aveva ottenuto era un graffietto sulla parete e una bella contrattura alla schiena. Ma non c'era verso, Thea non aveva intenzione di mollare. Abitavano in quella casa da tre anni, e da tre anni lei fantasticava di abbattere quel muro.

Dopo aver assistito al crollo definitivo del suo matrimonio il giorno prima, le sembrava giusto che ora toccasse al muro.

E poi, aveva un bisogno folle, disperato di prendere a martellate qualcosa.

Emise un verso strozzato e caricò un altro colpo. Finalmente, la testa in acciaio produsse un bel tonfo e fece un buco. Thea lanciò un urlo di vittoria, estrasse l'attrezzo e infilò la faccia nella sua opera d'arte. Riusciva quasi a sentire la luce dall'altra parte che aspettava solo di evadere da quella prigione non esageratamente beige. Ma poi, a chi è che era venuto in mente di mettere una parete lì? Quale architetto in tutta coscienza aveva separato il soggiorno dalla sala da pranzo, impedendo a quella luce magnifica di scendere giù per le scale?

Thea prese di nuovo lo slancio, e un secondo buco affiancò il primo. Un pezzo di cartongesso cadde ai suoi piedi, alzando un vortice di polvere che le si depositò sulle braccia.

Porca miseria, che bella sensazione.

Ansimante per lo sforzo, Thea lasciò cadere il martello sul telo di plastica che aveva comprato per proteggere il parquet. Mentre si massaggiava la spalla con una mano, si voltò e diede un'occhiata al soggiorno. Sì, proprio là. Accanto alle porte a vetri che davano sul cortile. Era il punto ideale per il suo cavalletto e le sue tempere. Un giorno, dopo la laurea, magari si sarebbe presa uno studio. Ma per il momento le sarebbe bastato ricominciare a dipingere. Non aveva più toccato una tela da quando erano nate le bambine. Ormai la sua più grande impresa creativa era colorare le magliette per far sembrare che le macchie fossero lì di proposito.

Ci aveva provato a farselo piacere, il muro. Ci aveva piazzato delle foto di famiglia creando uno strano gioco di forme con le cornici. Appeso disegni e lavoretti delle figlie. Fissato la mazza da baseball di Gavin dei tempi del liceo. Sempre convinta che un giorno avrebbe risolto il problema. Un giorno l'avrebbe tinteggiato con un colore più acceso. O magari ci avrebbe messo delle mensole. Oppure l'avrebbe semplicemente scaraventato a terra per ricominciare daccapo.

Thea aveva capito che il fatidico giorno era arrivato nello stesso istante in cui quella mattina si era svegliata, con gli occhi ancora gonfi per un momento no nel bel mezzo della notte durante il quale era andata a piangere in bagno, tappandosi la bocca per attutire i singhiozzi.

Versare lacrime era inutile. I rimorsi non le servivano a ricominciare. Per andare avanti, doveva scontrarsi contro il muro che le impediva di farlo.

Letteralmente.

Quindi, dopo la colazione, Thea aveva mandato le bambine a scuola di danza con sua sorella, che stava da lei da quando Gavin se n'era andato. Poi, riesumata la vecchia tuta da lavoro, era andata in macchina fino al ferramenta di zona, e aveva comprato il martello.

«Sa come si usa?» le aveva chiesto l'uomo al bancone. Il suo sopracciglio inarcato gridava *mansplaining*.

Thea aveva abbozzato una smorfia che aveva la parvenza di un sorriso. «Sì.»

«Quando tiene il manico, la mano destra va sotto, a meno che non sia mancina.»

«Sì, capito» aveva risposto infilandosi il resto in tasca.

Il tizio si era afferrato le bretelle. «Cosa deve abbattere?»

«Il sistema patriarcale.»

Quello l'aveva guardata perplesso.

«Un muro.»

«Prima si accerti che non sia portante.»

Il bisogno di prendere a martellate qualcosa montò di nuovo, scatenandosi come un *flame* su Twitter. Thea issò l'attrezzo portandoselo sulla spalla, ma proprio mentre prendeva lo slancio, la porta d'ingresso si spalancò. Le bambine entrarono di corsa, coi loro tutù svolazzanti sui minuscoli collant rosa e le code di cavallo bionde che dondolavano all'unisono. Butter Ball, il golden retriever di casa, le seguiva paziente, come una tata a quattro zampe. Liv, la sorella di Thea, chiudeva la fila reggendo il guinzaglio.

«Mamma, che fai?» chiese Amelia fermandosi di scatto; nella sua vocina si percepivano al contempo stupore e apprensione. Thea non poteva biasimarla. Probabilmente la mamma in quel momento era irriconoscibile.

«Sto abbattendo un muro» rispose lei, con voce tranquilla.

«Oh, ottimo» disse Liv, sfregandosi le mani. «Ora mi ci metto anch'io.» Lasciò il guinzaglio di Butter, attraversò la stanza e si allungò verso il martello. «Posso immaginare che sia la sua faccia?»

«Liv» la ammonì pacatamente Thea. Sapeva che sua sorella non avrebbe mai insultato volontariamente Gavin davanti alle bambine. Come lei, aveva imparato a sue spese che quando uno dei genitori offende l'altro gli unici a soffrire sono i figli. Ma a volte la lingua di Liv era incontrollabile. Tipo in quel momento.

«La faccia di chi, zia Livvie?» chiese Amelia.

Thea le lanciò uno sguardo alla "te l'avevo detto".

«Del mio capo» disse prontamente Liv. Lavorava per un famosissimo chef dispotico di un noto ristorante di Nashville. Se ne lamentava così tanto che le bambine presero per buona la risposta.

«Possiamo farlo anche noi?» chiese Amelia.

«È pericoloso, è una cosa da grandi» disse Thea. «Ma potete guardarci.»

Liv prese un bello slancio con un grido stile Tarzan e fece cadere un altro pezzo di cartongesso sul pavimento. Le bambine esultarono e si misero a saltellare. Ava urlò di gioia e si esibì in un calcio da karateka. Amelia cercò di fare la ruota. In soggiorno si erano ufficialmente aperte le danze.

«Caspita, che bella sensazione» disse Liv mentre restituiva il martello a Thea. «Ci serve della musica.»

Mentre Thea caricava nuovamente in spalla l'attrezzo, Liv tirò fuori il cellulare, passò le dita sullo schermo un paio di volte, e dalle casse Bluetooth di tutta la casa risuonò Aretha Franklin che pretendeva un po' di rispetto cantando *R-E-S-P-E-C-T*.

Liv afferrò la mazza da baseball di Gavin che stava sul pavimento, e reggendola a mo' di microfono cominciò a cantare il pezzo a squarciagola. Quando le tese la mano, Thea si unì a lei per fare contente le bambine, che ridevano come se quel concerto improvvisato fosse la cosa più buffa che avessero mai visto.

E in quel momento Thea e Liv tornarono adolescenti, a cantare come se non ci fosse un domani nella loro cameretta striminzita a casa della nonna. Fu allora, mentre la madre se n'era andata alla ricerca di se stessa, tutta presa dalla rabbia e dalla questione alimenti, e il padre era troppo occupato a tradire la moglie numero due per stare dietro alle figlie, che impararono a memoria le canzoni di P!nk e giurarono che non si sarebbero mai fidate di un uomo, che non sarebbero mai state deboli come la madre o egoiste come il padre, e che si sarebbero sempre protette a vicenda.

Loro due contro il resto del mondo. Per sempre.

Ed eccole di nuovo lì. Ma stavolta Thea non doveva proteggere solo la sorella minore. C'erano anche le bambine. E le avrebbe protette a qualsiasi costo. Non avrebbero mai saputo cosa voleva dire crescere circondate dalla tensione o come pedine in mano a due genitori in guerra.

Improvvisamente, le emozioni presero il sopravvento e Thea avvertì un bruciore agli occhi e una fitta al petto. Le parole della canzone le morirono in gola bloccate da un grosso nodo. Si allontanò in fretta e furia dalle figlie per asciugarsi il viso.

Liv le resse il gioco in quattro e quattr'otto. «Allora, ragazze. Correte di sopra a cambiarvi, okay? Chi arriva prima alle scale sceglie il film di stasera.»

Quella sfida spinse le bambine a scapicollarsi verso i gradini. Pochi secondi, e finì la canzone.

«Tutto bene?» chiese Liv.

Il groppo in gola non le permetteva di parlare. «E se ormai le avessi segnate per sempre?»

«No che non l'hai fatto» rispose Liv decisa. «Sei la mamma migliore che conosca.»

«L'unica cosa che volevo, che ho sempre voluto, era dare a loro la vita che non abbiamo vissuto noi. Farle sentire serene, al sicuro e...»

La sorella la afferrò per le spalle e la costrinse a guardarla in faccia. «È stato lui ad andarsene.»

«Sì, perché gliel'ho detto io.» Non riusciva più a sopportare quel gelo artico, dopo quasi un mese durante il quale lui le aveva negato la parola e si era trasferito assieme al suo broncio nella camera degli ospiti. Due bambine in casa le bastavano.

«E lui non vedeva l'ora» puntualizzò Liv.

Non aveva torto. Eppure, il senso di colpa si faceva sentire come un tarlo. C'erano cose che sua sorella non sapeva. Gavin aveva sbagliato a reagire in quel modo quando aveva scoperto che Thea a letto fingeva, ma lei non avrebbe dovuto rivelarglielo in quel modo. «Servono due persone per mandare a monte un rapporto.»

Liv inclinò la testa. «Certo, ma sono tua sorella, e quindi sono biologicamente predisposta a schierarmi dalla tua parte.»

Restarono a guardarsi, e in cuor loro tutt'e due ringraziarono ancora una volta Dio per avere almeno una persona su cui poter contare.

Un tempo Thea pensava di avere anche Gavin.

Mannaggia a lui! Thea caricò un altro colpo di martello. Ora doveva fare affidamento solo sulle proprie forze. Doveva ripartire da dove era rimasta, quando aveva messo tutto da parte per lui e per la sua carriera sportiva. Doveva tornare a onorare le promesse che lei e Liv si erano fatte tanti e tanti anni prima.

Prese lo slancio, ed ecco che apparve un altro buco nel muro.

Liv rise. «Non sono più l'unica a immaginarmi la sua faccia, vero?»

«No» ringhiò Thea mentre si preparava per un'altra martellata.

«Brava. Sfogati. Sei una donna con la D maiuscola che non ha certo bisogno di un uomo.»

Dalle casse risuonava la voce arrabbiata di Taylor Swift, che parlava di certe foto da bruciare.

Liv raccolse di nuovo la mazza da baseball di Gavin. «Occhio che arrivo.»

«Aspetta! È la sua preferita!»

«Se la voleva, doveva portarsela via.»

Thea si accovacciò mentre Liv si portava la mazza sulla spalla. Quando colpì il cartongesso, si udì un botto fortissimo.

Thea lasciò cadere il martello e strappò la mazza dalle mani della sorella. «Non la possiamo rompere.»

«È solo una mazza da baseball.»

«Ci ha vinto le nazionali scolastiche, con questa.»

Liv alzò gli occhi al cielo. «Gli uomini e le loro mazze.»

«Per lui è importante» disse Thea.

«E non è questo il problema?» sbottò Liv. «Per lui il baseball è sempre stato più importante di te.»

«Non è vero.» La voce grave e improvvisa di Gavin le fece girare entrambe di scatto.

Era lì a tre metri da loro, come se quella conversazione l'avesse evocato dal nulla. Abbaiando, quel traditore di Butter trotterellò scodinzolante verso di lui.

Thea guardò Gavin che posava una mano sulla testa di Butter per grattargli distrattamente le orecchie, e un brivido le attraversò tutto il corpo. Indossava un paio di jeans sbiaditi e una maglia grigia a tinta unita. I suoi capelli umidi avevano una forma strana, come se fosse uscito di corsa dalla doccia e si fosse limitato a passarsi un asciugamano in testa. Aveva gli occhi nocciola cerchiati e arrossati. Una barbetta biondo scuro di almeno due giorni gli scuriva mento e guance.

E riusciva comunque a essere ingiustamente e irresistibilmente sensuale.

Liv abbassò la musica e incrociò le braccia. «E ora che vuoi, stronzo?»

«Liv» tornò ad ammonirla Thea. Poi si rivolse a Gavin: «Non abiti più qui, Gavin. Non puoi fare queste improvvisate».

Lui indicò con un cenno la porta alle sue spalle. «Ho bussato.» Balzava con lo sguardo tra la parete in via di demolizione e il martello sul pavimento. «Cosa… cosa state facendo?»

«Abbattiamo il muro.»

«Questo lo vedo» disse Gavin con tono incerto. «E per quale motivo?»

«Perché io questo muro lo odio.»

Si accigliò. «Quella è la mia mazza?»

Una sensazione di rabbia bruciante si fece strada dentro di lei, riducendo in cenere il suo buonsenso. «Già. Funziona benissimo.» Si voltò e colpì la parete con la mazza.

Istintivamente, Gavin si accovacciò.

«Lì voglio metterci il cavalletto» disse Thea. Un altro colpo di mazza. «Questo muro inutile blocca tutta la luce migliore.»

«Forse avremmo dovuto parlarne prima che...» Gavin sussultò quando Thea diede una terza mazzata al muro.

«Forse avremmo dovuto parlare di un sacco di cose» sbottò Thea, allontanandosi dalla parete. Si asciugò una goccia di sudore che le bagnava la fronte.

All'improvviso, dalle scale si udì un gridolino che li interruppe. «Papà!» Amelia saltò l'ultimo gradino e si fiondò verso Gavin. Gli strinse le gambe in un abbraccio. «Mamma sta abbattendo il muro!» Rise e protese le mani per essere sollevata.

Gavin, che non smetteva di fissare Thea con fare preoccupato, la accontentò. La bimba inclinò subito la testa: «Stai male, papà?».

«Oh, no, tesoro» disse lui. «È solo che ho dormito maluccio stanotte.» Le baciò la guancia. «Che profumo di sciroppo! La mamma vi ha fatto i pancake del sabato per colazione?»

«Sì, con le gocce di cioccolato!» In realtà disse "gozze di ccolato".

Gavin e Thea si scambiarono un'occhiata, e per un attimo svestirono i panni della guerra per diventare solo genitori. Da mesi Amelia mostrava segni di un difetto di pronuncia, e Gavin temeva fosse il preludio di un problema permanente come il suo. Thea gli concesse un sorriso gentile. «È solo un difettuccio» disse a bassa voce.

Gavin allungò l'altro braccio verso Ava, che si era trascinata lentamente dietro sua sorella. «Ciao, mocciosetta.»

Anziché raggiungerlo, Ava andò a mettersi accanto a Thea. Quell'istintivo gesto di protezione da parte della figlia le spezzò il cuore, che si fece in frantumi quando la piccola sollevò il mento con aria audace e annunciò: «La mamma ha pianto».

Oh, no. Da quando Gavin se n'era andato, Ava si infilava nel lettone nel bel mezzo della notte. Si era accorta di quando era sgattaiolata in bagno? Non voleva assolutamente che le bambine la sentissero piangere.

Lui deglutì a fatica. Scrutò la faccia di Thea come se non l'avesse mai vista prima, soffermandosi sulle lentiggini e le imperfezioni che stavolta non si era nascosta col trucco, per poi tornare a guardarla negli occhi. Thea arrossì sotto il peso dei suoi. Cosa aveva da guardare in quel modo?

«Usciamo con Butter?» chiese Amelia. Portare il cane a passeggio nel quartiere era il loro rito. O, almeno, lo era stato finché Gavin aveva vissuto in quella casa.

«Un'altra volta, amore» disse lui. «Devo parlare con la mamma.»

Amelia fece una faccia imbronciata, una nuova tecnica devastante ed efficacissima che aveva scoperto da poco. Gavin esitò, e Thea provò quasi tenerezza a guardarlo. «Lunedì verrò allo spettacolo a scuola» disse lui. «Magari usciamo con Butter quando torniamo?»

«Ce le porto io a fare un giro» disse Liv, col tono di voce impostato sul "vaffanculo".

Mentre Butter si esibiva nel suo balletto davanti alla porta, Liv gli riattaccò il guinzaglio e aiutò le bambine a mettere il cappotto. Dopo essere uscita, fece di nuovo capolino nella stanza: «Non metterci troppo. Dobbiamo lavorare al tuo profilo su quel sito di incontri».

La porta si chiuse di schianto.

Gavin fece un verso indecifrabile.

Thea sorrise di sottecchi.

«Non rispondi al telefono» disse Gavin non appena fu certo che le bambine non potessero sentirlo.

«Stanotte mi si è scaricata la batteria. Non mi andava di metterlo in carica.»

Le si avvicinò, e il suo sguardo si addolcì, preoccupato. «Stai bene?»

Thea finse di non sentire il cuore che giocava a ping pong. «Non sono io che puzzo come se avessi passato la notte in una botte di whiskey.»

«Ieri mi sono ubriacato.»

Thea si voltò verso il muro, pronta a colpire ancora. «Hai festeggiato la libertà?»

«Se è questo che credi, la cazzata che ho fatto è più grossa di quanto pensassi.»

L'infrangersi della mazza contro la parete stavolta non fu poi così soddisfacente. «E questo è un bel problema, Gavin, perché la cazzata che hai fatto è proprio gigantesca.»

Non volle contraddirla. «Davvero ti stai iscrivendo a un sito di incontri?»

«Oddio, no.» Thea ridacchiò, passandosi una mano sulla fronte. «È l'ultima cosa di cui ho bisogno.» Un altro uomo? Altre promesse a cui non credere? No, grazie.

Gavin annuì, e il suo viso si distese, sollevato.

«Se sei passato a prendere qualcosa, sbrigati, le bambine non ne avranno per molto.»

«Non sono passato a prendere nulla.»

«E allora?»

«V-v-v...»

Osservando Gavin che lottava contro i muscoli della sua stessa gola, la partita a ping pong nel petto di Thea riprese.

Finalmente sputò fuori la frase intera. «Volevo parlare.»

«Non abbiamo nient'altro da dirci.»

«Ti prego, Thea.» Maledetto il cuore e la sua racchetta.

«Va bene.» Thea gli porse la mazza in malo modo e si diresse verso la cucina. Gli voltò le spalle per riempirsi un bicchiere d'acqua dal rubinetto e si mise a studiare in silenzio e fremente di rabbia l'enorme calendario magnetico che occupava un quadrato di oltre un metro sulla parete accanto al frigo. A Thea un tempo piaceva essere impulsiva e disorganizzata, ma ora viveva ogni singolo secondo in base a quel centro di controllo multicolore mediante il quale pianificava ogni dettaglio della loro esistenza: scuola di danza, visite dal dentista, menu dei pasti, aiuto all'asilo e in rosso, a segnalare l'allerta livello SE TE LO DIMENTICHI SONO AFFARACCI TUOI, il promemoria di trovare i collant preferiti di Ava per lo spettacolo di lunedì a scuola.

Un tempo il calendario era anche pieno di cene sociali e di beneficenza, vista la sua appartenenza alle FEM – fidanzate e mogli – dei Nashville Legends, ma da quando la voce dei problemi tra lei e Gavin aveva cominciato a girare, molte delle fidanzate e mogli di cui sopra avevano iniziato a starle alla larga. L'ultima volta non l'avevano nemmeno invitata al loro stupido ricevimento mensile, ancora prima che lei chiedesse il divorzio.

Non si era mai sentita a suo agio, comunque, per quanto ci provasse. Quando era con loro, Thea non riusciva a scrollarsi di dosso la sensazione di essere sempre e per sempre "quella lì" –, quella che secondo tutte si era fatta mettere incinta apposta per accaparrarsi uno sportivo ricco e famoso.

Come potevano sapere quelle donne che Thea non si sarebbe mai sposata per i soldi. Sin da bambina aveva visto coi suoi occhi come il denaro fosse in grado di corrodere e avvelenare ogni cosa.

No. Aveva sposato Gavin per amore.

Ma col senno di poi, forse sarebbe stato meglio sposarlo per i soldi.

Thea era completamente impreparata alla vita da baseball lady. Essere una FEM dei Legends comportava una certa celebrità e una serie di responsabilità. Tra gli eventi di beneficenza e le ospitate promozionali, era come essere stata trascinata in una confraternita femminile di cui non gliene poteva fregare di meno. Non che avesse nulla contro le confraternite. Al college aveva persino fatto parte di un collettivo pseudoartistico di studentesse di teatro, musica e studi femministi che manifestavano contro i tagli ai consultori femminili.

Ma questa confraternita era diversa. Questa esigeva asservimento e obbedienza assoluta – principi esattamente opposti a quelli per cui Thea un tempo si batteva. Aveva anche dovuto cavarsela da sola con due gemelline perché Gavin passava più tempo fuori che a casa. E in mezzo a tutta questa situazione, a un certo punto si era persa e non si riconosceva più. Come l'avevano descritta quelli del "Southern Lifestyle" in quell'articolo sui campioni del Tennessee e le rispettive famiglie? "Di un genuino color pastello." Fine. E avevano ragione. Tutto il suo guardaroba era firmato Lilly Pulitzer, un monumento ambulante allo zucchero filato. Prima andava in giro con magliette vintage dei Depeche Mode e Converse nere, Dio santo. Quell'articolo era stato come una secchiata d'acqua gelida sulla testa. Una sveglia. A poco a poco si era resa conto di essere diventata tutto ciò che in passato detestava. E Gavin non si era accorto e non si era minimamente preoccupato del fatto che si fosse trasformata in una specie di versione edulcorata di se stessa.

O peggio, la preferiva così.

Finalmente, quando lui si schiarì la voce, Thea si voltò. I cerchi scuri sotto ai suoi occhi erano ancora più evidenti alla luce della cucina, come lividi gemelli. Aveva veramente un aspetto orribile. Gavin non era bravo a reggere. E Thea non si riferiva solo agli alcolici.

Fece scivolare il bicchiere verso di lui sull'isola al centro della stanza. «Vuoi un'aspirina?»

«Già presa.»

«Inutile?»

«Più o meno.» Abbozzò un mezzo sorriso. Stringeva in mano il bicchiere che lei gli aveva appena passato, strofinando il pollice su e giù sulla condensa. Per Thea fu impossibile respingere l'improvvisa bramosia che le provocò quel gesto, e che le faceva male in certi punti solleticandogliene altri. Le cose erano due: o era arrivata a un livello di disperazione tale che povera lei, oppure aveva un bisogno d'affetto estremo, se la vista di un pollice che accarezzava distrattamente un bicchiere d'acqua le mandava in subbuglio le parti intime. Non l'aveva più toccata da quella sera: la sera dell'orgas-NO. Ma al di là di quello che credeva lui, a lei era sempre piaciuto il modo in cui la toccava. Quello non era mai stato finto.

Mannaggia a lui. «Voglio rimanere in questa casa.»

Gavin inclinò il capo come se non l'avesse sentita bene. Come fanno i cani. «C-cosa?»

«Lo so che ti sto chiedendo tanto, ma non mi servirà chissà

che mantenimento se tu continui a pagare il mutuo. Ovviamente io andrò al lavoro, ma...»

Gavin si liberò del bicchiere. «Thea...»

«Liv e io avremmo avuto una vita più facile se nostro padre non avesse venduto la casa dopo aver lasciato nostra madre. E dato che questo è l'unico posto in cui le bambine hanno vissuto...» Un nodo le chiuse la gola. Inspirò per dissimularlo. «Dobbiamo dirglielo insieme. Non so quando sia meglio farlo, però. Prima delle vacanze? Dopo? Non ne ho idea. Non sono nemmeno sicura che lo capiranno. Pensano ancora che tu sia in giro a giocare a baseball, ma non reggerà a lungo...»

«Thea, basta!»

Scandì le parole con un tono insolito e stridente. Thea sussultò. «Basta cosa?»

«Non è quello che voglio.»

«La casa?»

«No! Cazzo!» Si passò le mani tra i capelli. «Cioè, sì. Voglio la casa. V-v-voglio te e le bambine dentro questa casa.»

«Non ti capisco.»

«Voglio te!»

Thea spalancò la bocca. La sorpresa la lasciò un attimo senza parole prima che il cinismo gliele restituisse. «Basta, Gavin. Ormai è troppo tardi.»

Gavin strinse i bordi del bancone fino a farsi gonfiare le vene sui grossi avambracci.

«No, non è vero.»

«È meglio ora, dato che le bambine sono ancora piccole e non ricorderanno...» Non riuscì a finire la frase per il groppo che le chiuse la gola. Non aveva tempo per queste stronzate sentimentali.

Gavin corrucciò il viso. «Cosa? Che i loro genitori sono stati sposati?»

«Preferisco che non se lo ricordino, anziché costringerle a soffrire per la loro famiglia allo scatafascio.»

«Allora teniamola unita la nostra famiglia.»

«L'hai mandata tu allo scatafascio quando te ne sei andato.»

«Ma mi hai cacciato tu, Thea!»

«E tu non vedevi l'ora.»

Aprì la bocca e la richiuse in un attimo prima di sbraitare: «Mi serviva del tempo per pensare».

«E ora hai tutto il tempo che ti serve.»

Gavin si piegò in avanti, si gettò coi gomiti sul ripiano dell'isola e si mise la testa tra le mani. «Non sta andando come v-volevo.»

Thea si allontanò dal bancone. «Ah, no? E come immaginavi che andasse, di preciso? Perché mi pare di capire che secondo te bastava che ti presentassi qui, e io ti avrei accolto con un sorriso facendo finta di niente. Sono andata avanti così per tre anni, Gavin. Ora basta.»

Tornò verso la parete. Aveva di nuovo voglia di dare mazzate.

«C-che significa?» domandò lui, tallonandola.

«Significa che gli orgasmi erano l'ultimo dei problemi!» Era questo a farla incazzare, soprattutto. Era arrabbiato con lei perché fingeva a letto, ma non si rendeva conto che fingeva qualsiasi cosa da anni?

Thea sollevò la mazza e caricò con tutta la forza che poteva. Sul muro comparve un altro buco.

«Thea, aspetta» disse Gavin, stringendo la mazza tra le dita per impedirle di prendere di nuovo lo slancio. «Ti prego, ascoltami solo un secondo.»

Lei si voltò di scatto. «La fase dell'ascolto è superata, Gavin. Ti ho chiesto di ascoltarmi mille volte da quella sera, e tu ti sei rifiutato!»

«Quella sera non è andato tutto male, Thea.»

Lei avanzò, spinta dalla rabbia che aveva represso. «Ma stai scherzando? Credi che sia il momento giusto per ricordarmi del tuo glorioso grande slam da quattro punti?»

Ci sarebbe stato da ridere se non fosse che da ridere non c'era proprio nulla. Bello scherzo. La sera in cui lui aveva esultato di più in campo – per un home run da quattro punti nella sesta partita dell'American League Championship – era stata anche la sera in cui Thea aveva esultato di più a letto.

«Sto parlando di quello che abbiamo fatto dopo la partita» disse Gavin, riducendo la distanza dalla moglie e abbassando la voce in modo sensuale. «Quello non è stato male.»

«Allora perché subito dopo te ne sei andato nella camera degli ospiti?»

Gavin alzò le mani in un gesto di tregua. «Perché ho reagito male, e ho fatto una cazzata, okay? Questo lo so. E v-v...»

Con la bocca si sforzava di spingere fuori le parole che i muscoli trattenevano. Si strofinò la mandibola, poi si afferrò il collo sotto la nuca. Infine guardò il pavimento ed emise un ringhio, mentre la frustrazione gli arricciava le labbra in una smorfia.

La porta d'ingresso si spalancò di colpo per la seconda volta, quella mattina. Gavin inghiottì a stento una parolaccia quando Amelia e Butter entrarono in casa di corsa seguiti da Ava e Liv, che avanzavano lentamente. Amelia si fermò sulla soglia e alzò più in alto che poteva la mano, agitando un biscottino per il cane. «Papà, guarda!»

La bambina disse a Butter di saltare. Lui sollevò a malapena la testa e afferrò coi denti il biscotto, ma dal gridolino che lanciò Amelia sembrò quasi che gli avesse insegnato a parlare.

Gavin sorrise intenerito. «Brava, piccolina» disse lui, con una certa stanchezza nella voce.

Liv intercettò lo sguardo di Thea non appena entrò in cucina. Pochi secondi dopo, dalle casse Bluetooth risuonò "All the Single Ladies".

«Com'è discreta» disse Gavin a bassa voce.

«Nessuno ti spalleggia come una sorella minore.»

«Andiamo a fare qualche salto sul tappeto elastico» disse Liv, accortasi della tensione che ancora permeava la stanza.

Alzò il volume prima di uscire di nuovo con le bambine.

Gavin si avvicinò prudente a Thea. «Dimmi solo q-q-qual è la soluzione. Cosa devo fare?»

La sua faccia supplicante le ricordò quel "Ti prego, amore" falsissimo che suo padre usava quando implorava sua madre di dargli una seconda possibilità. O una terza o una quarta. Quante volte quella donna aveva creduto alle promesse del marito e ci era tornata insieme? Troppe. Thea non intendeva fare lo stesso errore.

«È tardi, Gavin.» Thea sospirò e ribadì quanto detto prima.

Lui impallidì. «Dammi solo una possibilità.»

Lei scosse la testa.

Gli occhi presero a bruciargli. Con un verso strozzato, si voltò, le mani ancora tra i capelli. La maglietta gli stava stretta per i muscoli tesi della schiena, che si gonfiavano e pompavano mentre lui lottava coi suoi pensieri. Dopo un momento in cui il nervosismo ebbe il sopravvento, Gavin la guardò. Le si avvicinò a passi decisi. «Farò di tutto, Thea. Ti prego.»

«Perché, Gavin? Perché dopo tutto questo tempo?»

Gli occhi gli caddero sulle labbra di lei, e, oddio, cosa stava per...

Con un ringhio, le fece scivolare una mano dietro la nuca, e inclinò la testa avvicinandosi con le labbra alle sue. Thea indietreggiò e per non cadere si aggrappò alla spalliera del divano; un gesto inutile, perché Gavin l'aveva già sorretta stringendola in un abbraccio. Un abbraccio forte, protettivo, potente, virile, che la stringeva al suo corpo massiccio. La bocca di lui s'impossessò di quella di lei. Ancora e ancora. E quando la lingua di Gavin le si insinuò tra le labbra, Thea non poté far altro che ricambiare. Con le dita gli afferrò la maglia sul petto e gemendo si aprì ancora di più a lui. Sapeva di dentifricio e di whiskey e di un cicchetto di sogni infranti ormai da tempo.

Un cicchetto seguito da un sorso di caos e sfiducia. Era davvero una tipa così facile? Un bacio con la lingua e si era già letteralmente abbandonata tra le sue braccia? Un bacio e aveva scordato tutto quello che era successo?

Thea si allontanò. «Ma che stai combinando?»

«Mi hai chiesto perché» disse Gavin affannato, le pupille dilatate. «Ecco perché.»

CAPITOLO TRE

«Che cosa hai fatto?»

Gavin era stravaccato sul lato passeggero del furgone di Del; l'odore di pizza, alette di pollo e altre cibarie che proveniva dal sedile posteriore minacciava lo stato di tregua del suo stomaco. Erano passate ore dall'ultimo attacco di vomito, ma l'odore speziato della salsa buffalo anticipava un possibile colpo di scena. «L'ho baciata.»

Del imprecò. «Ti avevo specificatamente detto di non andare a trovarla!»

«Lo so.»

«E non ti avevo certo autorizzato a baciarla.»

«Non sapevo che dovessi autorizzarmi tu.»

«E invece è così. Ma soprattutto, deve farlo lei. Cazzo.» Del colpì il volante. «Con quest'impresa, sarai tornato indietro di settimane.»

Gavin non volle contraddirlo, sopraffatto dalla sensazione

che l'amico non avesse torto. Se Thea avesse avuto una padella con dell'olio bollente a portata di mano, gliel'avrebbe spaccata sulla testa. Dopo averlo spinto via, gli aveva detto che non aveva il diritto di prendere e baciarla e l'aveva buttato fuori.

Ma c'era stato anche un momento in cui si era abbandonata a lui, si era aperta a lui, aveva aggrovigliato la lingua alla sua, con un gemito leggero. Un gemito vero. Era stato breve, ma in quell'istante sua moglie aveva ricambiato il suo bacio. Perciò, forse non aveva cannato del tutto.

Del prese l'uscita per la tangenziale. L'abitacolo s'illuminò di giallo per le luci delle auto che percorrevano la corsia opposta verso il centro di Nashville, dirette verso una notte brava. Il tragitto durò su per giù un quarto d'ora, poi Del uscì nei pressi di Brentwood, una zona un po' fuori città abitata da campioni sportivi e star del Tennessee.

Gavin preferiva Franklin. Anche da quelle parti vivevano un sacco di vip, ma sembrava più un paesino, coi suoi viali alberati pieni di storia. Stavano in un quartiere normalissimo, niente villoni pomposi. Casa loro era a pochi passi da un'area molto vivace in cui le bambine potevano prendere un libro in biblioteca e un cono gelato, e dove erano diventati habitué del ristorantino di zona coi divani in vinile tutti spaccati. Gli unici turisti che si vedevano da quelle parti erano i fissati con la Guerra di Secessione che facevano i tour dei campi di battaglia.

Sulle prime, quando Thea aveva suggerito di andare a vivere là, Gavin era stato scettico. Con il suo stipendio potevano permettersi un posto più chic. Ma quando aveva visto gli occhi della moglie illuminarsi scorrendo tra gli annunci dei cottage anni Trenta in mattoni, si era tolto dalla testa qualsiasi altra opzione. E ormai non avrebbe rinunciato per nulla al mondo alla loro vita di provincia.

Che l'avesse quasi fatto era un altro paio di maniche.

Pochi minuti dopo, Gavin prese i cinque cartoni di pizza e le quattro confezioni di ali di pollo e li impilò su un marciapiede ben curato. «Chi ci abita, qui?»

A giudicare dalle auto sportive parcheggiate in bella mostra in garage, Gavin temeva si trattasse della casa dello stronzo-mangia-mele.

E ci aveva preso. La porta si aprì, e Mack li salutò con un ghigno. «Guarda un po' chi si è ripreso dalla sbronza.»

Gavin gli passò le provviste in malo modo. «Guarda un po' chi è ancora un coglione.»

«Voi due la dovete smettere» ringhiò Del entrando in casa.

Mack richiuse la porta con un calcio. «Stiamo solo scherzando, vero?»

«No. Io ti odio proprio» disse Gavin.

Del si voltò. «Ci siamo tutti?»

«Sì» rispose Mack. «Nel seminterrato. È pronto per l'iniziazione? Altrimenti dovrò restituire quell'agnello al pastore entro mezzanotte.»

Gavin lo guardò storto, ma li seguì oltre l'imponente ingresso e l'ampia scalinata elicoidale. Entrarono poi in una cucina due volte più grande di quella che aveva in casa sua e di Thea. A mano a mano che si avvicinavano alla porta verso il seminterrato, si udiva un vocio sempre più forte.

Gavin lasciò che Mack e Del andassero per primi.

«È arrivato da mangiare» annunciò il padrone di casa, girando l'angolo in fondo alle scale. Si alzò un coro di versi virili ed esultanti, seguiti da diversi "era ora".

«Abbiamo fatto tardi?» chiese Gavin alle spalle di Del.

«Macché. Loro sono arrivati in anticipo per mettere a punto gli ultimi dettagli del piano.»

Gavin lo afferrò per la maglietta. «Fermo un attimo. Quale piano?»

«Il piano per convincere Thea a riprendersi la tua testaccia di cazzo» disse Del, girando lo stesso angolo dietro cui era sparito Mack poco prima. «Piano che oggi hai reso infinitamente più complicato.»

Dopo un bel respiro, Gavin rimase immobile sull'ultimo scalino. Infine, si fece coraggio rammentando a se stesso che era lì per salvare il suo matrimonio, e seguì Del.

Dieci personaggi di spicco di Nashville – atleti professionisti, imprenditori, autorità – erano seduti intorno a un raffinato bancone da bar, a prendersi a spintoni l'uno con l'altro per tuffarsi sulla pizza e sulle ali di pollo. Del lasciò cadere un sacchetto di carta da cui vennero fuori varie confezioni di patatine. Una sola mela verde rotolò sul pavimento.

Mack la raccolse scuotendo la testa. «Sei proprio uno stronzetto malefico.»

«Sbrigatevi» disse Del. «Dobbiamo cominciare. Oggi il deficiente ha baciato sua moglie.»

La stanza esplose. Tutti si voltarono. Qualcuno rovesciò la sedia. Un giocatore di hockey in un angolo imprecò in russo.

«Ma che cazzo!» sbraitò Mack. «Ti avevamo detto che non dovevi vederla!»

Un tizio che si rivelò essere Malcolm James, running back della squadra di football di Nashville, si fece andare la birra di traverso. «Almeno gliel'hai chiesto il permesso, prima, o è stato un bacio a tradimento?»

«A tradimento, direi.»

Yan gli diede uno scappellotto. «Non è ancora il momento del grande gesto!»

«Quale grande gesto?»

Lo guardarono tutti in cagnesco, chi più chi meno. Raccolsero i piatti e si diressero verso un enorme tavolo da gioco dall'altra parte del seminterrato.

Il russo, che brontolava aggirandosi tra i resti del cibo, alla fine optò per un sacchettino di pretzel. Se lo infilò sotto al braccio come se qualcuno potesse rubarglielo. «Troppa pizza» disse furioso avvicinandosi a Gavin. «Formaggio. Mi esce dritto dritto dal sedere.»

Dettaglio non richiesto.

«Gavin, dai. Dobbiamo iniziare.»

Lui afferrò la mela dal bancone e si trascinò verso l'ultima sedia rimasta.

Del si schiarì la voce e si alzò in piedi. «Tutti pronti?»

Gli altri annuirono a bocca piena.

«Bene. Prima regola del book club?»

«Non si parla del book club» risposero all'unisono.

Cosa. Cazzo. Stava. Succedendo.

Gavin si guardò intorno alla ricerca di una telecamera nascosta. Doveva essere uno scherzo.

«Un club del libro? È questo il vostro piano geniale per salvare il mio matrimonio?»

Del fece un cenno con la testa a Mack, che si sollevò ruotando su un fianco e dalla tasca posteriore dei pantaloni tirò fuori un libro. Lo lanciò a Gavin. Gli finì dritto in faccia.

«Ottimi riflessi. Speriamo che da interbase te la cavi meglio.»

Gavin gli mostrò i denti. «Io sto in seconda base, coglione.»

Mack fece spallucce. «Non è uguale, in soldoni?»

Lui lo ignorò e recuperò il libro dal tavolo su cui era caduto. Guardò la copertina strizzando gli occhi. Una donna, tipo dell'Ottocento o giù di lì, era appoggiata a un divano, e un tizio con un abito dell'epoca era in piedi alle sue spalle. Con la camicia aperta.

«*Alla corte della contessa*» lesse Gavin scandendo bene. Strinse i denti e alzò gli occhi. «State scherzando?»

«No» rispose Del.

«È un romanzo rosa.»

«Sì.»

Gavin scattò in piedi. «Non ci posso credere. La mia vita va in pezzi, e voi pensate a prendermi in giro.»

«Ho detto la stessa cosa quando Malcolm mi ha portato qui» rivelò Del. «Ma non è uno scherzo. Siediti e ascolta.»

Gavin si premette il palmo della mano sulla fronte e chiuse gli occhi. Quando li riaprì, lo stavano ancora fissando tutti. Non si trattava di uno strano sogno, allora. «C-c-che cos'è 'sta storia?»

«Se magari stai un attimo zitto, te lo spieghiamo, deficiente» disse Mack.

Gavin tornò a sedersi. «Voi leggete romanzi rosa?»

«Li chiamiamo manuali» rispose il russo.

«E facciamo molto di più che leggerli» disse Malcolm.

Gavin reagì freddamente: «Se intendete trascinarmi in un affare tipo scambisti pervertiti, mi rifiuto».

Del si piegò in avanti e appoggiò i gomiti sul tavolo. «Ora ti dico una cosa che non ti ho mai detto.»

«Sssì, ma non so se voglio saperla.»

«Due anni fa, Nessa e io abbiamo avviato le pratiche di divorzio.»

A Gavin si aprì la terra sotto i piedi. «Cosa? Perché non me l'hai detto?»

«Uno, all'epoca ti conoscevo appena. E due, probabilmente per lo stesso motivo per cui tu non hai voglia di raccontare a tutti cos'è successo con Thea. È un fatto sentimentale, personale.»

«Ma tu e Nessa siete perfetti.»

«Tra le quattro mura di casa propria le cose sono sempre diverse, no?»

Sì, ma nel caso di Gavin parte del problema dipendeva dal fatto che lui era così stupido da non capire di fare schifo a letto o che sua moglie, a occhio e croce, avesse cominciato a odiarlo a morte. Il modo in cui l'aveva guardato prima... Fu scosso da un brivido. Non era per niente sicuro che Del si fosse trovato nella stessa situazione.

«Quasi tutti gli uomini a questo tavolo sono stati a tanto così dal perdere la propria moglie o fidanzata» proseguì Del, e a Gavin tornò in mente quella frase criptica che l'amico aveva detto la sera prima: "Ci siamo passati tutti". «E non solo siamo riusciti a riprendercele, ma le nostre relazioni ora vanno meglio che mai.»

Gavin passò in rassegna le facce di tutti i commensali. Gli rivolgevano cenni di approvazione, sorrisi e – nel caso di Mack – il dito medio. Gavin ricambiò il gestaccio, poi scosse la testa. «Non capisco cosa significhi tutto questo o cosa c'entri con me.»

«Allora, ascolta» disse Malcolm, mentre con le sue mani da Hulk si accarezzava una barba così folta da rientrare nella tutela forestale. «Noi uomini siamo deficienti. Ci lamentiamo delle donne perché sono misteriose e altre cazzate, e non sappiamo mai che cosa vogliono. Mandiamo all'aria le nostre relazioni perché ci convinciamo che è troppo difficile capirle. Ma il problema vero siamo noi. Pensiamo di non essere fatti per provare sentimenti, per piangere e per esprimere noi stessi. Ci aspettiamo che siano le donne a portare avanti tutto il carico emotivo all'interno di una relazione e poi siamo spaesati quando ci mollano.»

Gavin sbuffò nervoso. Era andato un po' troppo sul personale. "Mi pare di capire che secondo te bastava che ti presentassi qui, e io ti avrei accolto con un sorriso facendo finta di niente. Sono andata avanti così per tre anni, Gavin. Ora basta." «A-ancora non capisco di che parlate» farfugliò.

«I romance sono scritti per lo più da donne per le donne, e parlano in ogni pagina di come vogliono essere trattate e di cosa desiderano dalla vita e da una relazione. Li leggiamo per essere più a nostro agio quando esprimiamo le nostre emozioni e per vedere le cose dal loro punto di vista.»

Gavin osservò gli altri incredulo. «Ma quindi siete seri.»

«Serissimi» disse Del.

Il russo intollerante al lattosio annuì. «I libri rosa mi fanno capire che mia moglie e io vediamo il mondo in modo diverso, e che io devo sforzare di più per parlare la sua lingua.»

«La sua lingua?»

«Mai detto a Thea qualcosa che tu consideravi totalmente innocuo ma per cui lei è andata via infuriata, anche se poi ti ha ripetuto per ore che era tutto a posto?» chiese Malcolm.

«Sì.»

«O qualcosa che secondo te faceva ridere ma per cui lei si è offesa a morte?»

«Be', sì, ma...»

Intervenne Yan: «O che avevi riempito la lavastoviglie, per poi sentirti rispondere con tono scocciato che non ti sarebbe arrivata una medaglia per aver svolto un compito che in teoria spetterebbe a qualsiasi persona adulta in casa?».

Un brivido gli percorse la schiena. «Ve l'ha detto lei?»

Yan ridacchiò. «È che parlate lingue diverse.» Indicò il libro. «Coi romance impari la sua.»

«Ma Thea neanche li legge questi libri!»

Gli altri si scambiarono una serie di sguardi, poi scoppiarono a ridere. Del gli diede delle pacche sulla schiena. «Raccontatela pure così.»

«Non ho mai visto nulla del genere in casa.»

Derek Wilson, imprenditore locale che Gavin conosceva per gli spot in TV, prese la parola. «Per caso ha uno di quei cosi per leggere gli e-book?»

«Sì. Cioè, non saprei. Immagino di sì.»

«È pieno di romance. Fidati di noi.»

Gavin osservò il libro che teneva in mano. «Quindi state dicendo che d-devo fare q-quello che fa il tipo qui dentro?» Dio santo, stava davvero cominciando a dargli retta?

«Non alla lettera, no» rispose Del. «Il punto è adeguare quello che impari dal libro al tuo matrimonio. In più, quello è un Regency, quindi...»

«E che sarebbe un Regency?»

«Una storia ambientata in Inghilterra all'epoca della Reggenza, tra il Settecento e i primi dell'Ottocento.»

«Oh, fantastico. Attuale, insomma.»

«È così, in realtà» disse Malcolm. «Nei romance moderni, la società patriarcale dell'antica aristocrazia britannica è un mezzo per analizzare le limitazioni subite oggi dalle donne per pregiudizi di genere, sia nel contesto lavorativo sia nella sfera personale. 'Sta roba è piena di stronzate femministe.»

Mack ammiccò. «E poi le scene di sesso sono superattizzanti.»

Gavin lasciò cadere il libro.

Mack e Wilson si scambiarono un cinque ridendo. «Quello mi è piaciuto un sacco» disse Wilson. «Almeno un'LL livello quattro.»

«È il caso che sappia cosa vuol dire?»

«È il nostro sistema di punti per quantificare quanto sesso c'è in un romanzo» rispose Wilson.

«Ma LL sta per...?»

Risposero tutti in coro: «Libido da Libro».

Gavin scattò di nuovo in piedi. «È ridicolo. Mia m-m-moglie non tornerà con me per merito di un qualche libro cretino.» Ma la cosa più ridicola era che stava davvero cominciando a prenderlo in considerazione. Tanto mica poteva fare più cazzate di quelle che aveva già fatto.

«I libri sono solo una delle tante cose» disse Del raccogliendo *La contessa nuda* o come cavolo si chiamava. «Ci siamo passati tutti e ne siamo usciti da uomini migliori, mariti migliori e amanti migliori.»

Gavin si paralizzò e alzò lo sguardo. «In che senso "amanti"?»

«Be', ora sì che l'hai incuriosito.» Mack ridacchiò. «È qua l'inghippo? Problemi in camera da letto?»

Gavin avvertì una sensazione di calore sul collo. «No» ringhiò.

«Perché lo sai che i problemi in camera da letto nascono da problemi fuori dalla camera da letto. Non puoi risolvere i primi senza pensare anche ai secondi.»

"Per loro gli orgasmi sono l'ultimo dei problemi."

Gavin indicò Mack col pollice ma si rivolse a Del. «Perché questa testa di cazzo fa parte del club? Non è nemmeno sposato.»

«Io sto qui per le parti sconce» disse Mack, strizzando l'occhio mentre addentava una fetta di pizza. Ne divorò mezza con un solo, gigantesco morso.

Yan si alzò e si avvicinò a Gavin. «Senti, anch'io pensavo che mi stessero prendendo per il culo. Per un mese non ho neanche sfogliato il libro che mi avevano dato. Ma credimi se ti dico – se tutti quanti ti diciamo – che possiamo aiutarti. Il book club non è solo un club del libro.»

Malcolm annuì con fare solenne. «È una confraternita.»

«Uno stile di vita» disse un rappresentante delle istituzioni.

Mack scaraventò un braccio attorno alle spalle di Wilson. «Un cazzo di percorso emozionale.»

Gavin indietreggiò. «Non mi piacciono i percorsi emozionali.»

«Fidati di noi e basta» disse Del. «Escogiteremo un piano per salvare il tuo matrimonio un passo alla volta.»

«Sicuro che non è uno scherzo?»

«Sei uno dei miei migliori amici» gli rispose. «Pensi sul serio che scherzerei sulla tua rottura con Thea?»

«No.» Gavin sospirò. Ma sembrava troppo facile. Bastava qualche libro e voilà? Thea sarebbe tornata da lui a braccia aperte? Era davvero così disperato?

Immaginò la vita senza di lei.

Sì, era davvero così disperato.

Esaminò di nuovo la copertina. «Perché proprio questo?»

Mack sogghignò. «Perché parla di un idiota che manda a puttane il suo matrimonio e deve riconquistare sua moglie. Ti dice niente?»

Deglutì buttando giù il senso di umiliazione che veniva a galla. «Cosa devo fare?»

«Semplice» disse Malcolm. «Darci retta e leggere il libro.»

«Esatto» sbuffò Del. «E, per carità, vedi di non baciare tua moglie finché non te lo dico io.»

Alla corte della contessa

Il settimo conte di Latford aveva posato lo sguardo su una moltitudine di donne più o meno svestite nel corso dei suoi ventinove anni, ma ciò non l'aveva affatto preparato alla vista mozzafiato di sua moglie in occasione della loro prima notte di nozze, un angelo in vestaglia trasparente.

Considerato soprattutto che dagli occhi di lei si evinceva un chiaro messaggio: avrebbe preferito di gran lunga immergersi in un trogolo per maiali anziché sentire le mani di quell'uomo sulla pelle.

Spiacevole inconveniente, quello. Perché per la prima volta nella sua vita, Benedict Charles Arthur Seymour era perdutamente innamorato.

«Compirò il mio dovere, milord» disse la sua giovane moglie con voce monocorde e le mani che le tremavano mentre scioglieva la cintura sulla vita. La vestaglia, fluttuando, andò a depositarsi sul pavimento, formando un lago di seta bianca. Rimase davanti a lui con addosso solo una sottoveste che lo privava di ogni parola o pensiero.

Benedict ordinò ai suoi piedi di estirpare le radici piantate sulla soglia tra le proprie stanze e quelle di lei. Lentamente le si avvicinava, e il cuore gli si faceva in pezzi a ogni segnale di disagio proveniente dalla moglie. I pugni serrati lungo i fianchi. Il petto tremante che si gonfiava e sgonfiava. Lo sguardo di sfida che si rifiutava di perderlo di vista.

Era lui il responsabile. Era tutta colpa sua.

«Potete dormire sonni tranquilli» disse Benedict sottovoce, chinandosi per raccogliere la veste in seta dal pavimento. I piedi di lei, nudi come grazia divina, divennero d'improvviso la cosa più erotica di cui lui avesse memoria. Le tenne aperta la vestaglia. «Non sono qui per questo.»

Per un breve istante, la confusione soppiantò la rabbia negli occhi della donna, che gli concesse di aiutarla mentre infilava nuovamente le braccia nelle maniche di seta. Le guance le si tinsero di un rosa pallido quando lui le riallacciò la cintura sulla vita, una libertà che non avrebbe dovuto concedersi ma alla quale non riuscì a resistere. Buon Dio, il solo starle vicino era in grado di distruggere ogni briciolo di ragionevolezza in suo possesso.

«Posso dunque domandarvi perché siete nelle mie stanze?» chiese lei, indietreggiando.

«Ho un regalo per voi.» Benedict tirò fuori un pacchetto dalla tasca della sua vestaglia.

Gli occhi le caddero sulla carta marrone e in tinta unita. «Non occorre che mi facciate un dono di nozze, milord.»

«Benedict.»

«Domando scusa?» Inarcò un sopracciglio, strana espressione beffarda per una giovane donna così ben educata. Proprio quel genere di sorprese che lo avevano fatto innamorare di lei.

«Ora siamo sposati. Vorrei che utilizzaste il mio nome di battesimo.» Le porse il regalo con più insistenza. «Ti prego.»

Un sospiro pesante sfuggì dalle sue labbra sensuali. «Perché questo dono?»

«Un marito deve avere una ragione precisa per offrire un presente alla moglie?»

«Pensavo di avervi chiarito a sufficienza che il nostro non sarebbe stato quel genere di matrimonio, milord.»

«Benedict. E non ricordo di aver acconsentito ai tuoi termini circa il genere di matrimonio che sarebbe stato.»

«Avete definito voi i termini del nostro matrimonio, e molto chiaramente, con le vostre accuse.»

Il rimorso affondò la lama e rese più profonda la ferita sanguinante che aveva in petto dal momento in cui si era reso conto del suo sbaglio. Ma quando era finalmente venuto a conoscenza della verità, era ormai troppo tardi. Aveva tradito la fiducia della sua futura moglie nel momento meno adatto. «Un errore di cui mi pentirò in eterno» sussurrò infine.

«E questa sarebbe un'ammenda?» chiese lei, indicando con gli occhi il regalo.

«Non sono così stupido da pensare di poter comprare il tuo perdono, mia cara. È solo un simbolo del mio affetto.»

Evitando lo sguardo del marito, rimosse la carta con cautela e aprì il lungo cofanetto di velluto, nel quale trovò un filo di rubini e diamanti che gli erano costati una fortuna. Strabuzzò gli occhi. «Milord...» disse in un sospiro.

«Benedict» la corresse lui con dolcezza. «Ti piace?»

«È bellissimo. Ma fin troppo sfarzoso per me.»

«Sciocchezze. Sei la contessa di Latford. Dovresti essere coperta di gioielli.»

«Grazie, milord.» Si voltò per posare il cofanetto sulla toeletta. «Se non c'è altro...»

Quella formalità gettò una folata di aria gelida nella stanza. Lui desiderava di nuovo quel calore, quel fuoco che bruciava tra i due prima che si spegnesse per colpa del suo orgoglio e di un misero malinteso dovuto alla sua imprudenza. Cercò di nuovo di ridurre la distanza che li separava. «Ti prego, mia adorata. Dammi la possibilità di redimermi.»

Un battito di ciglia, poi gli occhi della moglie si fecero scuri. «A che scopo, Benedict?»

«Quello di una vita insieme lunga e felice.»

Il fine ed elegante collo di lei si contrasse per lo sforzo quando deglutì nervosamente. «Non credo più a questo genere di cose.» Gli passò accanto ignorandolo e andò dall'altra parte della stanza. Si fermò accanto al letto: «Vi ho detto che avrei compiuto il mio dovere, e lo farò. Vi darò un erede quanto prima. Poi io e il bambino lasceremo il paese, così potrete liberarvi di me».

«Io non voglio liberarmi di te» ringhiò.

«Milord, due settimane fa mi avete accusata di fronte alla vipera più velenosa del "bel mondo" di aver cospirato perché ci trovassero in circostanze compromettenti, così da costringervi al matrimonio per acquisire il vostro titolo nobiliare.»

«Dopo sono venuto a conoscenza della verità.»

«Tuttavia, il danno ormai è stato fatto.»

«Allora permettimi di rimediare.» Si precipitò verso di lei e alla stessa velocità disse: «Ti prego, Irena».

Le labbra della donna si schiusero. Forse perché lui aveva pronunciato il suo nome. O forse perché aveva colto la tensione nella voce del marito, per il peso delle scuse che non avrebbe mai smesso di ribadirle. Mai, finché lei non gli avesse creduto.

«Non posso cambiare ciò che ho fatto o le cose orribili che ho detto. Posso solo cercare di darti prova del mio rimorso e della sincerità dei miei sentimenti per te. Se me lo concederai.»

Eccolo lì. Un fremito, qualcosa di diverso dal disprezzo le illuminò gli occhi. Si dissolse immediatamente, ma c'era stato, e doveva pur avere un significato.

«Irena...»

«È tardi» sussurrò lei.

«Non è mai troppo tardi. Non per l'amore.» Le prese le mani e se le portò alle labbra, le baciò con lentezza una nocca dopo l'altra prima di incrociare il suo sguardo stupefatto. «Ed è questo che provo, Irena. Io ti amo.»

A quelle parole lei reagì con un sorriso effimero e ritirando le mani. «L'amore non basta, milord.»

«Benedict» disse lui, sfiorando con un dito la dolce linea del suo mento. «E ti sbagli. L'amore è l'unica cosa che conta. E farò tutto ciò che devo per provartelo.»

Il sopracciglio inarcato fece di nuovo capolino. «E come, di grazia, credete di compiere una tale missione?»

«Ti farò la corte.»

Irena ridacchiò con fare molto poco da signora. «Non siate sconsiderato.»

La risata della moglie lo fece ringalluzzire: quell'idea prendeva piede, e il suo ingegno aveva ora nuove certezze. «Amore mio» disse lui, «ricominceremo daccapo.»

CAPITOLO QUATTRO

«Mi hai veramente delusa.»

Thea sussultò al suono della voce di Liv alle sue spalle. La paletta le scappò dalle mani, e tutto il cumulo di polvere e detriti provenienti dalla parete si riversò a terra. Si girò a guardare la sorella. «Perché?»

«Ti lascio da sola con una bottiglia di vino eccellente, e tu la ignori e decidi di pulire?»

Era domenica sera, e Liv si era offerta di mettere a letto le bambine per lasciare Thea a fissare il vuoto, ma lei non aveva tempo da perdere. Doveva sistemare quel macello venuto giù col muro prima che le bambine e il cane decidessero di giocarci in mezzo. Thea gettò la sporcizia nel cestino dei rifiuti e Liv aprì una bottiglia di Riesling che si stava raffreddando in frigo. Riempì due bicchieri, ne passò uno a Thea, e sprofondò sul divano. «Che c'è di bello nel divorzio se non puoi usarlo come scusa per ubriacarti?»

«Non ho ancora trovato niente di bello, nel divorzio» disse Thea, sedendosi all'altra estremità del divano.

«Perciò il vino» disse Liv, stendendo le gambe per posare i piedi sul grembo della sorella. Il fatto che avesse gambe tanto lunghe da poterlo fare non contribuì a migliorare l'umore di Thea. Com'è che Liv aveva avuto la fortuna di prendere la costituzione alta e slanciata del padre, e Thea era rimasta della taglia di un puffo? Tutte le volte che si lamentava della propria statura, comunque, Gavin le diceva che era perfetta, perché quando la abbracciava riusciva ad appoggiarle il mento sulla testa.

«Sembri una che ci sta ripensando» disse Liv.

«No.»

Liv inclinò il capo e strizzò gli occhi, come se non le credesse. «È la decisione giusta.»

«Lo so.» Thea bevve un sorso cercando di camuffare il senso di colpa per tutte le cose che non aveva detto a Liv. E che non aveva intenzione di dirle. Indicò la parete bucherellata per cambiare argomento. «Forse sono stata un pochino impulsiva.»

«Lo so. È proprio questo che mi fa impazzire. La versione esuberante di Thea ha tirato fuori gli artigli con un bel ruggito.»

Thea inarcò le sopracciglia. «La Thea esuberante dei tempi che furono?»

«Brava. Te la ricordi? Quella che ha vissuto una fase in cui dipingeva nuda e si è ammanettata a una ruspa per proteggere un albero al campus dell'università? Mi era mancata.»

Thea fissò il muro e gli scarsi risultati raggiunti. «Anche a me.»

Qual era l'ultima cosa impulsiva che aveva fatto? Certo, l'impulsività era una delle ragioni per cui era finita in quella situazione. Una mattata del tutto imprudente sul sedile posteriore dell'auto di Gavin era bastata perché lo sperma di lui raggiungesse l'ovulo.

E fu così che gli errori della sua famiglia di origine vennero commessi di nuovo. Una gravidanza indesiderata. Un matrimonio riparatore. Un trasloco in periferia. Un marito che non c'era mai.

A proposito... «Hai risposto alla partecipazione?» chiese Thea. Il loro padre si sarebbe sposato per la quarta volta a dicembre.

Liv sogghignò. «Che senso ha?»

Thea annuì. «Stavo pensando di scrivere "Sarà per la prossima volta", ma forse è crudele.»

«Il che sarebbe perfetto.»

«Che razza di problema hanno queste donne? Come fa a convincerle a ignorare completamente la sua reputazione?»

«Col conto in banca.»

Era davvero l'unica risposta possibile. Nessuna donna assennata avrebbe potuto venire a conoscenza di quella carriera costellata di infedeltà cronicizzata e pensare: "Oh, sì, un uomo da sposare".

Liv si scolò il resto del bicchiere. «Ha trentadue anni.»

«Chi?»

«La nostra futura nuova matrigna.»

Thea rimase a bocca aperta. Era solo sei anni più grande di lei. «Oh, mamma ne sarà felicissima» rispose Thea ridacchiando.

«A proposito della nostra mammina adorata» disse Liv, «mi ha chiamata due volte, oggi.»

Thea drizzò la schiena. Lei e Liv non le parlavano da mesi, ognuna per motivi diversi.

«Non l'ho richiamata» aggiunse.

«Pensi che sappia delle nozze?»

Liv strinse le spalle e bevve un sorso d'acqua. «Non ne ho idea, ma io non glielo dico di certo.»

Thea fece una smorfia. Chiaro, non sarebbe stata una bella

conversazione. Non che la possibile alternativa fosse migliore. «Magari ha saputo di me e Gavin.»

«Ne dubito. Avrebbe lasciato detto qualcosa in segreteria.»

«O avrebbe chiamato direttamente me.» Niente avrebbe reso quella donna più felice del fallimento del matrimonio tra Gavin e Thea.

"Tutti quegli anni passati a giudicarmi, ma adesso vedrai. Ora vi credete innamoratissimi e pensate che nulla andrà storto. Ma un giorno ti spezzerà il cuore, e tu dovrai chiedermi scusa."

Questo era il consiglio che Thea aveva ricevuto da sua madre il giorno del suo matrimonio.

Si abbandonò di nuovo sulla spalliera del divano, con tutta l'intenzione di cambiare argomento. «Come va il locale di Alexis?» Sua sorella stava lavorando a un menu per un'amica che stava aprendo un cat café.

Liv le lanciò uno sguardo d'intesa e la assecondò. «Bene. Credo che aprirà a fine gennaio.»

«Hai deciso se le lascerai usare la ricetta dei biscotti al burro della nonna?»

«Non ancora. C'è una parte di me che vorrebbe conservarla per...» Strinse le spalle. «Lo sai.»

Il suo ristorante. Era sempre stato il suo sogno.

Be', "sempre" era una parola grossa. Per anni e anni l'unico sogno di Liv era stato quello di trovare nuovi e ingegnosi modi per ribellarsi. Pessimi voti. Pessimo comportamento. Pessimi ragazzi. Ci sguazzò per tutta l'adolescenza. "Irrequieta come uno che vuole acchiappare un verme con una campana", come diceva la nonna. Cosa che, a dirla tutta, Thea non aveva mai capito benissimo, ma supponeva intendesse che Liv era alla ricerca di qualcosa che non esisteva.

E Thea in questo sentiva di assomigliarle. Nessuna delle due era uscita indenne da quell'infanzia incasinata. Avevano solo trovato modi diversi per sfuggire alle proprie cicatrici.

Nonostante Liv desiderasse davvero aprire il suo ristorante, aveva più volte rifiutato il prestito che le aveva offerto Thea. Liv faceva le cose senza l'aiuto di nessuno oppure non le faceva e basta, anche se questo voleva dire sopportare i soprusi infernali di quel tiranno che aveva come capo.

«Grazie di essere qui» disse Thea, voltandosi a guardare la sorella.

«Non devi ringraziarmi. Ci sei stata per me tante di quelle volte che non potrò mai sdebitarmi.»

«Dovevo. Ero la più grande.»

«Eri una bambina.»

Thea finì il suo bicchiere di vino e si alzò sospirando. «Mi sa che me ne vado a letto.»

Liv le prese la mano quando le passò vicino. «Andrà tutto bene, Thea.»

«Io e te contro il resto del mondo, giusto?»

Liv sorrise e strinse piano la mano della sorella.

Di sopra, Thea fece una scappata nella stanza delle bambine per controllarle. Prima si chinò sul letto di Amelia e le scostò i capelli dalla fronte per potergliela baciare. Poi andò verso il letto di Ava dall'altra parte della stanza e ripeté il gesto, ma si soffermò a osservarla. Anche mentre dormiva, era più seria di Amelia. Stringeva al petto il suo peluche preferito, e le sue labbra piccine e rosa formavano una linea dritta. Era come se quel minuto di differenza tra la sua nascita e quella della sorella l'avesse resa ufficialmente la maggiore delle due, con tutte le responsabilità che ne derivavano.

Thea sgattaiolò fuori dalla camera e chiuse la porta. Con un delicato schiocco delle dita ordinò a Butter di seguirla. Indossò rapidamente una camicia da notte e andò in bagno per la routine serale, viso-denti-capelli. Mentre ritornava a letto, si fermò davanti alla cassettiera di Gavin. Il rimorso le afferrò il cuore che, stretto in quella presa, rallentò. Aveva lasciato lì praticamente tutto: gran parte dei vestiti e delle scarpe, la sua collezione di berretti da baseball. Sul mobile c'era un piattino pieno della miriade di cose che tirava fuori dalle tasche ogni volta che le svuotava: monete e ricevute della pompa di benzina e un pacchetto di Tic Tac arancioni.

Thea accarezzò la scatolina. Riusciva quasi a sentirne il sapore; ce n'era sempre un accenno nell'alito di lui quando le loro labbra si sfioravano in fretta e furia prima che partisse per un altro torneo.

Nulla a che vedere col bacio che le aveva stampato qualche ora prima.

Thea prese le Tic Tac e le buttò nell'immondizia. Poi spense la luce e si mise sotto le coperte. Butter salì sul letto, fece svariati giri su se stesso, e alla fine si stravaccò sul lato di Gavin.

Peccato però che non era più il lato di Gavin. Se n'era andato. E tutte le scuse e le preghiere del mondo non avrebbero potuto cancellarlo. Cioè, sul serio, ma chi si credeva di essere? Non è che poteva prendere, presentarsi a casa sua e baciarla così dopo tutto quel tempo. Come se lei potesse sciogliersi tra le sue braccia e dimenticare tutto quello che era successo.

E okay, per un istante l'aveva fatto. Era passato troppo dall'ultima volta che l'aveva baciata in quel modo, come la baciava all'epoca, prima che rimanesse incinta, quando erano innamorati alla follia. Allora, non avrebbe mai creduto che quell'uomo, capace a stento di sopportare un solo giorno senza strapparle i vestiti di dosso, si sarebbe potuto trasformare in uno che quasi le chiedeva scusa quando la sera la cercava tra le lenzuola. Che aveva cominciato a cercarla sempre più di rado. Che considerava così poco le necessità di lei da non notare che tutte le volte rimaneva insoddisfatta.

Fino a quella notte, ecco. La notte dell'orgas-NO.

Thea si coprì gli occhi con un braccio, poi li strizzò forte per interrompere i ricordi, ma come una canzone snervante che ti si inchioda nel cervello, i ricordi non la lasciavano in pace.

Era da due mesi che non lo facevano e parlavano a malapena, giusto per le questioni ordinarie che riguardavano le bambine e la casa e il calendario delle partite di Gavin. Lei quella volta non voleva andarci, ma anche in piena crisi da ma-cosa-sono-diventata, non era così meschina. Non poteva perdersi una partita dei playoff. Non poteva rischiare tanto. Quindi, da brava FEM, si era infilata la maglia di lui, aveva posato per le foto, preso posto nella tribuna riservata ai famigliari, e si era stampata sulla faccia il suo sorriso "di un genuino color pastello".

Poi arrivò il nono inning. Tutte le basi occupate. Due out. E Gavin al piatto. Gli bastava andare in prima base per portarsi a casa un pareggio. La seconda base avrebbe segnato la vittoria. Era il momento più importante della sua carriera e, per la prima volta dopo tanto tempo, anche a lei sembrò importante. Non ebbe tempo di interrogarsi sul perché: nello stesso istante in cui la mazza si mosse, Thea cominciò a singhiozzare. Le bastò sentirne il suono per capire che ce l'aveva fatta. Era un home run. E non uno qualsiasi. Un grande slam da quattro punti.

Le lacrime le scorrevano sul viso mentre guardava il marito sfrecciare tra le basi con le braccia in aria. I suoi compagni lo aspettavano in casa base in una baraonda urlante e festosa. La folla gridava in coro il suo nome. Del gli versò litri di Gatorade addosso. I cronisti lo definirono un fine partita hollywoodiano. Un momento come quello lo sognano tutti i giocatori per una vita intera, ma pochi ci arrivano. E travolse lei come chiunque altro. Bevve champagne nella sede del club. Lasciò che Gavin la sollevasse da terra e la baciasse.

Quando rientrarono a casa, erano esattamente come un tempo. Folli. Pazzi l'uno dell'altra. Riuscirono a malapena ad arrivare in camera da letto prima di strapparsi i vestiti di dosso. E Gavin, oh, Gavin… la divorò come sapeva fare lui.

La toccava con una ferocia che lei non sentiva ormai da tantissimo tempo. Un'urgenza che la eccitava, la elettrizzava. E quella passione, quella pazzia, lei li ricambiava. Era ubriaca di lui, di champagne, di desiderio.

L'orgasmo la colse di sorpresa, la abbagliò, la fece tremare e urlare. Ma Gavin all'improvviso si irrigidì.

«C-c-che è successo?»

Thea scoppiò a ridere, colma e straripante di gioia. «So che è passato un po' dall'ultima volta che l'abbiamo fatto, ma ti sei dimenticato come si chiama?»

Gavin le strinse le mani sui fianchi e si alzò sulla schiena. «Che cosa è successo, Thea?»

Il gelo nella sua voce le provocò un brivido. «Che intendi?»

Si allontanò bruscamente da lei. Gli strascichi del piacere di Thea cominciarono a svanire, e il desiderio sulla faccia di Gavin era stato rimpiazzato da un'espressione che lei non riusciva a decifrare, ma non fu necessario. Una morsa di terrore le chiuse lo stomaco. Se n'era accorto. Oh, cazzo. Se n'era accorto.

«Hai a-a…» Si interruppe. Batté più volte le palpebre. Deglutì. «Hai avuto un orgasmo?»

Thea provò a sorridere ma non ci riuscì.

«Oddio» sospirò Gavin, indietreggiando. «Le altre volte fingevi.» Un'affermazione. Non una domanda.

Thea deglutì. «Cosa? No.»

Il viso di lui si contrasse così tanto per il dolore e il tradimento subìto che Thea cercò di avvicinarglisi. La scansò. «Non mentire, Thea. Da quant'è che fingi?»

«Gavin...»

«Da quanto, cazzo?» Urlò con una voce così non-da-Gavin che lei ebbe un sussulto, poi raccolse la maglia dal pavimento e se la infilò. Quella splendida illusione si stava rapidamente dissolvendo, e le ore appena trascorse si rivelarono un miraggio.

Di fronte al silenzio di Thea, Gavin si mise le mani nei capelli. «Fingi da sempre?»

Mentire non aveva senso. E comunque non ne poteva più delle bugie. Di sfoggiare quel sorriso falso. Di fingere che andava tutto bene. Di fingere pure a letto, cazzo. «Da sempre?» sbottò Thea. «No. Non da sempre. Da quando sono nate le bambine.»

«Cioè dall'inizio del nostro matrimonio!»

«Sì, esatto. Mi spieghi com'è che ci hai messo così tanto a capirlo?»

Rimase a fissarla e, senza dire una parola, si diresse infuriato nella camera degli ospiti. Non tornò mai a letto.

Cos'era quell'altra cosa che diceva sua nonna? "Se un uomo ti vuole lasciare, fa' ciao ciao con la manina e chiudi la porta. Hai altro da fare che sprecare tempo con le cause perse."

Thea di cose da fare ne aveva eccome. Tipo laurearsi. Ricostruire la carriera che aveva abbandonato per Gavin. Crescere due figlie forti e determinate. E non essere mai più così cretina da affidare il proprio cuore nelle mani di un uomo.

CAPITOLO CINQUE

Quel lunedì, Gavin si svegliò sentendosi più depresso che mai. Poi però qualcuno bussò alla porta della sua stanza d'hotel alle otto del mattino, e allora capì che il peggio doveva ancora venire.

Perché sulla soglia c'era Mister Libido da Libro, ovvero Braden Mack.

«Che cazzo ci fai tu qui?»

«È questo il modo di salutare un amico che ti porta il caffè?»

«Non sei mio amico. Sei una rottura di palle.» Il caffè però gli andava eccome, quindi si fece da parte e lo lasciò entrare. «E non mi hai risposto.»

«Sto aspettando Del.»

«Perché?»

«Perché dobbiamo fare una cosa.» Mack sfilò un bicchiere dal vassoio in cartone con cui reggeva le bibite. «Ti ho preso un caffellatte alla zucca. Con zuccherini alla cannella. Ho tirato a indovinare.»

Gavin si allontanò con una smorfia e un gestaccio, ma il bisogno di caffeina ebbe la meglio sul suo orgoglio. Rimosse la linguetta del coperchio di plastica e ne bevve un sorso. Un'esplosione di sapori lo immobilizzò e dalla bocca gli venne fuori un gemito. Per tutte le sacre divinità del caffè! Quella porcheria era buonissima. Era una torta alla zucca in formato liquido. Ma perché non l'aveva mai assaggiata prima? Ovvio che le donne la adoravano.

Mack sogghignò. «È vero o no? Questa roba mi fa impazzire.»

Qualcuno bussò di nuovo alla porta con insistenza. Era Del, che si precipitò dentro con la faccia di chi non aveva voglia di perdere tempo. «Ti conviene avermi preso il caffè» ringhiò.

Mack gli indicò il vassoio. «Caffellatte alla zucca, come da tua richiesta.»

Gavin rimase a bocca aperta. «Anche tu?»

Del si stravaccò su una poltrona vicino alla finestra. «Lo adoro, ma mi vergogno troppo a ordinarlo per me.»

Mack si abbandonò sul divano e tirò su le gambe. «Non devi vergognarti. L'avversione per il *pumpkin spice latte* è un esempio perfetto di quanto la mascolinità tossica ammorbi la quotidianità nei minimi dettagli. Se a frotte di donne piace una cosa, ecco che la nostra società comincia automaticamente a ridicolizzarla. Proprio come coi romance. Se piacciono alle donne, devono essere per forza una stronzata, vero?»

Gavin fece un'espressione perplessa. «Parli come Malcolm.»

«Sono molto di più di un bel faccino, caro mio.» Mack posò il suo bicchiere e si alzò in piedi. «Fammi vedere i tuoi vestiti.»

A Gavin andò di traverso il caffè. «Perché?»

«Dobbiamo scegliere cosa ti metterai per lo spettacolo a scuola di stasera.»

«Siete qua per scegliere cosa mi metterò?»

«Anche» disse Del.

Mack si avviò verso l'unico armadio di fronte alla porta del bagno e spalancò le ante. «Mamma mia, che tristezza» disse, passando in rassegna una gruccia dopo l'altra. «È tutto quello che hai?»

«No, coglione. Quasi tutti i miei vestiti sono rimasti a casa.»

«Be', con questa roba ho ben poco da fare. Mi sa che ci tocca un po' di shopping.»

«Io con voi non faccio nessuno shopping.»

«Mascolinità tossica» disse Mack con una smorfia di disapprovazione.

Del emise un sospiro stile conducente di pullman sfinito che deve ancora guidare per tre ore portando in giro una scolaresca. «In questo momento potrei essere a casa mia a fare l'amore con mia moglie.»

Mack e Gavin si voltarono di scatto.

Del fece spallucce. «Aveva voglia. Ha provato a trascinarmi di nuovo a letto...»

Mack si coprì le orecchie. «Non davanti ai bambini!»

«E allora fate i bravi!» ringhiò Del. Poi, rivolto a Mack: «Smettila di offenderlo per i vestiti e vedi di trovare qualcosa. E tu...». Si voltò verso Gavin: «Sentiamo».

Gavin si guardò attorno, come se Del stesse parlando con qualcun altro. «"Sentiamo" cosa?»

«Quello che hai imparato finora.»

«Imparato?»

«Dal libro» disse Del, incrociando le braccia. «Hai cominciato a leggerlo, vero?»

Gavin fece una smorfia.

Di colpo, Del divenne molto più alto. O almeno così parve. «Stai prendendo la cosa vagamente sul serio o no?»

«Sì...»

«Perché noi abbiamo corso un rischio a farti entrare nel club.»

«Ma me l'avete dato sabato!»

«Oh, scusami» disse Del. «Devi occuparti di qualche affare più urgente in questo momento? Perché pensavo che salvare il tuo matrimonio fosse la tua priorità assoluta.» Si passò una mano tra i capelli e fissò il vuoto per qualche istante. Poi guardò di nuovo Gavin. «Quanto ne hai letto?»

«Il primo capitolo.»

«Cristo» borbottò Del.

«Senti, sarò onesto. Non ho capito bene quale insegnamento dovrei trarre da questo libro.»

«Perché non ci stai nemmeno provando. Vallo a prendere.»

Gavin arrancò fino al comodino, sentendosi come uno studentello mandato dal preside perché non ha fatto i compiti. Tirò fuori dal cassetto *La contessa incazzata* o come si chiamava quel coso. Del lo prese e lo alzò sopra la testa come un predicatore che sta per cantare un gospel.

«C'è un motivo per cui abbiamo scelto questo libro.»

«Perché parla di un uomo che manda a monte il suo matrimonio. Capito.»

«Non solo.» Del aprì il libro e sfogliò qualche pagina prima di trovare quello che stava cercando. Si schiarì la voce: «"Amore mio"» lesse, «"ricominceremo daccapo"».

«E quindi?» chiese Gavin.

«È esattamente quello che farete tu e Thea.»

«Non ti seguo.»

«Dovrai corteggiare di nuovo tua moglie.» Del lanciò il libro sul letto. «E non abbiamo troppo tempo, quindi in piedi.»

«Perché?»

«Perché dobbiamo lavorare su come flirti.»

A Gavin andò il caffè di traverso per la seconda volta. «Non credo proprio.»

«Hai fatto un casino quando sei andato da lei sabato, quindi stasera devi assolutamente rifarti. La devi ammorbidire un pochino per cercare di convincerla. Vieni qui.»

Gavin indietreggiò. «Non se ne parla. Thea odia flirtare.»

«Cosa?» Mack, dietro di lui, ridacchiò. «Che stronzata. Come l'hai convinta a uscire con te, all'inizio?»

«Evitando di flirtare.» Era vero. Thea gliel'aveva pure detto, una volta. Quando lei lavorava alla caffetteria, l'aveva notato proprio perché non se ne usciva mai con battute cretine né le dava troppa confidenza. Chissà se le sarebbe piaciuto tanto sapendo che era solo terrorizzato all'idea che lei gli ridesse in faccia, però, oh, era andata bene.

Del sospirò ancora. «Gavin, a tutte le donne piace flirtare. È che ognuna ha i suoi gusti. Ad alcune piace sentirsi dire porcate. Ad altre la cavalleria. E altre ancora vogliono gesti dolci e delicati.»

«E io come dovrei sapere che cosa piace a Thea?»

Mack diede le spalle all'armadio con un'espressione incredula. «Da quant'è che siete sposati?»

Del lo interruppe. «Questo rientra in quella faccenda del dover "imparare la sua lingua".»

«Ma mica posso impararla entro stasera!» Gesù, quant'era umiliante.

Del annuì lanciando chissà quale tacito messaggio a Mack, che si lagnò: «Perché io?», prima di trascinarsi fuori dalla stanza. Tornò dopo un istante, trasfigurato. Si appoggiò allo stipite della porta, incrociò le braccia, e abbozzò un mezzo sorriso. Poi gli fece l'occhiolino.

Gavin si guardò indietro, poi si voltò di nuovo. «Ma che cazzo stai facendo?»

«Sei una meraviglia. Non ci credo che la gente mi vedrà al tuo fianco.»

«Ehm...»

«Se ti vesti così, però, prima devi avvisare.» Poi lo squadrò dalla testa ai piedi, lentamente e a lungo. E basta. Scosse le spalle e si allontanò dalla porta.

«Flirtare è questione di sicurezza. Tutto qua.»

«Non è il mio punto di forza, al momento.»

«Non la tua sicurezza, coglione. La sua. Devi farla sentire come se fosse l'unica donna nella stanza. Grazie a te deve avere un sorriso stampato in faccia, una molla che la faccia saltellare a ogni passo, le guance rosse per l'entusiasmo. Devi dirle cose che si ripeterà nella testa in continuazione mentre è a letto.»

Gavin per poco non gemette al figurarsi quell'immagine. Thea a letto. Con una di quelle cosine di seta addosso... da sola. O peggio, con chissà chi. Oddio, stava per vomitare.

«Posa quel caffè» gli ordinò Del.

Gavin obbedì. L'amico abbozzò un sorriso stranissimo e prese ad andargli incontro. Lo guardava fisso, e Gavin, mannaggia a lui, non riusciva a staccargli gli occhi di dosso. Non si era neanche reso conto di aver indietreggiato finché non andò a sbattere con la schiena contro la parete. Del appoggiò le mani sulle spalle di Gavin e sorrise, chinandosi verso di lui. «Ciao.»

«Ciao» rispose Gavin in automatico.

«Non riesco a smettere di pensare a stanotte.»

Sussultando, Gavin gli chiese: «C-cosa è successo stanotte?».

Del ammiccò. «Devo ricordartelo?»

Gesù. Gavin appiccicò la schiena alla parete. «Mi sento in

dovere di comunicarti che potrei avere una leggerissima erezione in questo momento.»

«Certo che sei proprio alla frutta» disse Del, ancora nel personaggio. «Non sto neanche dando del mio meglio.»

Mack si schiarì la voce. «Scusate se interrompo il vostro idillio, ma abbiamo un problema.» Reggeva un maglione grigio. «Questa è la sola e unica cosa decente di tutto il guardaroba di Capitan Minchione.»

Gavin spinse via in malo modo le braccia di Del, che indietreggiò uscendo finalmente dal suo spazio personale. «Ricordati solo di fissarla tantissimo negli occhi. Il trucco è il contatto visivo.»

«E fa' l'occhiolino» disse Mack, lanciando il maglione sul letto. «Le donne lo adorano.»

Del aggiunse un'ultima cosa. «E guardale le labbra. Deve pensare che le stai immaginando addosso a te, dappertutto.»

Quello, almeno, non comportava chissà che sforzo. Gavin trascorreva la maggior parte delle giornate a immaginarsi le labbra di Thea addosso.

Ma, un momento... Guardò prima l'uno e poi l'altro, ripetutamente. «Tutto qui? Le dico che mi piace il suo vestito e le faccio pensare che voglio che mi lecchi? È questo il piano che avete escogitato per me?»

«Per adesso.»

Gavin sprofondò di nuovo sul letto. «Non c'è speranza.»

«Sarebbe più semplice se ci dicessi cos'è successo davvero tra voi due.»

«Assolutamente no.»

«Okay» disse Del emettendo un altro sospiro. «Allora almeno dicci qualcosa. Qualsiasi cosa. Una frase che ha pronunciato domenica che potrebbe aiutarci col piano per stasera.»

Gavin si sdraiò e si mise a fissare il soffitto. Ogni parola di quella domenica aveva ormai dimora fissa nel suo cervello, ma quasi tutte avrebbero rivelato un po' troppo agli altri.

«Vuole tenersi la casa» disse.

Del si alzò di scatto. «Ha detto così?»

Gavin annuì. «Ha detto che sarebbe più facile per le bambine se uno di noi tenesse l'unica casa in cui hanno mai vissuto, e mi ha chiesto di comprargliela.»

Del e Mack si guardarono. «Potrebbe andare» disse Mack.

«È rischioso» aggiunse Del. «E non siamo più all'epoca della Reggenza inglese. Per legge, Thea è proprietaria della metà di tutti i suoi beni.»

«Ma è un gesto così significativo che potrebbe funzionare» rispose l'altro.

«Scusate» disse Gavin, mettendosi seduto e agitando le braccia. «Intendete farmi capire qualcosa?»

«Devi alzare la posta.»

«Il che significa...?»

Dall'occhiata che si scambiarono Del e Mack, Gavin capì che la risposta non gli sarebbe piaciuta.

E aveva ragione.

Del fece un bel respiro, buttando fuori l'aria molto velocemente. «Devi accettare il divorzio.»

Cosa. Cazzo. Intendeva.

«Esatto» disse Mack. «Ma prima lo shopping.»

CAPITOLO SEI

«Mamma, piano.»

Thea abbassò lo sguardo verso la mano con cui stava premendo il pennarello da trucco sulla faccia di Ava. Si era fatta avanti per aiutare con la scenografia e col trucco la sera dello spettacolo, e malgrado quell'impegno le garantisse la distrazione che tanto le serviva in quel momento, più l'orologio si avvicinava all'ora dell'arrivo di Gavin, più la sua mente si metteva a divagare.

Si ripeté per la centesima volta che avrebbe voluto che Liv fosse lì per darle sostegno morale, ma quella sera sua sorella lavorava fino a tardi.

«Scusa, piccola» disse Thea, staccando il pennarello dal viso della bambina.

«Mamma, è bellissimo!» esclamò Amelia elettrizzata, accanto a lei. «Sei troppo bravissima a disegnare.»

«Troppo *brava*» la corresse Thea dolcemente. «E grazie. Sei molto gentile.»

Terminò di tracciare l'ultimo fiore sul musetto di Ava – tutte e due le bambine facevano i cerbiatti – e raccolse i pennarelli per metterli via. Dieci minuti all'apertura del sipario. La maestra batté le mani e, cercando di farsi sentire dalle bambine che chiacchieravano emozionatissime, le invitò a cominciare a mettersi in fila. Per Thea significava che era ora di andare a prendere posto. Rimpianse di non aver mentito a Gavin, di non avergli detto che era richiesta dietro le quinte, perché non aveva più alcuna energia per i convenevoli e i sorrisi falsi che erano prerequisito di qualsiasi uscita anche vagamente pubblica assieme a lui. Pregò Dio di darle la calma necessaria per non prendere a pugni chiunque fosse andato in brodo di giuggiole per il grande slam di Gavin.

Mentre scendeva le scale accanto al palco, avvertì una stretta allo stomaco. Il suo sguardo passò in rassegna frotte di famiglie che cercavano un posto a sedere. Decine di donne con la stessa espressione scocciata, il cui unico possibile significato era che per colpa dei loro mariti arrivati in ritardo ora non riuscivano a trovare più di due poltrone vicine, in modo da potersi sedere insieme al resto dei parenti. Quello che non vide fu Gavin, grazie al cielo. Forse, se avesse temporeggiato ancora un po', anche loro non sarebbero riusciti a sedersi accanto.

Quel senso di sollievo ebbe vita breve.

«Ciao.»

Al suono della sua voce ebbe un sussulto, poi si voltò. Gavin era sotto le scale, e le sorrideva con un maglioncino leggero con lo scollo a V che Thea non aveva mai visto. Gli avvolgeva i muscoli come se anche il cotone non riuscisse a resistergli. Meno male che lei ci riusciva, invece. Aveva ricevuto una bella punturina di cuore infranto e ormai era immune ai bicipiti gonfi e agli avambracci sodi e a quell'avvallamento appetitoso tra i pettorali lisci e...

Argh. Scese gli ultimi scalini. «Hai trovato posto?»

Lui indicò il corridoio. «Decima fila. Ci ho messo il cappotto per tenerli occupati.»

Fece andare avanti lei, e poi le appoggiò una mano sulla parte bassa della schiena come se fossero insieme. Un'altra mamma e un altro papà felici una accanto all'altro. Con discrezione, lei cercò di allontanarsi proprio mentre una voce emergeva in mezzo al caos.

«Scusi, lei è Gavin Scott, vero?»

Eeecco qua. Thea si voltò, elaborando nella testa una serie di parolacce incomprensibili e inventate di sana pianta. Un papà in jeans e rasato tese la mano a Gavin, che per educazione si fermò, come faceva sempre coi tifosi.

Thea si stampò sulla faccia il suo sorriso falso e ricambiò il gesto. «Thea Scott.»

L'uomo le afferrò le dita con una presa floscia. Come potevano esistere ancora uomini che non stringevano la mano alle donne? Le diede a stento un'occhiata e rivolse nuovamente l'attenzione verso Gavin.

«Che sfiga l'ultima partita» disse il tale. «Incredibile com'è finita. L'arbitro sarà stato cieco.»

A Gavin si gonfiò una vena sulla mandibola. Odiava quando davano la colpa agli arbitri per una sconfitta. «Siamo stati noi a fare una mossa stupida e a perdere. Non ho giocato bene come avrei dovuto.»

«Macché, è colpa di Del Hicks. Ha mancato quella palla alta.

Il contratto sta per scadergli, no? Forse possiamo levarcelo di mezzo quest'anno. Ci liberiamo di un peso morto.»

«Del Hicks è il m-m-m...»

Thea avrebbe potuto capire che Gavin aveva cominciato a balbettare solo dalla faccia del tizio. Lo stronzo guardava dappertutto tranne che Gavin, come se la balbuzie fosse una cosa imbarazzante. Thea detestava le persone così. Dicevano di essere supertifose di Gavin, ma nel momento in cui cominciava a balbettare si comportavano come se avesse una malattia contagiosa.

Per puro istinto, Thea fece scivolare la sua mano in quella di Gavin e la strinse forte. Le dita di lui si chiusero attorno a quelle di lei, poi lo sentì espirare. Ricominciò daccapo. «Del Hicks in realtà è il mio migliore amico» disse gelido.

«Oh. Be', io, ehm, è meglio che vi lasci cercare i vostri posti» fece l'altro, paonazzo. «È stato un piacere.»

Thea si voltò e cercò di ritrarre la mano, ma Gavin non glielo permise. Al contrario, la tirò a sé e le avvicinò le labbra all'orecchio. Thea avvertì il profumo del sapone di lui e il suo alito fresco al sapore di Tic Tac sulla pelle.

«Grazie» disse piano.

«Quel tizio era un idiota.»

«Thea.»

Il tono solenne della sua voce attirò involontariamente gli occhi di lei verso quelli di lui. Thea però distolse velocemente lo sguardo, perché in quello di Gavin trovò la stessa pesantezza che aveva nella voce, e per lei in quel momento era un fardello troppo grosso. «Puoi evitare di farlo?» gli chiese.

«Di fare cosa?»

«Qualsiasi cosa stessi per fare. Questa cosa con te adesso non la reggo.»

«Ho solo detto il tuo nome.»

«Il punto è come hai detto il mio nome.»

«E come l'ho detto?»

«Come se volessi intendere qualcos'altro» sbottò mantenendo la voce bassa.

Si chinò in avanti piano, di proposito, una scintilla sorprendentemente maliziosa negli occhi. Il cuore di Thea non le arrivò mica in gola, e non avvertì certo un brivido e né le venne la pelle d'oca quando la carezza seducente della voce di lui la raggiunse, figuriamoci. «E tu cosa intenderesti se ti dicessi che stamattina mi sono svegliato dicendolo, il tuo nome?» bisbigliò.

Ma cosa...?

Le fece l'occhiolino, le mollò la mano, e si avviò verso i loro posti a sedere.

Thea rimase immobile nel corridoio borbottando una protesta intempestiva. Poi i piedi ripresero a funzionarle. «Che cos'era quella roba?» sussurrò sedendosi.

Per assumere una disinvolta posa mascolina, Gavin accavallò le gambe posandosi una caviglia sul ginocchio. «In che senso?»

«Lo sai in che senso! Mi hai fatto l'occhiolino?»

«Mi pare di sì.»

«Tu non fai l'occhiolino.»

«Non è vero.»

«Eccome se è vero. Una donna si ricorda tutte le volte che un uomo le fa l'occhiolino, perché adoriamo quando lo fate. È come l'erba gatta. Voi strizzate l'occhio, e noi cominciamo a rotolarci e a fare le fusa. Non me lo facevi da una vita.»

«Allora sono un cretino.» Gavin abbassò lentamente lo sguardo per fermarlo sulle labbra di Thea. «Perché non mi dispiacerebbe sentirti fare le fusa.»

Lei trasalì. «Scusami?»

«Sei bellissima, comunque» le disse mentre con nonchalance tornava a guardare il palco. «Se ti v-vesti così, però, p-prima devi avvisare.»

Si abbassarono le luci, e quel buio benedetto le nascose le guance che certo non le diventarono paonazze e bollenti, figuriamoci.

Gavin lanciò un'occhiata a Thea nell'oscurità del teatro. Teneva la schiena dritta come un palo e le gambe rigide e accavallate. Se avesse serrato un altro po' le mani, si sarebbe spezzata un dito.

Gavin avrebbe personalmente sbudellato Del e Mack se il piano non avesse funzionato. Non solo la parte del flirtare, ma anche tutto il resto. Non riusciva a credere a quello che gli avevano chiesto di fare quella sera. Non riusciva a credere che aveva accettato di provarci.

Il sipario si alzò mentre la registrazione di un'orchestra risuonava dagli altoparlanti. Una schiera di bambini ballava sul palco in una baraonda di musetti di animali e passi a casaccio. Scoppiò a ridere quando riconobbe le figlie. Anche lassù, la loro personalità era evidente. Amelia era esuberante, vivace e ballava a un ritmo tutto suo. Ava era seria, decisa a fare esattamente i passi che le avevano insegnato. Le mani di Thea, al suo fianco, avevano smesso di stringersi l'una all'altra con quella forza, e la sua schiena si era rilassata sulla spalliera della poltrona. Tutta la rabbia che provava per lui era stata momentaneamente messa da parte appena erano comparse le figlie.

Si sentì come cadere e la vista gli si appannò mentre la guardava: le espressioni con cui reagiva a ogni gesto adorabile di Ava e Amelia, i suoi lineamenti dolci, la fossetta che le si faceva più evidente quando rideva, quella minuscola cicatrice a forma di mezzaluna sotto l'orecchio sinistro.

Gli occhi di Thea incrociarono i suoi nell'oscurità, e il sospetto con cui lo fece gli provocò un brivido.

Lo spettacolo durò un'ora. Non appena il sipario si chiuse, lei lo fulminò con lo sguardo. «Smettila.»

Lui decise di fare il finto tonto, ma porca miseria il sudore gli solleticava le ascelle. «Di fare che?»

«Qualsiasi cosa tu stia facendo» sussurrò Thea, che con gli occhi scrutava intorno per assicurarsi che nessuno li stesse ascoltando. «Mi hai fissata per tutto il tempo. E quelle battutine sul fare le fusa? Che cos'è che stai facendo?»

Provò quella tecnica del mezzo sorriso che aveva usato Mack. «Sto solo flirtando con mia moglie.»

«Stai flirtando?!» Gli toccò la fronte. «Hai la febbre?»

Col cuore in gola, Gavin le allontanò la mano, la girò e le premette le labbra sul palmo. «In effetti» sussurrò con un tono che sperava risultasse seducente, «ce l'ho.»

Thea si ritrasse e indietreggiò con la schiena, fissandolo come se gli fosse appena spuntato un terzo occhio. «Hai avuto un incidente, vero? O sei caduto dalle scale, o ti ha preso in pieno una palla dritta.»

Gavin deglutì. «Eh?»

«Una botta in testa. È l'unica spiegazione. Devi farti vedere da un dottore.»

«Magari ci giochiamo noi, al dottore?» L'incertezza nella sua voce mandò in malora l'obiettivo di sedurla con la sua disinvoltura.

Le labbra sensuali e lucide di Thea si schiusero. Ma dopo

una frazione di secondo, le unì di colpo e serrò la mandibola. Poi, come un soldato che va sull'attenti, si drizzò in piedi. Visto che lui non fece altrettanto, Thea lanciò un'occhiataccia verso le sue ginocchia, come se il suo metro e novantacinque fosse frutto di un complotto escogitato per impedirle un'uscita a effetto.

Gavin si tirò su, la lasciò passare, e poi la seguì in mezzo alla folla che si avviava lentamente verso il foyer. Ci volle poco perché l'area fuori dal teatro si riempisse di famiglie in attesa dei figli. Gavin si fece largo sgomitando con delicatezza, cercando di restare il più possibile vicino a Thea. Lei camminava decisa, a testa bassa, con la borsa stretta sul fianco come se ci custodisse dentro codici nucleari.

Qualcuno salutava con un sorriso genuino Gavin, e lui in quel caso ricambiava. Ma aveva ormai imparato da tempo a evitare con destrezza quell'altro genere di sorrisi – i sorrisi tesi dei tifosi, segnale del fatto che erano a tanto così dal chiedergli un autografo o un selfie. I tifosi erano la linfa vitale degli sport agonistici, e avrebbe sfidato qualsiasi città degli Stati Uniti a trovare una tifoseria più affezionata di quella di Nashville. Ma gli atleti professionisti erano anche degli esseri umani che a volte desideravano solo passare una serata tranquilla con la propria famiglia o vedere la recita scolastica dei propri figli.

O flirtare con la propria moglie per convincerla a non divorziare dalla loro testaccia di cazzo piena di rimorsi.

Quando la raggiunse, Gavin si mise le mani in tasca. «Pensavo che, finito qui, magari potremmo...»

Non riuscì a concludere la frase con cui intendeva proporle di andare a cena tutti insieme come una famiglia – idea di Del –, perché una donna in tailleur rosso e tacchi alti pronunciò il nome di Thea e ticchettò fin lì salutando allegramente.

«Direttrice Martinez» disse Thea ricambiando il saluto.

«Lydia. Dammi del tu.» Sorrise. «Sono felicissima di averti incrociata.»

Thea guardò Gavin perplessa. «Oh, ehm. Gavin, la direttrice Martinez, della scuola elementare. Lydia, ti presento Gavin. Mio marito.»

"Mio marito." Quelle due parole non avevano mai avuto un suono così innaturale e allo stesso tempo promettente.

Lydia tese doverosamente la mano, e Gavin la strinse. «Piacere.»

Si voltò di nuovo verso Thea. «Volevo solo avvisarti che la tua lettera di raccomandazione te la darò la prossima settimana. È tardi?»

Lettera di raccomandazione? Thea gli lanciò uno sguardo – nervoso, apparentemente – e poi tornò a guardare la direttrice. «È perfetto, Lydia. Grazie ancora.»

Con un cenno, Lydia la pregò di smetterla: «È il minimo, viste tutte le volte che ti sei offerta di aiutare quest'anno e l'anno scorso».

Poi scattò di nuovo via, dicendole: «Alla prossima settimana» mentre si era già avviata.

«Lettera di raccomandazione per cosa?» chiese Gavin.

«La Vanderbilt» disse con un sorriso forzato. «Torno all'università e mi prendo la laurea.»

«Q-quando l'hai deciso?»

Lo fulminò con lo sguardo. «Ho sempre detto che avrei finito gli studi, Gavin.»

«Thea, non intendo che non puoi...»

Oh, porca vacca. Errore. Errorissimo. Il collo di Thea si allungò e diventò rosso fuoco. «Be', grazie a Dio. Perché senza il tuo permesso certo non l'avrei fatto.»

Gavin si grattò la testa con un dito. «Amore, non volevo dire questo. Possiamo abbassare i toni e...»

«Mi stai dicendo sul serio di darmi una calmata? Perché è raro che sortisca l'effetto desiderato.»

Santo Dio del cielo, stava precipitando in picchiata come una palla di fuoco. Riusciva persino a sentire le fiamme che gli sfioravano la pelle. Un fischio nell'orecchio gli diceva che gli bastava un'altra idiozia per schiantarsi e soccombere.

«Mamma, ci hai viste?»

«Dio, grazie» sussurrò Gavin mentre Amelia e Ava correvano verso di loro.

Il viso di Thea si trasformò. Aprì le braccia in attesa che le si gettassero addosso. «Siete state bravissime!» disse, chinandosi a baciarle. «I migliori cerbiatti ballerini che abbia mai visto.»

«Ci hai viste, papà?» domandò Amelia, che andò a stringergli le gambe in un abbraccio.

«Certo, tesoro. Siete state incredibili.»

«Ho fame» disse Ava, e Gavin pensò di cogliere la palla al balzo.

«Faccio i maccheroni al formaggio appena arriviamo a casa» disse Thea.

Il fischio nell'orecchio si fece più forte, ma decise di rischiare. «Sapete che vi dico? Ho fame anch'io. Perché non ce ne andiamo da Stella's?»

Stella's era il loro ristorante preferito. Ci portavano le bambine da quando avevano imparato a stare sedute sul seggiolone.

«Oh sì, mamma! Possiamo andare da Stella's?» domandò Amelia.

Gavin trattenne il fiato incrociando lo sguardo granitico di Thea. Poi deglutì. «Magari mi racconti meglio della Vanderbilt» le propose.

Thea gli lanciò un'occhiata che sembrò un calcio nelle palle, ma poi si stampò sulla faccia un sorriso felice per le bambine. «Che bella idea» disse. «Perché voi non andate insieme, e ci vediamo lì?»

«Io voglio andarci con la mamma» disse Ava, prendendole la mano.

Quelle parole colpirono nel segno e Gavin sussultò, ma riuscì a sorridere. «Amelia può venire con me, e Ava con te.»

Avevano le auto su lati opposti del parcheggio, quindi si separarono in due direzioni diverse. Amelia gli teneva stretta la mano e cominciò a dondolare col braccio avanti e indietro. «Ava zzorme ogni notte con la mamma» disse, saltando giù dal marciapiede.

Gavin avvertì una fitta al petto quando sentì quella pronuncia strana. Thea gli aveva assicurato più e più volte che non c'era nulla di cui preoccuparsi, ma lui non le dava retta. La balbuzie non era qualcosa di cui vergognarsi, ovviamente, ma per Gavin ce n'era voluto di tempo prima di accettarla. Da bambino e da adolescente aveva sopportato fin troppo i bulli per non lasciarsi angosciare dall'idea che le sue figlie avrebbero potuto vivere la stessa cosa.

«Ogni notte, eh?» disse, riagganciandosi finalmente a quello che gli aveva detto Amelia.

«Si sveglia e va dalla mamma, io invece no. Io dormo ogni notte nel mio letto. Mi chiama fifona perché ho paura dei tuoni, ma è lei la fifona che si spaventa del buio.»

Gavin si fermò davanti a una fila di auto parcheggiate e si accovacciò per guardarla negli occhi. «Non è giusto dare a qualcuno del fifone, tesoro. È normale avere certe paure.» Disse quelle parole da padre saggio, ma la sua mente era altrove. Da quando Ava aveva paura del buio? «Anche i grandi hanno paura. Ma non siamo mica fifoni, giusto?»

Amelia fece di sì con la testa, e Gavin si rialzò con un sorriso. Ripresero a camminare, ma dopo pochi passi lei gli chiese: «Tu di che cosa hai paura, papà?».

"Di perdere voi e la mamma" pensò con un groppo in gola. Evidentemente le sue figlie avevano deciso di distruggergli l'anima, quel giorno. Con un certo sforzo, deglutì. «Dei pagliacci» disse, fingendo di essere scosso da un brivido. «Con le loro scarpe rosse gigantesche e quei nasi strombazzanti.»

Poi la afferrò da sotto le ascelle e se la mise sulle spalle, facendola scoppiare in una risata di gioia.

CAPITOLO SETTE

«Eccoli.»

Thea indicò il SUV di Gavin che svoltava nel parcheggio di Stella's. Lo stava aspettando da circa cinque minuti, seduta con Ava su una panchina fuori dal ristorante. Gavin doveva essere rimasto bloccato nell'ingorgo di auto che lasciavano il teatro dopo lo spettacolo. Per Thea non era affatto un problema, perché le serviva un minuto – magari cinque – per calmarsi. E non perché Gavin gliel'avesse suggerito, ma, anzi, proprio perché aveva osato farlo. Quando mai una donna si era calmata dopo che un uomo gliel'aveva consigliato?

L'unica cosa che l'avrebbe aiutata a tranquillizzarsi sarebbe stata la fine di quella serata. Quando Gavin aveva proposto di andare da Stella's di fronte alle bambine, l'avrebbe ammazzato. Lui lo sapeva che il solo accennare all'idea le avrebbe fatte fissare e che avrebbero cominciato a implorare di andarci.

Thea si alzò quando lo vide attraversare il parcheggio con

Amelia. Gavin le sorrise e lei si girò prontamente dall'altra parte, ma in qualche modo la mano di lui trovò un punto della sua schiena sul quale accomodarsi; Thea si irrigidì, e lui la lasciò cadere.

«Ma guarda un po' chi c'è» disse Ashley quando li vide entrare. Lavorava come cameriera da Stella's sin da quando avevano cominciato a frequentarlo. «Non ci vediamo dall'estate scorsa.» Emise un verso di stupore esagerato quando notò il viso delle bambine. «Oddio, mi sa che qui non abbiamo nulla per i cervi!»

«Siamo cerbiatti» la corresse Amelia, raggiante. «Oggi abbiamo avuto la recita a scuola!»

«La recita? Ma siete troppo piccole, ancora. Non ci credo.» Ashley strizzò l'occhio a Thea e fece un cenno con la testa alle bambine perché la seguissero. «Il vostro tavolo preferito è libero.»

Ecco cos'è che Thea adorava dei piccoli centri. Erano habitué e avevano il loro solito tavolo. Cosa c'è di più rassicurante di un posto dove tutti sanno come ti chiami e il menu non cambia mai? Era una tradizione semplice, di quelle che Thea e Liv non avevano mai avuto da piccole. Per le bambine sarebbe stata meno speciale quando il quartetto sarebbe diventato un trio?

Ava e Amelia seguirono Ashley lungo il dedalo di tavoli apparecchiati con tovaglie a scacchi bianchi e rossi e vasi di fiori freschi che venivano cambiati ogni giorno. Tutte le finestre erano incorniciate da persiane bianche in stile country, sulle quali Stella aveva appeso dello spago per esporre le foto dei clienti, compresa la loro. Qualche mese e sarebbe diventato imbarazzante.

Le bambine scivolarono sulle panche per sedersi una di fronte all'altra, e Thea tirò un sospiro di sollievo. Non voleva stare accanto a Gavin: atteggiamento piuttosto infantile, ma poco importava.

«Da bere, il solito?» chiese Ashley quando tutti ebbero preso posto. «Acqua per i grandi e latte al cioccolato per voi due?»

«Va benissimo» rispose Gavin. «Grazie.»

«Io voglio il formaggio grigliato» disse Amelia, mettendosi seduta sulle ginocchia e appoggiando i gomiti sul tavolo. «E la salsa di mele.»

«Tu cosa vuoi, amore?» domandò Thea ad Ava. «Vuoi anche tu il formaggio grigliato?»

La piccola fece spallucce, e Thea trattenne un sospiro. Non era disposta a tollerare ancora a lungo quell'atteggiamento scontroso di Ava, che era a tanto così dal diventare una palese mancanza di rispetto, ma per il momento preferì tacere. Era già una serata bella impegnativa. E poi, non voleva punire la figlia, rea di essere una bambina che esprimeva le proprie incertezze nell'unico modo che conosceva. Spesso gli adulti pretendevano troppo dai più piccoli.

Qualche settimana dopo la richiesta di divorzio da parte del padre, la madre di Thea si era barricata in camera sua per giorni. Quando Thea un giorno aveva bussato per dirle che aveva fame, la madre le aveva risposto urlando che era ora di crescere e smetterla di essere così egoista.

Thea aveva dieci anni. Lei e Liv impararono a cucinare dopo quell'episodio.

Superato il divorzio, voleva che le sue figlie ricevessero un supporto psicologico adatto alla loro età, un'altra cosa che probabilmente a lei e Liv avrebbe fatto bene. Sperava che la terapia potesse aiutare Ava a adattarsi alla nuova realtà.

La cameriera arrivò con le bibite e prese l'ordinazione prima di lasciarli di nuovo in un silenzio imbarazzato.

«Margherite» disse Gavin all'improvviso, fissando il vaso

al centro del tavolo. Sorrise ad Amelia. «La mamma aveva una margherita tra i capelli la prima volta che l'ho vista.»

La bimba ridacchiò. «Veramente?»

«Veramente?» le fece eco Thea.

Gavin la guardò. «Ce l'avevi nella treccia.»

«Perché avevi una margherita nella treccia, mamma?» chiese Amelia.

«Non lo so. Non me lo ricordo.»

«Peccato» disse Gavin con un filo di voce. «Perché io invece non l'ho mai dimenticato.»

«Alla mamma piacciono i denti di leone» borbottò Ava.

Thea batté le palpebre più e più volte, poi distolse lo sguardo da Gavin, che la stava scrutando di nuovo come aveva fatto durante lo spettacolo. Come anche sabato. Come se la stesse vedendo per la prima volta. Forse era proprio così. Per lei, erano anni che non la vedeva affatto.

Quindi accarezzò i capelli di Ava. «I denti di leone che mi regalate voi saranno sempre i miei preferiti.»

L'imbarazzo aleggiava nell'aria come uno spesso strato di umidità. Thea tirò fuori i pennarelli e i libri da colorare che si portava sempre dietro per tenere le bambine occupate quando uscivano. Quella volta, però, li stava usando per tenere occupata se stessa. Aiutò Ava a colorare un disegno per diversi minuti, fin quando Gavin non si schiarì la voce.

«Allora» esordì, giocherellando col bicchiere pieno d'acqua. «Q-quando torni all'università?»

Thea tenne gli occhi fissi sul libro. «Se mi accettano, comincio quest'estate.»

«Quindi è solo per un semestre?»

Sbuffò. «Magari. Forse se frequentassi full time, ma con le

bambine è sicuramente impossibile. Spero di farcela in un anno e mezzo.»

«Un anno e mezzo» ripeté. «Mi pare, ehm, fattibile.»

«Sono contenta che approvi.»

«E poi? Cioè, dopo la laurea?»

«Provo a fare l'artista. Come ho sempre voluto.»

Esitò per un lungo momento prima di reagire.

«Be', ehm, ottimo» disse. «Sono felice che torni alla tua arte.»

«Anch'io.»

Arrivarono i piatti, e l'ardua impresa di aiutare le bambine a mangiare cercando al contempo di ingurgitare un po' di cibo soffocò qualsiasi altra conversazione, grazie al cielo. A metà del dolce – una teglia di brownie che condividevano sempre – Stella in persona emerse dalla cucina e fece un giro dei tavoli per chiacchierare.

«Giusto a voi pensavo» disse. «È una vita che non venite.»

«Abbiamo avuto da fare» rispose Thea automaticamente, con una bugia che le venne così naturale da sembrare vera persino a lei. «Le bambine ora vanno all'asilo e al corso di danza, quindi uscire è complicato.»

«E per le feste avete piani?»

«Niente di concreto» disse Thea.

Amelia alzò lo sguardo, un anello di cioccolato le incorniciava la bocca. «Andiamo da nonno e nonna in Ohio per il Ringassiamento.»

Mannaggia. Thea non aveva ancora detto alle bambine che la vacanza dai genitori di Gavin era stata cancellata. Sperava che se ne fossero dimenticate dato che lei e Gavin non ne parlavano da più di due mesi. Ma era raro che le bambine si dimenticassero dei viaggi per andare a trovare i nonni che tanto le viziavano.

«Be', il progetto era questo, ma, ehm...» Lo sguardo di Thea vagava smarrito alla ricerca di una scusa ma senza alcun risultato. Mentire a comando le diventava ogni secondo più difficile. «Ma pare che resteremo da queste parti.»

«Ma io voglio andare dalla nonna!» si lagnò Amelia.

«Anch'io» disse Ava, con la voce un'ottava più alta di quella della sorella.

Thea posò una mano sulla gamba di Ava. «Amore, ne parliamo dopo.»

«Ma perché non ci possiamo andare?» chiese Amelia.

«Amelia» disse Gavin calmo ma deciso. «La mamma ha detto che n-ne parliamo dopo a casa.»

«Ma tu a casa non ci vieni più!»

Seguì un silenzio stridente quanto un disco graffiato, così incredibilmente da cartone animato che Thea quasi si aspettava fosse subito seguito da un coro di grilli. «Vabbè» disse Stella, con le guance che le arrossivano mentre cercava invano di fingere di non aver capito quanto era appena successo: Amelia aveva rivelato a tutto il ristorante che Thea e Gavin si erano lasciati. «È stato un piacerone rivedervi. Vi lascio al vostro dolce.»

Si allontanò, e lì cominciò il vero disastro.

«Possiamo andare dalla nonna, per favore?» chiese Amelia.

«Quest'anno no, tesoro» disse Gavin.

«Ma perché no?»

«Ho troppi impegni con la squadra, amore.»

Ava si abbandonò sul sedile, imbronciata.

«Oggi può leggercela papà la storia?» chiese Amelia.

Thea si portò le dita a una tempia. «Tesoro, stasera papà non può, okay?»

«Perché no?» ribatté lei, con un labbro già tremante.

«Su» disse Gavin, stringendosi ad Amelia. «Ve la leggo presto una storia, va bene?»

«Ma io voglio che ce la leggi stasera!» La diga cedette. Le lacrime cominciarono a rigare il viso della bambina.

Quindi anche la sorella si mise a piangere, perché è così che fanno i gemelli.

E quando Ava iniziò a piangere, lo fece a un volume esagerato. All'improvviso, esplose: «Basta giocare a baseball, papà!».

Tornò un silenzio colmo di stupore, poi Ava prese a singhiozzare ancora più forte. Quindi Amelia strillò: «Infatti, papà, basta!».

A quel punto, tutto il ristorante li stava fissando. Gavin sussurrò un'imprecazione e si passò le mani sulla faccia.

Thea tremava dalla testa ai piedi quando strinse un braccio attorno alle spalle di Ava. «Tesoro, perché non vuoi che papà giochi a baseball?»

Ava si asciugò il viso con una mano, trasformando i puntini bianchi del suo musetto da cerbiatto in lunghe strisce che le scendevano sulle guance. «Perché lo fa andare lontano e poi voi vi dite cose brutte.»

Gli occhi di Thea schizzarono fino a incrociare quelli di Gavin. Vi lesse i suoi stessi pensieri. «Quand'è che ci siamo detti cose brutte?» domandò Gavin.

«Quando tu hai fatto quell'home run.» Ava singhiozzò. «Ho sentito i rumori di quando litigate e poi vi siete detti cose brutte.»

Thea avvertì una sensazione di calore che dal collo le risaliva fino alla faccia, seguita da una stretta allo stomaco. Evidentemente, Ava si era svegliata quella sera, e non solo li aveva sentiti mentre erano a letto – solo questo poteva voler dire con "rumori di quando litigate" –, ma aveva anche ascoltato tutta la discussione che ne era seguita.

Alzò di nuovo lo sguardo in direzione del marito: le pareva di avere la testa dentro a un budino. Si guardarono negli occhi, addolorato lui, confusa lei.

Le bambine stavano piangendo. La gente li stava fissando. Si sentì investita da un'ondata gelida. Incapace di fermarsi in tempo, schiuse le labbra e disse: «Sapete che vi dico? Che ne dite se stasera papà viene a casa e vi legge la storia? Sareste più contente?».

Gavin pagò il conto e Thea portò le bambine verso la sua macchina. Si era fatto buio e lui le seguì a casa, con le mani sul volante e lo stomaco stretto in una morsa. Quand'è che avrebbe smesso di ripetersi le parole di Ava? "Lo fa andare lontano e poi voi vi dite cose brutte." Quanto male aveva fatto alle sue figlie? Alla sua famiglia?

Parcheggiò nel vialetto dietro l'auto di Thea. Lei fece di tutto per non guardarlo negli occhi mentre la aiutava a liberare le bambine dalle cinture del seggiolino. Butter li salutò sulla soglia.

«Fate prima il bagno così poi papà vi legge la storia?» chiese Thea ad Amelia e Ava riponendo i loro cappotti. Lo fece con una voce che tradiva una certa fragilità, come se un solo accenno di tensione potesse mandarla in pezzi o scatenare di nuovo il suo istinto demolitore.

«Porto fuori Butter» propose Gavin.

Thea reagì con un freddo "grazie", e lui si sentì un estraneo in casa propria come mai prima di allora. Non appena lei andò al piano di sopra con le bambine, Gavin condusse Butter verso la porta sul retro. L'aria pregna di polvere e intonaco cozzava con gli odori di casa a lui familiari: la crema di Thea, le candele alla lavanda che teneva sempre accese, quel leggero sentore di cane, e l'onnipresente profumo dei pennarelli e delle tempere emanato dai lavoretti e dai disegni delle bimbe. Quando Butter ebbe finito di girare intorno al cortile alla ricerca del punto perfetto per fare pipì, Gavin sentì la vasca che si riempiva. Salì di corsa al piano di sopra e bussò alla porta del bagno.

«Hai bisogno di aiuto?»

Thea rispose di no.

Mentre si aggirava fuori dalla porta, riaffiorò quel senso di estraneità. Guardò a destra verso la camera da letto. La loro camera da letto. La raggiunse e rimase sulla soglia. Thea quella mattina non aveva rimesso in ordine, e alla vista delle lenzuola aggrovigliate il rimorso gli colpì lo stomaco con la potenza di un cazzotto inaspettato. Quella fatidica sera era stata l'ultima volta che aveva messo piede su quel letto. Uno dei momenti più belli della sua vita, seguito quasi subito dal peggiore in assoluto.

«Che stai facendo?» chiese Thea alle sue spalle. Si voltò. Non aveva sentito la porta del bagno aprirsi, ma le figlie erano già in corridoio avvolte in due asciugamani identici.

«Niente» rispose. «Stavo... Ti aiuto a metterle in pigiama.»

Insieme, in religioso silenzio, asciugarono le bambine e riuscirono a infilarle in due tute da unicorno, anche queste identiche. Poi Thea si mise in piedi, raccolse gli asciugamani bagnati, e disse alle bimbe di scegliere un libro mentre lei si cambiava.

Scelsero una storia su un orsetto lavatore che si perdeva andando a casa della nonna per Natale. Quando Thea tornò, si erano appena sistemati sul letto di Amelia. Lei si era messa un paio di pantaloni della tuta e la vecchia felpa di Gavin degli

Huntsville Rockets: gliel'aveva chiesta in regalo dopo pochissime uscite. La prima volta che l'aveva indossata, Gavin aveva perso il lume della ragione. Era stato vinto da una possessività puerile, come se avesse preteso di poter disporre di lei. Ufficialmente. Con una felpa addosso.

Alla vista della moglie, così minuta che dentro ai vestiti enormi di lui ci nuotava, qualcosa lo eccitava ancora. Probabilmente quella sera aveva scelto quella felpa perché era comoda, pulita e confortevole. Ma per lui era piena di ricordi e di significato. Indossava proprio quella felpa quando gli aveva detto che era incinta. Lui non la sentiva da tre giorni. Non rispondeva alle chiamate e ai messaggi, e i colleghi della caffetteria gli avevano detto che era in malattia. Quando, alla fine, si era deciso ad andare al suo appartamento e l'aveva convinta quantomeno ad aprire la porta, ormai era pronto a tutto. O almeno, così credeva.

«Che ci fai qui?» gli aveva chiesto, con le braccia incrociate e le mani nascoste dalle lunghe maniche della felpa.

Gavin aveva allargato le braccia come a bloccare l'uscita, fermo sulla soglia; il discorso che aveva preparato era stato soppiantato da un goffo balbettio nello stesso secondo in cui l'aveva guardata negli occhi. «Parliamo. Va bene? Q-qualunque sia il problema, dimmelo e basta.»

Lei lo aveva fissato con lo sguardo smarrito per un momento e poi si era voltata senza dire una parola ed era sparita in bagno. Dopo qualche momento, era tornata con un bastoncino bianco in mano.

Tutti i nervi che Gavin aveva avuto in corpo erano scattati, come se un fulmine l'avesse centrato in pieno. «C-che cos'è?»

Thea si era fermata nel bel mezzo del piccolo soggiorno. Gavin era entrato, aveva chiuso la porta, e l'aveva raggiunta.

Lei gli aveva porto il bastoncino. Lui aveva guardato in basso e aveva visto una crocetta azzurra.

«Sei incinta?» aveva sussurrato, con la vista appannata, costellata di puntini luminosi.

Lei aveva afferrato il bastoncino ed era tornata a incrociare le braccia. «Sono incinta» aveva detto, con voce fredda, pungente, determinata.

Era riuscita a malapena a terminare la frase prima che lui la baciasse.

«Pronte per la storia?» chiese Thea, interrompendo il suo viaggio nei ricordi.

«Fate posto alla mamma» disse Gavin. Amelia si strinse un altro pochino a lui, e Thea si infilò in uno spazietto tra le bimbe e il muro. C'era spazio a volontà accanto a lui, ma sottolinearlo probabilmente non avrebbe portato a nulla di buono.

Gavin leggeva con le bambine accoccolate addosso, e di tanto in tanto gettava un occhio su Thea. Lei si ostinava a evitare il suo sguardo. Dopo qualche minuto, quando ebbe finito di leggere, Thea si mise seduta così in fretta che il letto sobbalzò. Disse alle bambine di darle un bacio e che ci avrebbe pensato papà a rimboccare le coperte.

Ava fu la più difficile da mettere a letto. Voleva solo Thea, e per farla rilassare il padre dovette ammassarle attorno un sacco di peluche. Con Amelia fu più semplice. Quando le rimboccò le coperte dicendole che sarebbe andato tutto bene, lei gli credette. Lo guardò piena di fiducia e di speranza e, posando la manina in quella di suo padre, sussurrò: «Ti voglio bene, papà» prima di chiudere gli occhi. Gavin riuscì a stento a tirarsi su e a uscire dalla stanza.

Chiuse la porta facendo meno rumore possibile, prese un bel

respiro per tranquillizzarsi, e tornò di sotto. Trovò Thea in cucina, intenta a scrivere qualcosa sulla sua enorme lavagna.

Si irrigidì quando Gavin arrivò alle sue spalle. «Dormono?»

Lui dovette schiarirsi la voce prima di parlare. «Sì. Erano stanche.»

«Lo sono anch'io.»

La osservò rimettere il cappuccio al pennarello e riporlo nel cassetto. Lo sguardo di Gavin fu attirato dalla bacheca e da una partecipazione stampata in rilievo che vi era stata affissa con una puntina da disegno. Batté le palpebre un paio di volte per assicurarsi di aver letto bene.

«Tuo padre si sposa di nuovo?»

Lei si allontanò e andò verso il lavandino. «La cosa ti meraviglia?»

«E che ne è stato di Christy?»

«Crystal. L'ha tradita col nuovo amore della sua vita.» Thea si riempì un bicchiere d'acqua e lo bevve per ingoiare la pillola per il mal di testa che prendeva quando sentiva un'emicrania incipiente.

«Ma quand'è successo?»

Thea fece spallucce e si voltò. «In inverno? Non mi ricordo.»

«Perché non me l'hai detto?»

«Non lo so.» Sospirò. «Non mi pareva importante.»

«Come l'ha presa tua madre?»

Thea si portò le dita a una tempia. «In questo momento non ho alcuna voglia di parlare dei miei genitori.»

«Scusa. Certo. Stai...» Indicò la sua fronte. «Stai bene?»

«Benone.» Deglutì e guardò in basso. «Gavin, dobbiamo decidere alcune cose.»

Quelle parole furono di nuovo come una catapulta verso il

passato. Magari non se n'era resa conto, ma aveva detto le stesse parole quando gli aveva rivelato di essere incinta.

Thea si era lasciata baciare ma non per molto. Gli aveva piantato le mani sul petto e lo aveva spinto via. «Ma che stai facendo?»

Gavin le aveva accarezzato la pancia: quell'esserino – il loro esserino – stava crescendo proprio sotto le sue dita. «Sono felice, Thea.»

«Splendido» aveva detto, con un tono più amareggiato di quello che lui si aspettava. «Ma dobbiamo decidere alcune cose, Gavin.»

«Cosa c'è da decidere?» Con la mano destra ancora sulla pancia di Thea, le aveva posato la sinistra sulla bocca per tenergliela chiusa. «Sposami.»

Un'idea cominciò a prendere piede. Quelle parole avevano funzionato allora, magari lo avrebbero fatto anche stavolta. Era senza dubbio qualcosa che Lord Come-si-Chiamava avrebbe fatto, in ogni caso.

Gavin accorciò la distanza tra loro. Thea alzò lo sguardo dal pavimento per un attimo, e lui colse l'occasione per accarezzarle la guancia con la mano sinistra. «Cosa c'è da decidere?» disse. «Sposami.»

Lei si ritrasse, col viso contratto in una smorfia confusa. «Cosa?»

Il cuore di Gavin prese a battere all'impazzata. «È... Ti ho detto la stessa cosa q-quando...»

«Lo so, Gavin.» Si strinse di nuovo nelle braccia, assumendo una posizione che riusciva a farla sembrare inflessibile e al contempo vulnerabile. «Vorrei solo che non la rovinassi dicendomela adesso.»

"Rovinarla?" Il cuore gli si fermò per un momento. «Non sono pronto a rinunciare a noi.»

«È troppo tardi.»

«Non è troppo tardi» disse Gavin, calandosi nella parte di Lord Risposta-Sempre-Pronta. «Non è mai troppo tardi per l'amore.»

Thea ridacchiò. «Ma sei serio?»

Okay, forse aveva un pochino esagerato. "Grazie mille, Lord Cazzone." Però doveva giocarsi tutte le carte possibili.

E se non avesse funzionato, avrebbe ammazzato Mack e Del e gettato nel caminetto Lord Fanfaluca. «E se... E se potessimo ricominciare daccapo?»

Thea alzò le mani come per difendersi da quelle parole. «Gavin, basta.»

«Fammi tornare a casa e...»

«No.» Thea lo scansò, ed era arrivata già al centro del soggiorno quando lui riuscì a raggiungerla e a parlare di nuovo.

«Fammi tornare a casa» ripeté. «E se non r-r-riesco a riconquistarti, ti... ti lascio andare. Accetto il divorzio.»

Thea si voltò e lo guardò incredula. «Siamo nel Ventunesimo secolo. Posso divorziare da te pure se tu non lo accetti.»

Giusto. Certo. Porca miseria. «Lo so. V-voglio dire che ti darò tutto quello che vuoi. Comprerò la casa per te e le bambine, avrai tutti gli alimenti che chiederai. Tutto. Non ci serviranno nemmeno gli avvocati.»

Lei inarcò un sopracciglio. «Il tuo agente ti ammazza se divorzi senza un avvocato.»

«Perché? Stai pensando di lasciarmi sul lastrico?»

Non sembrava che Thea avesse apprezzato il suo tentativo di buttarla sul ridere, a giudicare dalle labbra serrate a formare una linea retta. «No, ma che succede se ti vendono e devi cambiare città? La custodia potrebbe diventare complicatissima.»

Custodia. Quella parola lo fece quasi vomitare. «Ti prego, Thea. Dammi solo una possibilità.»

«Per fare che?» sbottò lei, allargando le braccia in un gesto esasperato.

«Per dimostrarti quanto ti amo.»

Le si schiusero di nuovo le labbra. Lo fissò per un momento che durò un'eternità. «Ti prego, smettila di dirlo» sussurrò alla fine, con la voce colma di dolore.

«Di dire cosa? Che ti amo?»

Il suo annuire senza una parola lo colpì come una palla a effetto. Barcollante, fece un passo indietro. «Perché?»

«Non ci credo. Non più.»

A Gavin mancò il respiro. Nella vita aveva già affrontato delle grosse perdite. Di quelle che ti cambiano per sempre. E umiliazioni che bruciavano ancora. Ma quello... Tra tutte le cose che gli erano capitate, quello era quanto di più simile alla distruzione totale. Era arrivato il momento in cui Lord Benedict gli suggerisse cosa dire. Ma l'unica voce che riusciva a sentire nella testa era di una donna.

"L'amore non basta."

Leggendo quelle parole pronunciate da Irena, Gavin aveva borbottato tra sé e sé e per poco non aveva chiuso il libro. Che razza di romanzo rosa poteva definire l'amore insignificante? Dimostrare che l'amore vince ogni cosa non era l'obiettivo principale di tutto quel genere letterario? Provò una sensazione asfissiante, come se stesse per scoprire in prima persona se fosse vero o meno. Sperava solo che Lord Cuorinfranto avesse qualche idea per dimostrare che la moglie aveva torto, e che fosse migliore di quella che aveva avuto lui per dimostrarlo a Thea.

«È tardi» disse piano Thea, come se addolcire il tono potesse in qualche modo attutire il colpo. «È meglio se vai a casa.»

«Ma io sono a casa. Tu e le bambine siete la mia casa.»

Thea inspirò un filo d'aria. Fu appena percettibile, quel tanto che bastava per fargli intendere che le sue parole – la sua onestà struggente – non l'avevano lasciata indifferente. Era il momento di andare all'attacco.

«Posso dirti una cosa? Mi deludi. La vecchia te avrebbe accolto in un lampo una proposta folle come questa.»

Trattenne il fiato, mentre lo sguardo di Thea non si staccava dal suo. Aveva una smorfia sulla bocca e l'espressione corrucciata. Non sembrava arrabbiata. No, ci stava riflettendo. Gavin lo capiva dal pizzico di fierezza che le brillava negli occhi.

Fu quel brillio, più di ogni altra cosa, a fargli rischiare il tutto per tutto con le parole che pronunciò subito dopo. «Avanti, Thea» la provocò. «Che cos'hai da perdere?»

Thea reagì voltandosi, e si diresse rigida verso le porte a vetri che davano sul cortile. Si mise a fissare l'oscurità in silenzio, incrociando di nuovo le braccia al petto. Gavin avrebbe dato qualunque cosa per leggerle nella mente, per ascoltare qualsiasi discussione stesse intrattenendo con se stessa. Il ticchettio dell'orologio del nonno nell'ingresso, vicino alle scale, segnava lo scorrere dei secondi con una lentezza straziante.

Alla fine, quella suspense divenne insostenibile. «Thea...»

Lei si girò all'improvviso. «A certe condizioni.»

Quella frase rimase a volteggiare nell'aria per un lungo istante denso di stupore, prima che il cervello di Gavin potesse incamerarla. Voleva dire che...? Stava accettando di...?

Lui scandì bene le parole, temendo che se avesse risposto con troppa foga, lei avrebbe detto "Lascia perdere". «C-che genere di condizioni?»

«Questa...» – gesticolò in aria, alla ricerca della parola più appropriata – «... proposta non può durare in eterno. Dobbiamo stabilire una scadenza.»

«Il ritiro primaverile» disse lui. Era perfetto. Se la cosa non fosse andata in porto, quantomeno avrebbe avuto modo di distrarsi. Ma di certo non ne avrebbe avuto bisogno. Mancavano tre mesi al ritiro. Di tempo ce n'era eccome.

Thea però era di un altro avviso. Scosse la testa. «Natale.»

«Ma è tra un mese!»

«Le bambine soffriranno troppo se trasciniamo questa cosa più del dovuto.»

Non poteva darle torto. «Va bene» disse.

«E tu dormi nella camera degli ospiti.»

Ecco, questa fu una bella pugnalata. «E come risolviamo le nostre faccende se non condividiamo neanche la stanza?»

«Non mi pare che per te fosse un problema, prima.»

Qualsiasi risposta sarebbe stata egoistica o piagnucolosa. «Altro?»

«Liv resta con noi.»

Oh, Cristo. «Per quanto tempo?»

«Per tutto il tempo che mi serve.»

Annuì malvolentieri. Che alternative aveva? «Va bene. È tutto?»

«Per il momento sì.»

«Per il momento?»

L'involontaria durezza della voce di lui le fece assumere un'espressione serissima. «Queste sono le condizioni, Gavin. Prendere o lasciare.»

Le avrebbe accettate. Si sarebbe accontentato di qualsiasi cosa. Con la bocca improvvisamente asciutta, si sforzò di deglutire. «Quand'è che mi vuoi? Cioè, quando posso tornare a casa?»

«Mercoledì sera.»

La sera prima del Ringraziamento. Mancavano due giorni. «Okay.»

«Puoi farti trovare qui quando torno con le bambine da scuola.»

«Certo. Sì. Sì, ehm, ci sarò.»

«Prendiamo la pizza, per cena.»

Pizza. Come no. Ma che stava succedendo? Sarà stata la conversazione più assurda e intempestiva della sua vita, eppure la sua insulsa ordinarietà gli faceva sentire nello stomaco una strana sensazione di pace. A un certo punto, in mezzo a tutto quel caos e a tutte quelle emozioni, bisognava pur pensare alla cena.

«Allora ci vediamo mercoledì» disse Thea, congedandolo in modo piuttosto chiaro.

Le scrutò il viso, e gli si aprì una voragine nel petto. Era alta, ma sembrava minuta. Le sue spalle irrigidite portavano il peso della sconfitta. Non era così che se l'era immaginato. Con lei che si comportava come se avesse appena perso la battaglia più importante della sua vita. «Thea, sicura che è q-q-quello che vuoi?»

«Vuoi tornare a casa o no?» sbottò lei, fissando un punto oltre la spalla del marito.

«Sì. È solo...»

«È solo cosa? Deciditi, Gavin.»

Emise un respiro carico di tensione. «Va bene. Ci vediamo mercoledì.»

Pensò di attraversare la stanza e stringerla tra le braccia prima di andarsene, più che altro per rassicurare se stesso, ma tutto il suo corpo urlava "SE MI TOCCHI PUOI DIRE ADDIO AI TUOI TESTICOLI". Perciò, ecco. Le cose erano già partite alla grande.

Gavin optò per un discreto cenno col capo prima di incamminarsi verso l'auto. Accese il motore ma rimase fermo sul vialetto, a guardare le luci dentro casa che a una a una si spegnevano. Tutto ciò che amava di più al mondo era tra quelle mura, e quella sera andare via sarebbe stato più difficile che mai. Perché al suo ritorno avrebbe avuto solo un mese per guadagnarsi il diritto di restarci. Le condizioni di Thea la rendevano un'impresa ardua, ma un battitore non può scegliere da che parte gli arriverà la palla. Può solo studiare il campo ed escogitare una strategia di gioco.

Un mese.

Era il tempo che ci avevano messo a innamorarsi l'uno dell'altra.

Potevano farlo di nuovo.

«Okay, Lord in-Calzamaglia» disse Gavin facendo retromarcia. «Dimmi qual è la prossima mossa.»

Alla corte della contessa

Ci vollero due settimane, tre giorni e sedici ore prima che Benedict si rendesse conto della falla enorme del suo piano, destinato a fallire sul nascere.

Sua moglie non era consenziente.

Non avrebbe potuto corteggiare al meglio qualcuno che non aveva alcun desiderio d'essere oggetto delle sue attenzioni.

Irena non gli aveva mai concesso di trascorrere più di qualche minuto da solo con lei dopo la prima notte di nozze, sebbene fosse così astuta da farla sembrare una casualità. Ogni volta che lui cercava di parlarle, lei aveva un'improvvisa urgenza di cui discutere col personale di cucina o una faccenda da dover risolvere altrove. Quando lui terminava di occuparsi della tenuta, ecco che lei ci si buttava a capofitto. E benché la porta che separava le loro stanze non venisse mai chiusa a chiave, lui non se la sentiva di varcare la soglia e placare la sua sete desertica consumando il matrimonio. Non finché lei avesse creduto che accoglierlo nel suo letto fosse semplicemente il suo dovere. Non finché non avesse sofferto la stessa sete che soffriva lui.

Benedict, però, non intendeva arrendersi. Era e sarebbe sempre stato un amante dell'azzardo fino al midollo, tratto che lui e Irena condividevano. In fondo, era così che si erano conosciuti. Dopo che il cavallo di un umile barone aveva battuto uno dei suoi prestigiosi purosangue, scoprire che a addestrarlo era stata la figlia del barone in persona lo aveva sconvolto e affascinato.

La vicenda faceva di loro due dei ribelli amanti del rischio, perfetti l'uno per l'altra in un modo così assoluto che Benedict non aveva mai creduto possibile.

E quello era il momento di alzare la posta.

Nel suo studio, Benedict si versò due dita di brandy in un bicchiere e si mise ad aspettarla vicino al fuoco. Quando lei bussò alla pesante porta di legno, lui mandò giù il suo drink ambrato per calmare i nervi e le intimò di entrare.

Irena indossava un abito da giorno azzurro chiaro e un'espressione scocciata. Teneva le mani unite all'altezza del ventre. «Mi avete convocata, milord?»

Ignorò il suo sarcasmo pungente. Fece cenno verso il sofà sotto la finestra. «Ti prego, accomodati.»

Lei esitò, presa probabilmente alla sprovvista dalla formalità del tono di lui, ma poi obbedì. Si sedette assumendo una postura rigida, da dama: schiena dritta, mani aggraziatamente giunte in grembo, caviglie incrociate e gambe inclinate su un lato con eleganza.

«Ho un altro regalo per te» disse lui.

Il sospiro di Irena era così potente che avrebbe avviato un motore a vapore. «Milord...»

«Benedict.»

«Tutto questo deve finire.»

«Non hai gradito gli altri doni?» Le aveva fatto sette regali fino a quel momento. Orecchini, collier e bracciali decorati da pietre preziose delle più svariate sfumature di colore.

«Sono superflui.»

«Sei l'unica donna che io abbia mai conosciuto che definirebbe orecchini e anelli come "superflui".»

«Dunque non conoscerete molte donne.»

«Touché.» Benedict si allontanò dal caminetto e si diresse verso la scrivania dall'altra parte dello studio. Tirò fuori dal cassetto un cofanetto incartato. Gli ci vollero pochi passi per raggiungere il sofà, ma a lui sembrarono parecchi di più, schiacciato dal peso dello sguardo di Irena e dalla minaccia del fallimento. «Forse questo dono ti tornerà più utile degli altri.»

Lei ricevette il cofanetto e lo aprì senza fiatare. Aggrottò le sopracciglia mentre afferrava quel sottile oggetto d'argento. «Che cos'è?»

«Quella» disse Benedict, chinandosi per sedersi al suo fianco «è una penna stilografica.»

«Capisco.»

«Bisogna immergere questa parte» disse, indicando il pennino affilato su una delle estremità «nel calamaio, così da far risalire l'inchiostro lungo un piccolissimo tubicino che lo trattiene per poi rilasciarlo sulla carta. Permette di scrivere molto più a lungo senza doversi fermare a intingere nuovamente la penna.»

La osservò mentre era intenta a lottare tra la sua testardaggine e la curiosità.

La prima ebbe la meglio. Ripose la penna nel cofanetto. «E cosa dovrei farmene io di un oggetto tanto futile?»

«Scrivi a tua sorella ogni giorno, Irena. Pensavo che con questa ti sarebbe stato più facile.»

La maschera d'indifferenza che aveva mantenuto granitico e inespressivo il volto di lei scivolò via, rivelando un accenno di solitudine che lo turbò nel profondo.

«Mi dispiace che ti manchi così tanto» le disse.

«Sono preoccupata per lei» lo corresse Irena con tono gelido. «Lo scandalo del nostro matrimonio non l'ha risparmiata. I miei genitori stanno facendo carte false per trovarle un marito rispettabile prima che sia troppo tardi, indipendentemente da quello che vuole lei. Ormai non ho alcun mezzo per proteggerla.»

I sensi di colpa per poco non lo soffocarono; non solo per ciò che aveva fatto in passato, ma anche per quello che stava per fare. Si avvicinò, poggiando una mano su quelle di lei. «Irena, ho preso una decisione.»

Lo guardò dritto negli occhi. «Che genere di decisione?»

«Non avremo alcun erede.»

Il panico illuminò come un fulmine gli occhi di Irena, e le sue pupille si dilatarono fino a oscurarle le iridi color smeraldo. «Cosa?» sussurrò, chinandosi in avanti.

«Hai respinto qualsiasi mio tentativo di dimostrarti il mio amore.»

Irena si alzò di scatto, e la penna cadde a terra producendo un ticchettio metallico. «Ed è così che intendete farlo? Negandomi un figlio?»

«Io non ti negherò nulla.» Si alzò anche lui e le prese le mani. «Se non riuscirò a riconquistare il tuo amore, resterai incinta nella maniera fredda e priva di sentimenti che desideri. Poi acquisterò una tenuta con una grande scuderia in cui tu e nostro figlio potrete ritirarvi coi tuoi amati cavalli, e non vi darò più fastidio. Ma non accadrà finché non mi darai la possibilità di ricordarti che tra noi può esserci molto di più.»

Lei scosse la testa, irrequieta. «Come potete credere che accetterei un accordo così crudele?»

«Perché, se l'avrai vinta tu, per te sarà solo un vantaggio. Io, al contrario, non ho che da perdere.»

Il disprezzo le disegnò in volto un'espressione oscura, poi ritrasse le mani. «Parlate come uno che, per troppo tempo, ha guardato il mondo attraverso gli occhi offuscati di un maschio. Qualsiasi cosa accada tra noi, voi manterrete i vostri privilegi, il titolo, il denaro, i vostri diritti di proprietà sul mondo intero. Sarete ancora accettato in tutti i circoli, in tutte le sale da ballo. Sarete per sempre la vittima di una donna viziosa e calcolatrice, mentre io sarò per sempre Dalila, colei che vi avrà privato della vostra chioma. Non avete proprio nulla da perdere.»

Benedict le afferrò le spalle. «Io posso perdere te!» esclamò.

Lei si lasciò sfuggire un sussulto.

Con le mani, Benedict risalì fino ad accarezzarle il mento. «Se pensi che mi interessi questo genere di cose – il denaro, il titolo, qualunque delle frivolezze che hai menzionato –, ti sbagli. Nulla di tutto ciò conta, se perdo te.»

Voleva credergli. Benedict riusciva a leggerglielo negli occhi. Eppure Irena si scansò, si voltò, e si diresse verso la fila di decanter sul piano bar a ridosso della parete di fronte. Con in viso un'espressione dolce e amara, la guardò versarsi un generoso bicchiere di brandy per poi riporre la bottiglia con una precisione da maestra. La sua amata, sempre piena di sorprese.

«Non capisco cosa volete da me, milord.»

«Permettimi di corteggiarti. Lascia che ti porti a teatro, a ballare. Siedi con me la sera, parla con me a cena. Danziamo. Cavalchiamo insieme nel parco. Lascia che facciamo tutte le cose che facevamo prima che…»

Si interruppe. Terminò lei, con tono sprezzante. «Prima che mi accusaste di tradimento rifiutandovi di ascoltare la mia versione.»

«Esatto» rispose lui, calmo.

«E se mi rifiutassi di accettare il patto?»

Fece un respiro profondo e giocò la sua ultima carta. «Tua sorella sarebbe rovinata.»

Lo affrontò di nuovo. «Cosa c'entra tutto questo con mia sorella?»

«Hai detto che lo scandalo in cui siamo rimasti coinvolti ha messo a rischio la sua reputazione. Se riusciamo a convincere il "bel mondo" che la nostra è stata – è ancora – un'unione d'amore, i pettegolezzi verranno smentiti, e il futuro di tua sorella ne gioverà. Ma se non avremo alcun erede, se continueremo a far parlare di noi ancora a lungo, sarà costretta a sposare qualsiasi canaglia che i tuoi genitori vorranno imporle. Sai bene che ho ragione.»

Trascorsero insieme lunghi attimi di silenzio, uno più doloroso dell'altro, finché lei si decise a parlare. «Benedict, c'è una cosa che ancora non capisco.»

Sentirle pronunciare il suo nome lo attirò verso di lei. «Cosa?»

«Se vinci tu, cosa ci guadagni?»

Benedict le prese una mano e se la portò al cuore. «La più grande di tutte le ricompense. Il tuo amore.»

CAPITOLO OTTO

Thea si svegliò il mattino dopo con le farfalle nello stomaco e un piede in faccia. Nel bel mezzo della nottata, Ava per l'ennesima volta si era svegliata, aveva avuto paura del buio, e le si era infilata nel letto.

Le diede un bacino sul piede e piano piano si divincolò fino ad alzarsi. La vocina nella testa che non smetteva mai di elencarle la lista di faccende da mamma in attesa di essere sbrigate cominciò lentamente a farsi sentire: fai la spesa, lava gli asciugamani, butta il resto dei vestiti di Gavin sul letto della camera degli ospiti.

Ma, prima di tutto, doveva affrontare Liv.

Terminata la routine in bagno, Thea percorse il corridoio. La porta della camera degli ospiti era aperta, ma Liv non c'era. Quindi si era addormentata di nuovo sul divano di ritorno dal lavoro. Di solito dopo il turno serale era troppo agitata per addormentarsi, quindi restava a guardare la TV per un po' finché non crollava.

Thea fece le scale. Il sole dell'alba illuminava di un tenue bagliore arancio la fila di foto di famiglia appese in ordine meticoloso sulla parete. Non aveva mai mancato all'appuntamento annuale con la foto di famiglia, perché era così che faceva una vera FEM. Non potevi essere la moglie di un giocatore di baseball se non avevi una foto perfetta per la cartolina di Natale.

Butter guaiva davanti alla porta. Thea lo lasciò uscire sul retro e sentì Liv che sbadigliava e si stiracchiava sul divano alle sue spalle. Si voltò a guardarla. «A che ora sei tornata?»

«Verso le tre.» Liv stese un braccio sopra la testa, poi si mise seduta con un lungo mugolio. «Ieri sera, una roba assurda. A fine servizio è arrivata la tavolata più insopportabile del pianeta e ha ordinato praticamente tutto il menu.» Si stravaccò sui cuscini. «Li odio gli addii al celibato.»

Butter tornò dentro di corsa e seguì Thea in cucina, dove aspettò la colazione tra scodinzolii e saltelli. Dopo avergli riempito la ciotola con un bicchiere di croccantini, Thea si mise a preparare il caffè.

«Te lo devo tirare fuori con le pinze, o mi dici com'è andata ieri sera?» le domandò la sorella.

Si versò il caffè in una tazza, aggiunse il latte, lo zucchero e si sedette su uno sgabello di fronte a Liv. Il modo più facile per dirlo era dirlo e basta. «Domani torna a casa.»

Liv fece una faccia da bambola posseduta, prima di starnazzare: «Cosa?!».

Thea alzò una mano. «Solo per un mese.»

«Ma che stai dicendo? Perché?»

«È complicato.»

Liv scavalcò la spalliera del divano con una forza impressionante per una che fino a tre minuti prima era un cadavere.

«Ma che c'è di complicato? Eri così convinta. Cosa diamine è cambiato?»

«Mi ha fatto un'offerta che non potevo rifiutare.» "E ha beccato il mio punto debole" aggiunse in silenzio. Nell'esatto secondo in cui lui le aveva ricordato com'era un tempo – impulsiva, imprudente, pronta ad affrontare qualsiasi sfida –, la logica era andata a farsi benedire, e l'unica cosa che ricordava dopo quel momento era di aver accettato il patto.

Liv scosse la testa. «Cosa mai ti avrà proposto di così allettante da convincerti a farlo tornare a casa?»

Thea sintetizzò le parole di Gavin della sera prima. «Se non riuscirà a conquistarmi entro Natale, non contesterà nulla dell'accordo di divorzio. Mi darà qualsiasi cifra per il mantenimento delle bambine, e comprerà la casa per noi.»

Una calma inquietante si posò sul viso di Liv. Sbatté piano le palpebre e rilassò le labbra.

Si voltò e si avviò a passi lenti verso il frigo. Thea la guardò aprirlo, prelevare con un gesto robotico il succo d'arancia, riempirsene un bicchiere, e rimettere il brick a posto. Sembrava tutto tranquillo, ma Thea conosceva bene la sorella. Liv era come un improvviso acquazzone estivo: una pace incontrastata seguita da sferzate di pioggia e vento.

Thea guardò l'orologio del microonde. Ciclone Liv in arrivo fra tre, due, uno...

Liv sbatté il bicchiere sul bancone. «Brutto manipolatore pezzodimerda!»

Thea indicò le scale con gli occhi. «Parla piano!»

«Lo sa quanto ci tieni ad avere una casa visto come siamo cresciute. Ti ha sventolato davanti alla faccia la cosa che più ti importa in assoluto, sicuro che ti ci saresti fiondata.»

Thea si strofinò la fronte con una mano. «Liv, fidati di me almeno un pochino, okay?»

«Come faccio, se ti comporti esattamente come...»

Thea sbatté a sua volta la tazza sul bancone, e il caffè ondeggiò con violenza vicino ai bordi come uno tsunami bollente. «Non. Azzardarti. A. Dirlo. Io con nostra madre non c'entro nulla, e la mia situazione è del tutto diversa dalla sua.»

«In che senso?» disse Liv, ironica.

«Nel senso che, a differenza sua, io lo faccio per le mie figlie, non per me.» Thea le raccontò cos'era successo al ristorante: le bambine disperate per il Ringraziamento dai nonni annullato, per Gavin che non c'era mai, il loro odio per il baseball. Tutto quanto.

Be', non proprio tutto. Tralasciò le cose che aveva detto Gavin e che le avevano mandato il cuore su di giri. "Tu e le bambine siete la mia casa."

Liv rimase impassibile. «Lo sai che le bambine sono troppo piccole per capirci qualcosa.»

«Sono abbastanza grandi da capire le nostre tradizioni e dispiacersi se non vengono rispettate. Almeno così non dovranno passare un Ringraziamento o un Natale schifoso.»

«Quindi passeranno un Ringraziamento o un Natale schifoso il prossimo anno?»

«Mi auguro che entro l'anno prossimo si saranno già abituate a questa situazione e non saranno turbate più di tanto.»

Liv stava per proseguire con le sue proteste, quindi Thea alzò di nuovo una mano. «Tu non c'eri. Non le hai sentite piangere e non hai visto la faccia che avevano.»

«Ma vedo la tua.»

Thea ignorò quell'osservazione, più che altro perché non voleva sapere a cosa si riferisse. «Ho preso una decisione impulsiva. Pensavo che ti piacesse questo lato di me.»

«Certo, quando fai qualcosa di divertente. Questo qui è un disastro.»

«Solo se ti rifiuti di sostenermi.»

Liv bevve un altro sorso di succo. «Esattamente cosa pensa di fare per riconquistarti?»

«Non ne ho idea.»

«Non gliel'hai chiesto?»

«Non importa.»

«In che senso "non importa"?»

«Perché ho imparato la lezione, Liv.»

«E se...»

«Non lo so! Okay? Non lo so. Ho mille voci nella testa che mi dicono cosa devo fare. La tua. La sua. La nonna. Le bambine. Non ho idea di quale tra tutte sia la mia voce. So solo che quando mi ha sfidata proponendomi di accettare l'accordo, in me è scattato qualcosa. Quindi non mi giudicare.»

«Non ti sto giudicando» disse Liv, con un tono che tradiva un accenno di scuse. «Sono preoccupata per te.»

Thea voleva ignorarla anche stavolta, ma le scappò di chiederle: «Perché?».

«Eri svanita, Thea» disse Liv. «Mi sembra di averti appena ritrovata. Non sopporterei di vederti sparire di nuovo.»

Thea tirò a sé la sorella e la strinse in un abbraccio. «Non sparirò più» le promise. «È solo per un mese.»

«Tanto ci ha messo l'ultima volta per farti cadere in trappola.»

«L'ultima volta l'ho voluto io.»

«E stavolta no?»

«Ho accettato di farlo tornare a casa» disse Thea, allontanandosi. «Non ho mica detto che ci avrei passato del tempo insieme.»

«Qualcosa mi dice che evitarlo sarà più difficile di quel che pensi.»

«Ti sbagli, visto che dormirà nella camera degli ospiti.»

Liv rispose piagnucolando. «E io dove dormo?»

«Nel seminterrato.»

«Ottimo. Prima mi ruba la sorella, e ora mi ruba pure il letto?»

Thea si diresse decisa verso la lavagna ed esaminò il calendario. A Natale mancavano cinque settimane scarse.

Cinque misere settimane.

Poteva farcela.

Doveva solo fingere.

I ragazzi – Del, Mack, Yan e Malcolm – stavano già mangiando quando Gavin entrò nel ristorantino nel centro di Nashville con la barba incolta e la faccia imbronciata. "Non è giornata per gli autografi" diceva, con il solo linguaggio del corpo, ignorando i sorrisi fin troppo evidenti di quelli che l'avevano riconosciuto. Il posto non si trovava proprio nel cuore della zona turistica, ma era affollato e folkloristico quanto bastava per dargli fastidio.

Arrivato al tavolo, affondò nella sedia. Del diede una rapida occhiata al suo aspetto trasandato e sbuffò. «Cazzo. Ha detto di no?»

«Peggio. Ha detto di sì.»

«E perché mai sarebbe peggio?»

«A certe condizioni.»

Mack prese una forchettata di albumi e parlò con la bocca

piena: «Tipo quando compri le cose di seconda mano? Buone condizioni, come nuovo eccetera?».

Lui gli rivolse un gestaccio e prese a declamare quanto accaduto la sera prima. Mentre parlava, Del fece un cenno col capo a una cameriera, di certo per segnalarle che il quinto commensale era finalmente arrivato. Gavin ordinò un piatto chiamato Colazione Slacciacintura perché, vaffanculo, la stagione non era ancora ricominciata e sua moglie non credeva al suo amore.

Mack fece una smorfia quando la cameriera si allontanò. «Ehi, bello, quelle schifezze ti ammazzano, e ti fanno pure ingrassare.»

Gavin si tirò su la maglietta e guardò in basso. Era tutto piatto e sodo, proprio come lo volevano gli allenatori e i preparatori sportivi. «Accetto il rischio.»

Anche Mack si tirò su la maglietta e umiliò Gavin sfoggiando una tartaruga invidiabile. «Vita sana.» Con un sorrisino, tornò alla sua corroborante omelette. «Dovresti provare.»

«Ma va' a cagare, fabbrica di steroidi ambulante. Ti sei mangiato una pizza formato famiglia da solo, sabato sera.»

Malcolm guardò Del: «Fanno sempre così?».

Del sospirò: «Sempre».

Yan si rivolse a Gavin. «Di che condizioni si tratta?»

Gavin emise un lungo sospiro e cominciò a elencare i punti. Quando ebbe finito, persino Mack si mostrò comprensivo. «Porca vacca. Veramente non le potrai dire "ti amo"? Brutale.»

«Come caspita faccio a riconquistarla se dormo in un'altra stanza e non posso dirle quello che provo?»

«Già, e senza neanche...» Mack fece il gesto universale per il sesso: con due dita formò un cerchio in cui infilò ripetutamente un dito dell'altra mano.

«State sbagliando prospettiva» disse Malcolm. «È un'opportunità.»

«In che senso?»

«Ti ha praticamente sfidato a capirla, a imparare davvero la sua lingua. Se non vuole che tu le dica "ti amo" usando queste esatte parole, dovrai trovare un altro modo per dirlo, che deve stare bene a lei.»

«Non so neanche da dove cominciare.»

«Noi sì» disse Del. Poi parlarono all'unisono: «Trascorsi».

«Che cazzo vuol dire "trascorsi"?»

«Vuol dire tutto» disse Mack. «I trascorsi sono tutto.»

«Vuol dire che qualsiasi cosa sia successa a tua moglie prima di incontrarti contribuisce a definire quella che è oggi» spiegò Malcolm. «Siamo tutti la somma delle nostre esperienze nel corso del tempo, e sono queste a determinare la nostra reazione a ogni evento. Come nei romance. Qualsiasi cosa sia accaduta a un personaggio prima dell'inizio del libro finirà per determinare il modo in cui reagirà a ciò che avviene nella trama.»

«Ma questa è la mia vita. Non è un libro.»

«Valgono gli stessi principi» disse Malcolm. «Perciò la narrativa ha tutta questa presa sulla gente. Racconta verità universali.»

Arrivò l'ordine di Gavin. Divorò una fetta di bacon in due bocconi. Dall'altra parte del tavolo, Mack emise uno sbuffo d'aria e si accarezzò la pancia, quindi Gavin addentò una seconda fetta lanciandogli un'occhiataccia.

«Parlaci dell'infanzia di Thea» continuò Malcolm.

Nel suo stomaco, il bacon pesò come un sasso. «Non le piace parlarne. Cambiava sempre argomento quando le chiedevo qualcosa.»

«Quindi ha avuto un'infanzia difficile?» azzardò Yan.

«Suo padre è uno stronzo, e sua madre è la classica narcisista. Hanno divorziato quando lei era in quarta elementare. Poi è andata a vivere assieme alla sorella dalla nonna e c'è rimasta per qualche anno, perché né il padre né la madre le volevano.»

«Non le volevano? Che vuol dire?» domandò Del.

«Il padre si è risposato prestissimo dopo il divorzio e la nuova moglie non accettava che le bambine abitassero con loro, mentre la madre era troppo egoista per prendersi quella responsabilità.» Gavin portò alla bocca un'altra forchettata. «Ieri sera ho scoperto che il padre tra due settimane si risposa tipo per la quarta volta.»

Tutti gli altri si guardarono con un'espressione attonita. Del prese la parola: «Non lo sapevi?».

«No.»

«E Thea quando lo ha saputo?»

«Non ne ho idea. La scorsa primavera ha scoperto che stava divorziando dalla terza moglie, ma penso che la partecipazione di nozze sia arrivata solo nelle ultime due settimane, quando già me n'ero andato.»

Del si chinò in avanti. «Come l'ha presa?»

«Non intende andare al matrimonio, se è a questo che ti riferisci.»

«Ti ha detto perché?»

Gavin provò a ricordare quel frammento di conversazione della sera precedente. «Ha detto che non cambia nulla perché tanto tradirà pure questa e poi la lascerà.»

Gli altri lo fissavano.

Lui li guardò perplesso. «Che c'è?»

Mack ridacchiò. «Certo che sei proprio un cretino.»

«Secondo voi il matrimonio di suo padre c'entra col fatto che mi ha permesso di tornare a casa?»

Del gli diede uno scappellotto sulla nuca. «No, minchione. C'entra col fatto che ti ha cacciato, però.»

Gavin aprì la bocca per ribattere, ma la richiuse immediatamente. Non poteva obiettare senza rivelare l'evento imbarazzante che l'aveva portato ad andarsene.

«E questa cosa che non vuole sentirsi dire "ti amo"?» proseguì Yan. «Certo che non ci crede, Gavin. Quando mai ha avuto prova che ci si può fidare dell'amore, che dura, che è una cosa vera?»

«Le parole non contano, Gavin» disse Mack, sorprendentemente serio. «Contano i fatti. E se la sua infanzia l'ha resa diffidente, non importa quante volte glielo ripeti. Lei ha dubitato del tuo amore quando te ne sei andato.»

«Proprio come se n'era andato suo padre» disse Del ad alta voce.

«Mi ha cacciato lei» brontolò Gavin.

«Magari era un test» ipotizzò Yan.

Gavin girò la testa per guardare negli occhi il suo compagno di squadra. «Un test» ripeté.

«Magari voleva vedere cosa avresti fatto se ti avesse detto di andartene. Ti saresti battuto per lei, o te ne saresti andato e basta? E tu te ne sei andato, quindi...»

Gavin cominciò a sentire la colazione che gli marciva nello stomaco.

Mack sghignazzò. «Eccola. La lampadina.»

Aveva troppa nausea per abboccare. "L'amore non basta." Aveva ragione Irena?

«Ascolta» disse Malcolm con calma, «non abbiamo mai detto che sarebbe stato facile. Anzi, tieniti pronto perché Thea potrebbe renderti le cose complicate. All'inizio opporrà resistenza a qualsiasi cosa tu faccia.»

«Ha già cominciato.»

«Proprio per questo avresti dovuto leggere un po' di più» disse Del.

Sospirò. «Ieri sera ho sfogliato qualche pagina.»

«E?» lo incalzò Del. «C'è qualche parte che ti ha colpito?»

Gavin si guardò intorno con fare circospetto. Alzò una sola spalla e disse: «Non lo so. Forse».

«Leggicela.»

«Qui?»

«A meno che tu non voglia aspettare Pasqua per salvare il tuo matrimonio» disse Yan.

Lui scrutò nuovamente intorno. Qualcuno lo stava ancora fissando, ma gran parte degli avventori era ormai presa dal proprio piatto e dalle chiacchiere. Dopo aver rovistato nella tasca del cappotto, tirò fuori il libro. Spiattellò per bene la mano sulla copertina per non far vedere a nessuno di cosa si trattava.

Andò all'ultima pagina che aveva letto e ripeté ad alta voce il paragrafo della sera prima. «"Più di ogni altra cosa, temeva che una mattina si sarebbe svegliata rendendosi conto che il tempo le era scivolato dalle mani. Che, a un certo punto, aveva finito per essere meno. Meno di q-quello che un tempo immaginava. Meno di q-quello che un tempo sperava. Nient'altro che un taciturno accessorio di un uomo. Nient'altro che la copia di sua madre, una faccia vuota a una tavola scintillante."»

Gavin posò il libro in attesa di una battutaccia di Mack. Neanche un fiato. Alzò gli occhi, e vide che tutti lo stavano fissando. «Che c'è?»

«Diccelo tu, che c'è» rispose Del. «Perché ti ha colpito proprio questa parte?»

Gavin avvertì una sensazione di calore. Non avrebbe dovuto

leggergliela. Doveva scegliere un paragrafo cretino e senza senso, giusto per dargli corda. Sapeva con esattezza perché quella parte l'aveva colpito tanto. Perché a un certo punto, nei loro tre anni di matrimonio, Thea si era trasformata ed era effettivamente finita per essere meno. Chissà cosa ne era stato di quella donna spensierata e impulsiva di cui lui si era innamorato: quella che si svegliava nel cuore della notte per mettersi a dipingere, quella che una volta l'aveva baciato con tanta passione in macchina che erano finiti sul sedile posteriore in una strada buia, quella che si era ammanettata a una ruspa per impedire che sradicassero un albero secolare, quella che litigava con lui solo per il gusto di fare pace facendo l'amore.

E come se non bastasse, lui era troppo concentrato sulla sua carriera e aveva notato quei cambiamenti solo quando era ormai troppo tardi. Solo quella fatidica sera, dopo così tanto tempo dal loro ultimo litigio insignificante che di fronte a uno vero era ormai impossibile tornare sui propri passi. «Vi porto qualcos'altro?» La cameriera sbucò fuori dal nulla. Gavin fece un balzo sulla sedia. Il libro gli scappò dalle mani e cadde a faccia in giù sulle uova.

«Oh, adoro i suoi libri!» esclamò entusiasta la cameriera.

Gavin recuperò il libro, lo pulì con un tovagliolo, e cominciò a balbettare. «È un regalo per mia m-m-moglie» disse.

Lei alzò un sopracciglio, poi schiaffò lo scontrino davanti a lui. «Ognuno ha i suoi gusti, tesoro. Tranquillo che non lo dico a nessuno.»

Girò i tacchi, e Gavin appoggiò i gomiti sul tavolo; poi si mise le mani tra i capelli e fissò la copertina del libro. Lord Presunzione era troppo preso dalla scollatura di Irena per dargli un consiglio.

Ma forse gliene aveva già dato uno.

"'E se mi rifiutassi di accettare il patto?'

Fece un respiro profondo e giocò la sua ultima carta..."

Gavin scattò in piedi. Lord Fammi-Vedere-le-Tette non era l'unico ad avere un'altra carta da giocare. Lasciò trenta dollari sul tavolo e s'infilò il cappotto.

«Ma dove stai andando?» chiese Mack.

«Ad alzare la posta.»

«Scusami?» disse Del.

«Anch'io ho le mie condizioni.»

«Aspetta!» gli gridò Mack mentre lui stava andando via. «Me lo posso mangiare il tuo bacon?»

CAPITOLO NOVE

La strada davanti alla scuola delle bambine era intasatissima per il traffico prefestivo. Nonostante i venti minuti di anticipo calcolati appositamente, Thea era riuscita a stento a parcheggiare in orario e a correre dentro a prendere le figlie. I bimbi dell'asilo aspettavano all'interno, mentre i più grandi andavano alla fermata dello scuolabus. E in giornate come quella sembrava che praticamente tutti dovessero aspettare dentro anziché tornare a casa col pullmino.

Per Thea, vedere le bambine una di fianco all'altra sulla panchina accanto all'ufficio della direzione fu un balsamo al cuore, come sempre. Muovevano le loro boccucce velocissime, intente a chiacchierare di qualcosa che lei non riusciva a distinguere in mezzo alle urla degli altri bambini, al chiacchiericcio degli altri genitori, e al caos generale che regnava nei corridoi alla fine della giornata scolastica. Erano così legate, quelle due; già amiche del cuore. Ci sarebbero sempre state l'una per l'altra, anche se il resto del mondo avesse voltato loro le spalle.

Dopo aver citofonato alla segreteria per farsi aprire il portone interno, Thea si precipitò dentro facendo un cenno per ringraziare il personale. Appena la videro, le bambine balzarono in piedi e tutte e due le tesero un foglio con un disegno colorato.

«Abbiamo fatto i tacchini» disse Amelia.

«Brave!» Thea sistemò lo zainetto di Ava, che aveva gli spallacci scivolati sui gomiti. «Pronte a tornare a casa?»

Si misero a correre senza nemmeno rispondere. Thea le richiamò, ma non voleva smorzare il loro entusiasmo. Erano sempre in fibrillazione il giorno prima delle vacanze. Non era facile stare sedute e composte quando erano così emozionate e agitate in attesa della festa, della giornata a casa e della bella tradizione di famiglia.

Naturalmente, Thea e Liv non ci avevano messo tanto a capire che le loro vacanze erano sempre molto diverse da quelle dei loro compagni. Una volta, il loro pranzo del Ringraziamento era stato a base di cibi precotti, perché la madre aveva scelto la tattica passivo-aggressiva di lasciare tutta la famiglia senza il tacchino pur di punire il padre per chissà cosa. I loro genitori non litigavano mai. Preferivano rinchiudersi in una prigione di tensione e silenzio.

Thea raggiunse le bambine sul marciapiede e le prese entrambe per mano. Sentì le loro dita fredde tra le sue, e si pentì di non averle mandate a scuola coi guanti, quella mattina. Faceva un freddo insolito per la stagione in quella zona del Tennessee.

«Indovinate un po'?» disse lei, aprendo la sua Subaru parcheggiata.

«Cosa?» chiese Ava, che aspettava di poter salire sul suo seggiolino.

Thea si chinò per aiutarla con le cinture prima di passare

all'altro sportello posteriore e ripetere l'operazione con Amelia. Poi guardò tutte e due le figlie con il sorriso più smagliante che riuscisse a sfoggiare.

«C'è una sorpresa che vi aspetta a casa» disse.

«Che cos'è?» domandò Amelia entusiasta.

«Un gattino?» chiese Ava.

«No, non è un gattino.» Thea chiuse lo sportello dal lato di Amelia e raggiunse quello anteriore. Appena entrò in macchina, le bambine ricominciarono a tirare a indovinare.

«Un riccio?» chiese Amelia.

«No.» Thea accese l'auto e fece manovra per uscire dal parcheggio e reimmettersi nel traffico che scorreva a rilento.

«Una giraffa?» chiese Ava. Amelia ridacchiò.

«No, neanche una giraffa.»

«Un leone?»

«No.» Thea svoltò a sinistra al segnale di stop. «Non è un animale.»

In realtà, si trattava di un pericolo potenzialmente molto più grave. Per Thea, la tensione era una compagna onnipresente da lunedì sera, e ora che il giorno fatidico era arrivato – il giorno del grande ritorno di Gavin – lei era un fascio di nervi. Non aveva idea di cosa aspettarsi rientrando a casa con le bambine. Non sapeva nemmeno cosa dire. Sapeva solo cosa doveva fare.

Cioè, stargli lontano il più possibile.

Le bambine ripresero la conversazione che avevano lasciato in sospeso e Thea continuò a guidare in silenzio. Foglie accartocciate cadute dagli alberi danzavano nell'aria quando Thea imboccò la via di casa. Anche se diverse abitazioni la separavano ancora dalla sua, gli occhi puntavano dritto sul SUV scuro parcheggiato nel vialetto.

Sentì la tensione che le attanagliava i polmoni mentre parcheggiava anche lei. Aveva appena spento il motore quando la porta di casa si aprì. Gavin si precipitò sul portico salutando con la mano come se nulla fosse, come se non se ne fosse mai andato.

Amelia fu la prima ad accorgersi di lui guardando fuori dal finestrino, e gridò: «Papà!».

«Già. C'è papà» disse Thea, prima di deglutire a fatica.

«È questa la sorpresa?» chiese Ava. Thea non riuscì a capire se il suo tono di voce tradisse emozione o delusione.

«È proprio questa la sorpresa!» Si sforzò di avere un tono entusiasta: «Papà è tornato a casa giusto in tempo per il Ringraziamento».

Amelia emise un urlo di gioia che sovrastò qualsiasi risposta Ava potesse avere in gola. Ma il boato che Thea avvertì nelle orecchie quando Gavin fece di corsa gli scalini per scendere dal portico e raggiungerle le surclassò entrambe.

Due pensieri le passarono per la testa. Intanto, apparentemente non si faceva la barba da lunedì. E poi, la cosa le piaceva. E lui con tutta probabilità lo sapeva, perché Thea glielo diceva sempre che era sexy quando non si radeva.

Era anche vestito come sapeva che piaceva a lei: jeans larghi che gli scendevano sui fianchi e una camicia di flanella aperta su una maglietta attillata. Aveva imbracciato l'artiglieria pesante. Meno male che lei aveva il cuore più duro dell'acciaio.

«Ciao, papà!» gridò Amelia.

Salutando le bambine che erano ancora sul sedile posteriore, il sorriso di Gavin si fece ancora più evidente. Il nervosismo finì per dissolversi. Le bambine erano felici. Era questo l'importante. Per il loro bene, Thea avrebbe affrontato la novità giorno per giorno.

Seguì con gli occhi Gavin mentre lui aggirava il cofano dell'auto per fermarsi davanti al suo sportello, con le sopracciglia aggrottate e un'espressione interrogativa.

Oh, giusto. Era ancora seduta lì.

Thea sfilò le chiavi dal volante e afferrò la borsa dal sedile del passeggero. Quando aprì lo sportello, Gavin indietreggiò di un passo, deglutì e si infilò le mani nelle tasche posteriori. «Ciao» disse, con voce bassa e seducente.

«Stai facendo crescere la barba?» domandò lei di getto.

Lui sorrise e si accarezzò la guancia. «Dipende.»

«Da cosa?»

«Se ti piace o meno.»

Thea fece spallucce e si voltò per aprire lo sportello ad Ava. «La faccia è tua» borbottò.

«È vero, ma vorrei indubbiamente dare la mia opinione, se tu decidessi di farti crescere la barba.»

Le bambine risero. Lei si chinò a slacciare la cintura di Ava, mentre Gavin andò dal lato di Amelia a fare lo stesso. Evitando il suo sguardo, Thea sollevò la bambina e la fece scendere dall'auto. «Va' a salutare papà» disse.

Gavin liberò Amelia e la prese in braccio, poi aspettò Ava che lentamente stava girando intorno all'auto per raggiungerlo. «Ciao, mocciosetta» le disse, abbassandosi e tendendole l'altro braccio. Thea trattenne il fiato e guardò Ava esitare per un momento. Buttò fuori l'aria quando finalmente la vide andare volentieri da Gavin. Lui si mise in piedi stringendo entrambe le bimbe, e incrociò lo sguardo di Thea oltre il cofano.

«C'è qualcosa da portare dentro?» chiese.

«Il tacchino.»

Lui aggrottò le sopracciglia assumendo di nuovo quell'espressione interrogativa. «Porti il tacchino da Del?»

«Da Del? Di cosa stai parlando?»

«Pensavo che visto che non andiamo più dai miei...» Si strinse nelle spalle.

«Pensavi di fare programmi per tutti quanti senza prima parlarne con me?» chiese lei, completando la frase per lui.

«Abbiamo fatto così l'anno scorso, quindi sì, pensavo che ci saremmo andati di nuovo quest'anno.»

«Sì, mamma, vogliamo andare da Del» intervenne Amelia.

«Io voglio andare da Del e giocare con Jo-Jo» disse Ava.

Il rancore le risalì lungo tutta la spina dorsale.

«Per te va bene?» chiese Gavin.

«No, non va bene. Ho comprato un tacchino in macelleria per mangiarcelo a casa.»

«Mi sa che avresti dovuto chiedermelo prima, no?» disse Gavin.

«Chiedertelo prima?» Le venne fuori uno strillo incredulo. Gavin la lasciò ferma sul vialetto e si avviò verso casa per portare dentro le bambine.

Thea si voltò di scatto e si precipitò verso il portabagagli. Pensava sul serio che fosse una buona idea passare il Ringraziamento in compagnia, quest'anno? E non in compagnia di persone a caso, ma di altri giocatori dei Legends e delle loro mogli? Certo. Proprio quello che le ci voleva.

Thea afferrò due sacchetti e li portò dentro. Dopo averli sollevati, li appoggiò sull'isola in cucina, contraendo il viso in una smorfia quando sentì i vasetti di vetro sbattere sul bancone di granito. Concentrò lo sguardo su un mazzo di margherite che non c'era quando era uscita di casa, ed emise un ringhio soffocato.

Cominciò a svuotare i sacchetti, tirando fuori altri ingredienti per il pranzo del Ringraziamento che non avrebbe cucinato l'indomani, quando sentì la porta aprirsi. Gavin entrò dopo qualche momento e posò un altro paio di sacchetti sul bancone.

«Ehi» disse.

Le mani di Thea si immobilizzarono nel sacchetto, con le dita strette attorno a una confezione di mirtilli freschi.

«Ehi» fece lei, rimettendosi al lavoro e allontanandosi con nonchalance dal calore che emanava il corpo di Gavin.

«Ci ho messo una cerata.»

Lo guardò. Lui indicò il muro, che aveva coperto con un telo di plastica blu.

«Ah.»

«A un certo punto dovremo parlare di cosa vogliamo fare.»

«Io voglio finire di buttarlo giù.»

Gavin si schiarì la voce. «Riguardo a domani.»

«Cosa?»

«Non capisco. Sei stata tu a dire che volevi far passare delle belle vacanze alle bambine. A loro piace andare da Del, e l'anno scorso siamo stati lì, quindi non pensavo fosse un problema.»

«E invece è un problema.»

«Perché?»

«Data la situazione che c'è tra noi due, pensi davvero che io voglia passare la giornata di domani con un sacco di gente che non ci leverà mai gli occhi di dosso?»

«Sono amici nostri, Thea.»

«Sono amici tuoi, Gavin.»

«Che significa?»

«Che, a eccezione di Nessa, la maggior parte di quelle donne non le sopporto. O, per dirla tutta, sono loro a non sopportare me.»

Gavin scosse la testa, come se stesse parlando a vanvera. «Ma che stai dicendo, Thea? Da quando?»

«Da sempre.» Raccolse un mucchio di scatolette e si diresse verso la dispensa.

«Tutto qui?» chiese Gavin alle sue spalle. Era fermo sulla soglia, con le braccia tese a bloccare l'uscita.

«Lascia perdere» sbottò lei. «Domani andiamo da Del, e sarà l'ultima volta che vedrò quelle tizie.»

Lo scansò e andò a cercare le bambine in soggiorno. Erano sedute sul pavimento a guardare un cartone alla televisione. Si accovacciò e diede un bacio a entrambe. Lo faceva per loro. Doveva tenerlo a mente.

E riuscì a farlo per quasi tutta la serata: mentre mangiavano la pizza, durante il bagnetto delle bambine, e nel momento di metterle a letto. Quando si furono addormentate, andò in camera sua senza dire una parola a Gavin e chiuse la porta. Se fosse riuscita a farlo ogni notte, magari sarebbe sopravvissuta alla situazione.

Si era appena spogliata, rimanendo in reggiseno e mutande, quando la porta si aprì.

Thea si voltò di scatto quando Gavin entrò. «Che stai facendo?»

Lui chiuse la porta e vi si appoggiò, deglutendo con la gola secca dopo aver visto la sua pelle nuda. «Tu hai stabilito le tue condizioni, Thea. Ora è il mio turno.»

Lei lo guardò con gli occhi da "starai scherzando" prima di scuotere la testa con un sospiro furioso. «No. Tu non puoi stabilire nessuna condizione.»

«La prima» disse lui staccandosi dalla porta «è che andremo alla festa di Natale della squadra.»

Ogni anno, terminata la stagione, i Legends organizzavano una serata di gala allo stadio per i giocatori, le loro famiglie e gli altri membri dello staff.

«No.» Thea scosse di nuovo la testa. «Assolutamente no.»

Le si avvicinò ancora. «La seconda è che usciremo insieme una volta alla settimana. Noi due da soli.»

Lei rise fragorosamente. «No.»

Gavin fece un altro passo in avanti. «Un'uscita come Dio comanda, Thea. Non per andare a fare la spesa o qualsiasi altra cosa banale possa venirti in mente pur di non stare da sola con me.»

«Passo. Poi?»

Eliminò del tutto la distanza che li separava. «Ci diamo il bacio della buonanotte. Ogni sera. A partire da stasera.»

«Non dirai mica sul serio» fece Thea, serrando la mandibola. «No, non se ne parla.»

Gavin si ritrasse. Era il momento di giocarsi le sue carte. «Okay, va bene» disse, alzando le mani e le spalle in maniera plateale. «Allora chiudiamola subito. Andiamo a chiamare le bambine e avvertiamole del divorzio, così poi decideranno gli avvocati con chi passeranno il Natale e chi si terrà la casa.»

La prima crepa nell'armatura di Thea fu indicata da un rapido battere le palpebre. Non avrebbe mai fatto questo alle bambine, e Gavin lo sapeva. Eppure, non provava alcun piacere nel guardare quegli occhi lucidi dal dolore, che gli dicevano solo quanta ragione avevano i suoi amici il giorno prima. Doveva scoprire alcune cose di sua moglie.

Thea serrò di nuovo la mandibola. «Non useresti mai le bambine contro di me in questo modo» disse tremando, furente.

Dentro di sé Gavin si tirò indietro, eppure avanzò ancora.

«Non mi hai lasciato chissà quante possibilità, Thea. Alle tue condizioni non sarei mai riuscito a vincere.»

«Vincere? È un gioco per te?»

Abbassò lo sguardo e le fissò le labbra. «Un gioco? No. Una sfida? Sì.»

Le si avvicinò ancora di più, e Thea dovette appoggiare le mani sul bordo della cassettiera che si ritrovò alle spalle. Gli occhi le caddero sulle sue labbra e vi rimasero. Gavin sentì il sangue ribollirgli nelle orecchie mentre la ragione e il senno lo abbandonavano. Perché invece di indietreggiare, come avrebbe dovuto, si piegò in avanti. Chinò il capo. Con la punta del naso sfiorò il suo.

«Che stai facendo?» sussurrò Thea. Probabilmente sperava di sembrare arrabbiata, ma l'attesa ansimante nella sua voce la tradì. Era eccitata tanto quanto lui.

«Sto siglando l'accordo» rispose Gavin con voce roca.

Le afferrò la nuca e la baciò. La baciò come aveva fatto quello stesso weekend, con la bocca aperta e la lingua penetrante. E proprio come nel weekend, lei rispose alla passione resistendo per una frazione di secondo, prima di sciogliersi completamente tra le sue braccia, con un altro di quei sospiri che lo inondavano di desiderio in tutto il corpo. Gavin inclinò la testa dall'altra parte e si spinse ancora oltre, mettendo tutto ciò che non poteva dire e che lei non voleva sentire nel tira e molla delle loro labbra.

Thea lo afferrò per la maglietta. Quando, tremando, si ritrasse un attimo per prendere aria, lui ne approfittò per scivolare con le labbra sulla pelle calda e sensibile del suo collo.

«Sistemerò tutto» sussurrò, accaldato ed eccitato. «Lo

giuro su Dio, riconquisterò la tua fiducia, Thea. Tornerà tutto perfetto.»

E, in un solo istante, Thea si irrigidì tra le sue braccia. Lo spinse via e si voltò dall'altra parte.

«Che succede?» disse Gavin ansimante, trattenendola dai fianchi per non lasciarla scappare.

«La perfezione non esiste» disse gelida.

Gavin pregò perché Lord Seduzione gli suggerisse cosa dire, ma restò con un palmo di naso. Il suo temporeggiare diede a Thea il tempo di afferrargli i polsi e levarselo di dosso. «Ora te ne devi andare.»

«Thea...»

«Vattene, Gavin.»

Gavin indietreggiò; avrebbe voluto indossare una camicia più lunga per nascondere il bozzo che gli sporgeva dai jeans. Thea scivolò più a destra e si voltò, reggendosi sulla cassettiera come se avesse bisogno di un sostegno per stare in piedi. Probabilmente se ne sarebbe pentito, ma non riuscì a evitare di avvicinarsi di nuovo a lei. Le sfiorò l'orecchio con le labbra, e si accorse che le si irrigidirono le spalle.

«Lo so cosa stai facendo» sussurrò. «E so anche perché. Ma non ti permetterò di scacciarmi di nuovo. Non senza prima combattere.»

Lei rimase senza fiato. «Perché fai così?» gli chiese con voce roca. «Che cosa ci guadagni?»

Sul volto di Gavin comparve un sorriso. "Grazie, Lord Benedict." «La migliore ricompensa possibile» mormorò lui, passandole un dito sul collo. «Te.»

. . .

La mattina dopo, Thea fu svegliata da uno strano suono.

Sembrava pioggia, ma il cielo fuori dalla finestra era di un terso color lavanda.

Solo quando sentì la pelle sfiorata da un calore umido capì di cosa si trattava. Scalciò via le lenzuola e tirò su la schiena di scatto. La porta del bagno era socchiusa, e ne usciva una soffice nuvola di vapore.

No. Oh, cielo, no. Era Gavin che faceva la doccia? Era già abbastanza grave che la stesse praticamente costringendo col ricatto a baciarlo ogni sera. Ma la doccia? Neanche per sogno.

D'improvviso lo scroscio dell'acqua si interruppe, e Thea saltò giù dal letto. Con le gambe ancora intorpidite, traballanti come quelle di un puledro appena nato che sta imparando a tenersi in piedi, si sorresse al comodino. Non voleva farsi trovare lì quando lui fosse uscito dal bagno: non intendeva dargli quella soddisfazione. Sentì il box della doccia che si apriva. Meglio correre. Ma appena fece un passo avanti per darsi alla fuga, andò a sbattere col mignolo del piede sullo stesso comodino che l'aveva salvata qualche momento prima.

«Porca...» Trattenne la parolaccia e saltellò su un piede. Visto che non si era ancora ripresa dalla fase puledro appena nato, cadde all'indietro sul letto. Mannaggia! Doveva assolutamente uscire prima che...

La porta del bagno si spalancò, e ne uscì suo marito con addosso soltanto un asciugamano che gli scendeva sui fianchi e un altro attorno al collo.

Dio del cielo. Aveva il busto lucido per le gocce d'acqua che aveva mancato tamponandosi in tutta fretta. Dopo la doccia, Gavin non si asciugava mai del tutto, cosa per cui Thea in quel momento lo stava detestando. Un rivolo d'acqua scendeva tra i suoi pettorali sodi e giganteschi, prima di sparire nel groviglio di peli scuri che si estendeva sugli addominali granitici.

I peli bagnati. Il petto bagnato. All'improvviso, era bagnata pure lei.

Mannaggia! Perché, Signore, PERCHÉ si era sposata con uno il cui lavoro era letteralmente quello di essere fisicamente perfetto?

«Ciao.» Sorrise coi suoi denti così bianchi che luccicavano, o forse no, ma sembrava di sì perché in quel momento pareva uscito da una cazzo di pubblicità. «Buon Ringraziamento.»

Thea scattò di nuovo in piedi, col mignolo che ancora le pulsava. Per lei era un bene, comunque. Il dolore alimentava la sua rabbia. «Stai barando!»

«Scusa?»

«Usi la mia doccia. Così bari.»

«Ma di che parli?» Rise.

Da dove aveva tirato fuori questo ridere per qualsiasi cosa? «Non abbiamo mai stabilito che avresti potuto usare la mia doccia.»

«Non abbiamo mai specificato quale doccia avrei usato, Thea. Ma posso usare quella delle bambine, se è un'altra delle tue condizioni.»

«E dai, smettila con quest'aria innocente. L'hai fatto apposta.»

«Certo, la doccia l'ho fatta proprio apposta. Di solito non ci capito per caso.»

«Lo sai cosa intendo! Questo...» indicò il petto e gli addominali del marito e nel frattempo, Dio santo, l'asciugamano cominciava a cedere, «lo stai facendo apposta.»

Gavin rispose con un'espressione interrogativa e guardò in basso. «Purtroppo mi sa che non capisco.»

«Vai in giro mezzo nudo solo per provocarmi!»

«Giuro che non era mia intenzione, ma se il risultato è provocarti, buon per me.» Ammiccò con le sopracciglia e le diede le spalle. Passò il suo avambraccio sodo e forte sullo specchio appannato e cominciò ad accorciarsi le punte della barba. Inclinò la testa e si concentrò sui morbidi peletti lungo la linea della mandibola.

Oh, quello sì, quello sì che era giocare sporco. Neanche ci provava a essere corretto.

No, non era una sfida.

Era guerra.

Ed era capace di giocare sporco anche Thea. Senza pensarci troppo, perché l'impulsività pareva essere la sua peggior nemica, afferrò l'orlo della canottiera con cui dormiva e se la sfilò.

Gavin rimase immobile. Indugiò col rasoio all'altezza della gola. Gli occhi, prima fissi sulla propria immagine riflessa, scattarono verso quella di lei. Il suo pomo d'Adamo andò su e giù guardandola, tutta offesa e mezza nuda. Quando i loro sguardi si incrociarono, Thea sorrise e si abbassò i pantaloncini e gli slip.

A Gavin si dilatarono le pupille, poi fece di nuovo quella cosa di deglutire lentamente. Con gli occhi percorse centimetro per centimetro il corpo nudo di Thea dall'alto in basso, e al ritorno optò per una strada diversa, soffermandosi su certi punti che reagirono a quella meticolosa osservazione con un'immediata e intensa sensazione di calore.

Lei si mise le mani sui fianchi. «Ecco qua. Ora che ne dici?»

«Fammi capire» disse lui, concentrandosi sul suo seno. «In che senso vederti nuda dovrebbe essere una punizione?»

A quel punto le fece l'occhiolino e, *bum*, ecco che le si inturgidirono i capezzoli. Ma che...? Thea chinò il capo per guardarsi le areole rosa e rotonde, ora tese e grinzose. Gesù. Le tette le funzionavano tipo il cane di Pavlov, quando c'era lui.

E lo sapeva anche Gavin. La bocca gli si curvò in un sorriso. «Se pensi che questo gioco non mi piaccia, ti sbagli. Perché non c'è dubbio che questo round l'abbia vinto io.»

Thea fece scorrere l'acqua della doccia, emise un urlo quando le gocce bollenti le finirono addosso, e indietreggiò. «Perché ti lavi con l'acqua così calda?» gli ringhiò, rivolgendo il soffione dall'altra parte.

Lui ricominciò a spuntarsi la barba. «Non immaginavo che le mie abitudini igieniche sarebbero state la causa della nostra prima discussione.»

Thea afferrò il flacone di bagnoschiuma. Gliel'avrebbe fatta pagare insaponandosi da capo a piedi mentre lui guardava. «Non è la nostra prima discussione» disse con nonchalance, spruzzandosi in una mano un'abbondante quantità di gel rosa profumato. «Abbiamo litigato ieri sera.»

«Quella non era una discussione.»

«E come la chiami?»

«Trattativa.»

«E questa come la chiami?» Thea si passò il bagnoschiuma tracciandosi un cerchio sul ventre con estrema lentezza. Fu ricambiata da un verso strozzato.

Alzò gli occhi e incrociò ancora una volta lo sguardo di Gavin attraverso lo specchio. Inclinò il capo con aria innocente e con le mani risalì lungo il busto per insaponarsi il seno. «Stavi dicendo?»

Non riuscì a guardarla negli occhi ancora per molto. Prese a fissarle le mani mentre lei si spandeva la schiuma attorno ai capezzoli. «Non ho sentito bene» disse tra sé e sé, stuzzicandosi il seno.

Gavin spalancò la bocca e la serrò, poi deglutì rumorosamente. Abbassò di nuovo il rasoio e si voltò. Nonostante la condensa sul vetro, Thea lo vedeva abbastanza bene da riuscire a capire che la stava di nuovo squadrando dalla testa ai piedi. Toccandosi, seguì il movimento degli occhi di lui, scivolando con le mani sotto al seno fino all'incavo dell'ombelico, e ancora più giù.

All'improvviso la porta della doccia si aprì, e Gavin entrò, con l'asciugamano indosso. La fece indietreggiare il più possibile e poi schiaffò le mani sul muro da una parte e dall'altra, braccandola. «Quanto intendi tirare la corda, Thea?» sussurrò.

«Quale corda? Scusa, ma non capisco di che parli.»

Lui serrò di nuovo i denti. «Basta che dici una p-p-parola, e al posto delle tue mani ci metto le mie.»

Thea non provò nemmeno a nascondere il proprio compiacimento e spinse via le braccia del marito per poter avanzare fino al getto d'acqua e togliersi la schiuma di dosso. «Mi dispiace, ma non fa parte dell'accordo.» Voltò leggermente la testa verso Gavin. Un muscolo gli faceva pulsare la mandibola, e la cosa la fece sorridere. «Ma non preoccuparti. Sono adulta e vaccinata. Me la cavo da sola.»

Lui inarcò le sopracciglia, e il desiderio nei suoi occhi svanì per trasformarsi in qualcos'altro. Qualcosa che somigliava tantissimo al dolore fulmineo che gli aveva letto in faccia la sera in cui lei aveva ammesso di fingere gli orgasmi.

Uscì di corsa, senza neanche curarsi di richiudere la porta della doccia.

Thea si abbandonò sulla parete bagnata e scivolosa. Quella non aveva l'aria di essere una vittoria.

Rimase sotto il getto dell'acqua finché non sentì freddo. Poi si rivestì velocemente e aprì la porta della camera per sentire cosa stessero facendo le bambine di sotto. Le loro risatine, alternate alla voce di sua sorella, le diedero la certezza che almeno una delle tradizioni del Ringraziamento non sarebbe andata a monte. Di nascosto, Liv stava dando alle bimbe delle fettine di torta alla zucca. Nessun suono indicava che Gavin fosse sceso da loro, e la camera degli ospiti era chiusa.

Tornò in camera ed entrò nella sua cabina armadio, dove si mise a fissare i vestiti. L'anno prima, quando erano andati da Del, si era messa in tiro perché le FEM fanno così. Indossano gli abiti migliori e li sfoggiano davanti alle altre. Al diavolo, quest'anno non aveva l'energia per farlo.

Alla fine optò per un paio di leggings e un maglione lungo. Ai capelli avrebbe fatto uno chignon spettinato, e non intendeva sprecare più di due minuti a truccarsi. Per la prima volta dopo molto tempo, se ne fregava di cosa avrebbero pensato di lei. Comunque, sarebbe stata una FEM ancora per poche settimane.

Quando uscì dalla cabina armadio, trovò Gavin seduto sul letto. Indossava un paio di jeans e una maglietta nera che gli strozzava con furia i bicipiti mentre se ne stava coi gomiti sulle ginocchia.

«Che ci fai qui?»

Lui alzò lo sguardo. «Che cosa intendevi? Quando hai detto quella cosa nella doccia.»

Thea andò verso la cassettiera, muovendosi silenziosa a piedi nudi sulla morbida moquette. «Niente. Stavo facendo la smorfiosa.»

«Va bene, ma giusto perché mi va di torturarmi, e credimi, questa domanda mi tormenta tutte le notti da quella volta lì, è vero?»

Non riusciva a seguirlo. «È vero cosa?»

«Che te la cavi da sola q-quando finiamo? Te la svigni in bagno e te la sbrighi tu quando io finalmente mi levo di dosso?»

«Mi stai chiedendo sul serio se mi masturbo?»

«No. Ti sto chiedendo se ti masturbi dopo aver fatto sesso con me.»

Thea aprì un cassetto e pensò di mentire di nuovo. Ma, di nuovo, non ci riuscì. A mentire. A fingere. A comportarsi come se tutto andasse alla grande. Tutte queste strategie non avevano fatto altro che danni a entrambi. Prese un paio di calzini e si voltò. «Sì, a volte sì.»

Gavin si rabbuiò e divenne paonazzo.

«Se non volevi saperlo, perché me l'hai chiesto?»

«Non è che siccome volevo saperlo, allora non fa male.»

«Perché dovrebbe farti male? Chiunque si masturba. Vuoi farmi credere che tu non lo fai mai?»

Balzò in piedi e avanzò deciso. «Certo che mi masturbo. Ogni volta che sono in giro, me ne sto su un letto in hotel e penso a te, fantastico su quando tornerò a casa e lo faremo per davvero.» La sua faccia si contrasse in un ghigno addolorato. «Peccato che di vero non c'era nulla, eh, Thea?»

Lei si tirò su, anche se quelle parole la colpirono come un ceffone. «Eppure hai una voglia matta di tornare a quando le cose erano "perfette".»

L'espressione severa di Gavin si ammorbidì, tramutandosi in un groviglio di scuse che lei non aveva alcuna voglia di sentire. «Thea...»

«Vattene da camera mia, Gavin.»

CAPITOLO DIECI

Quando Gavin entrò in cucina qualche minuto dopo, Thea non lo degnò neanche di uno sguardo. Non poteva biasimarla. Dopo quello che aveva detto si sarebbe strozzato da solo, ma si era sentito umiliato, e per lui l'umiliazione era come la kryptonite. Lo era sempre stata. Gli uscivano dalla bocca cose animalesche quando c'era il suo orgoglio in gioco. E, porca vacca, il fatto che sua moglie dovesse sbrigarsela da sola perché lui la lasciava regolarmente insoddisfatta era quasi oltre il limite posto dal suo fragile ego. Quindi gli erano venuti i cinque minuti e aveva rischiato di distruggere ogni minimo progresso fatto la sera precedente.

Thea era vicina all'isola, intenta a incartare con l'alluminio le torte che avrebbero portato da Del. Le parole terribili che le aveva detto rendevano densa l'aria che li separava.

Gavin optò per rompere il silenzio con qualcosa di sicuro. «Dove sono Ava e Amelia?»

«A fare yoga con Liv nel seminterrato.»

Il profumo di caffè lo attirò verso i fornelli. Si riempì una tazza, ci buttò dentro della roba – non era mai riuscito a capire quelli che lo bevevano amaro – e si voltò appoggiandosi al bancone. Trascorsero minuti di silenzio. Alla fine appoggiò la tazza. «Mi dispiace.»

Thea neanche alzò lo sguardo. «Per cosa?»

Gavin attraversò la cucina per fermarsi accanto a lei. I capelli le erano scesi su una guancia a forza di guardare in basso. Accarezzandoli, glieli portò dietro la spalla. «Ho f-f-fatto lo stronzo. Mi dispiace.»

«Non ti devi mica dispiacere se hai detto una cosa che pensi.» Lo disse con un accento strano, del Sud, quello che usava quando citava la nonna. Perché da quando avevano cominciato a frequentarsi, Thea aveva sfoderato perle di saggezza di sua nonna come se potesse attingere a una fonte inesauribile.

Lei si allontanò e indicò in direzione delle sei torte senza alzare gli occhi. «Quelle si devono portare in macchina.»

Gavin si allungò per prenderle la mano.

Lei la ritrasse. «Lascia stare, Gavin. Tanto sarà tutto finito dopo Natale.»

Se ne andò prima che Gavin potesse risponderle. Lui ne ascoltò i passi mentre risaliva le scale. Poi piantò i gomiti sul bancone e sprofondò con la testa tra le mani.

«Nottataccia, nella camera degli ospiti?»

Sussultò e sollevò lo sguardo. Liv si era materializzata dal nulla. Quella notte era tornata così tardi dal lavoro che era la prima volta che la incrociava da quando si era ritrasferito a casa. «Dove sono le bambine?»

«Di là che corrono con le forbici in mano.»

Gavin doveva aver reagito con un'espressione feroce perché lei fece subito marcia indietro. «Dio, rilassati. Stanno guardando la TV col cane. Sono salita solo perché volevano del succo d'arancia.»

Lo versò in due bicchierini, lo guardò con una faccia dubbiosa, e ripose il succo in frigo. Fece per andarsene, ma lui la fermò.

«Liv.»

Si voltò.

«Grazie per essere stata accanto a Thea e alle bambine. So che sei stata di grande aiuto.»

Lei ridacchiò, sarcastica. «Non l'ho fatto per te, deficiente.»

«Lo so. Ma comunque...»

Liv alzò gli occhi al cielo e si diresse verso il seminterrato, ma all'improvviso si fermò e tornò indietro.

«Gavin?»

Gli sorrise con fare minaccioso. «Se fai di nuovo del male a mia sorella in qualsiasi modo, ti avveleno le proteine in polvere. Buon Ringraziamento!»

Poi sparì giù per le scale.

Gavin trascorse i minuti successivi a portare tutte e sei le torte in macchina e poi si mise a gironzolare in soggiorno per telefonare ai suoi e togliersi il pensiero. Avevano ancora il telefono fisso, al quale rispose una voce inaspettata.

«Sei in debito con me» bisbigliò suo fratello Sebastian, più piccolo di qualche anno, anziché optare per il più comune "Pronto?".

«Che ci fai là?»

«Ti rimpiazzo. Mamma si è messa a piangere perché per il Ringraziamento non ci sarebbe andato nessuno di noi, e com'è, come non è, eccomi a preparare il borsone. Mi sono alzato alle cinque, visto che la mamma doveva infornare il tacchino in tempo per poterlo mangiare entro le due.»

Gavin si strinse il setto nasale tra due dita, esausto. «Sopravvivrai. Passami papà.»

«Sta facendo la doccia. Ti passo la mamma.»

Provò a rifiutarsi, perché doveva esistere una qualche legge che concedeva a un uomo un minimo di tempo di attesa tra una conversazione sulla masturbazione e una chiacchierata telefonica con la propria madre. Ma Sebastian si era già allontanato dalla cornetta.

Un attimo dopo, udì la voce di sua madre. «Ciao, tesoro! Buon Ringraziamento!»

«Ciao, mamma. Quant'è grande il tacchino quest'anno?»

In famiglia scherzavano sempre sul fatto che sua madre comprava ogni volta un tacchino tre volte più grande del necessario. Quella donna viveva nel costante terrore di veder morire di fame la gente.

«Quasi otto chili» rispose lei. «È bello grosso.»

Gavin poté quasi vederla. Probabilmente indossava il grembiule a balze, quello che usava solo per le occasioni speciali. E doveva aver legato i capelli bene in alto per non trovarseli in mezzo mentre cucinava. A breve, si sarebbe versata col mestolo un bel bicchierone di sidro speziato e bollente e avrebbe messo su della musica natalizia, perché a casa Scott il Ringraziamento segnava ufficialmente l'inizio delle feste di Natale.

«Però vorrei che foste qui» disse. «Mi mancate, tu e le bambine. E anche Thea. Cielo, ho provato a chiamarla un sacco di volte nelle ultime due settimane ma parte sempre la segreteria. Oh, le è arrivata la mia mail?»

«Non ne ho idea.»

«Oh, be', probabilmente non te l'ha detto. Le chiedevo cosa vogliono le bambine per Natale quest'anno.»

«Potevi chiederlo a me.»

Sua madre emise un verso di scherno.

«Pensi che non sappia cosa vogliono le mie figlie per Natale? Grazie mille, eh!»

«Penso che Thea sicuramente avrà già fatto una tabella distinta per colori completa di link per procedere all'acquisto, e con tanto di promemoria sui saldi.»

Nonostante il suo pessimo umore, Gavin sorrise. Già, era proprio una cosa da Thea.

«Senti, magari potete venire per Natale!» disse sua madre. «Passiamo insieme la vigilia, così le bambine aprono qui i regali. Oh, Gavin, sarebbe bellissimo.»

Sentì una fitta al torace immaginandosi quel quadretto. Sarebbe stato bellissimo, ma non c'era verso che Thea, che si era appena materializzata in fondo alle scale, potesse accettare la proposta.

«Senti, Thea è qui davanti. Ci vuoi parlare, così le chiedi se ha letto la mail?» Gavin provò a passarle il telefono. «È mia madre.»

Thea lo guardò con occhi così gelidi da spegnere un incendio. Poi, invece, inspirò a fondo e tirò fuori la voce più allegra possibile. «Ciao, Susan. Buon Ringraziamento.»

Gavin seguì la conversazione ascoltando solo le battute di Thea, e la fitta si acuì. I suoi genitori adoravano Thea. Dicevano che era la figlia che avevano sempre desiderato e scherzavano sul fatto che Sebastian si sarebbe dovuto fare in quattro per trovare una moglie anche vagamente vicina alla perfezione quanto lei.

Era soprattutto per questo che non li aveva ancora messi a conoscenza dei loro problemi. Ne sarebbero usciti devastati. Ma c'era anche dell'altro. Quello dei suoi era un matrimonio perfetto, e sapere che Gavin non era riuscito a seguire il loro esempio li avrebbe delusi profondamente.

Thea salutò, terminò la chiamata, e passò il telefono al marito. «Glielo devi dire, Gavin.»

«Che cosa?» ribatté, amareggiato per il costante promemoria della precarietà di quella situazione. «Mi hai concesso fino a Natale per riconquistarti. E fino ad allora, non ho nulla da dire.»

Del e Nessa abitavano fuori da Nashville, in una zona piena zeppa di ville in cui vivevano un sacco di personaggi ricchi e famosi della Città della Musica. Con le strade semideserte per la giornata festiva, percorsero quei trenta chilometri in una mezz'oretta che, se non fosse stato per le bambine sedute dietro, avrebbero trascorso in silenzio.

«Mamma, possiamo fare il bagno?» chiese Ava all'improvviso.

Del aveva una piscina coperta, ed era ormai parte della tradizione che, dopo aver digerito, i ragazzi portassero i bimbi a nuotare. Thea si voltò verso il sedile posteriore. «Ho preso i costumi.»

Le bambine urlarono di gioia. Almeno loro si sarebbero divertite.

Gavin accostò lungo il marciapiede davanti casa di Del. Per il nervosismo, Thea sentiva un nodo che le stringeva il petto. Di solito, quello sarebbe stato il momento in cui si sarebbe stampata in faccia il suo sorriso perfetto da FEM per fingere di divertirsi da morire ogni singolo minuto.

Stavolta non gliene importava un fico secco. Assieme a Gavin, liberò le bambine dai seggiolini per farle andare di corsa verso la casa. Non appena raggiunsero il portico della villa, qualcuno aprì. La moglie di Del, Nessa, uscì, meravigliosa come sempre. Indossava pantaloni neri a zampa e un dolcevita attillato color cammello. Era quel genere di outfit elegante senza sforzo che stava bene solo alle donne alte come Liv o Nessa. Le bambine le si strinsero alle gambe per un abbraccio veloce, poi lei alzò lo sguardo e salutò sorridente.

Thea ricambiò il saluto e si chinò sul portabagagli per prendere una delle torte. Gavin fece lo stesso, e la seguì. Nessa mandò le bambine dentro e gli liberò le mani dalla torta.

«Ci penso io ad aiutare Thea. Tu vai sul retro e impedisci a Del di uccidersi.»

«Che sta facendo?» chiese Gavin.

«Quel matto ha comprato una friggitrice per tacchini.»

«Oh, Signore.» Gavin scappò via di corsa.

Nessa si voltò verso Thea. «Che bello averti qui!» le disse, invitandola a entrare con un cenno del capo. «Del diceva che forse sareste andati dai genitori di Gavin, quest'anno. Senza di voi non sarebbe stato lo stesso.»

Thea non sapeva cosa rispondere, quindi non disse nulla e la seguì nella sua cucina gigantesca e di un bianco brillante. L'aroma paradisiaco del tacchino in forno si sposava col profumo del sidro speziato che bolliva lentamente. La salvia e l'aglio del ripieno le facevano venire l'acquolina in bocca. Era lo stesso odore che c'era da sua nonna. Quei tre Ringraziamenti passati a casa sua quando Thea e Liv abitavano da lei erano stati i migliori in assoluto.

Incrociarono le bambine che correvano inseguendo la figlia di Del e Nessa, Jo-Jo. «Non stava più nella pelle, non vedeva l'ora che arrivaste» disse Nessa con una risata e sollevando per bene la torta per evitare un incidente. Poi la appoggiò sul bancone con un sospiro plateale. «Giuro, mi ha svegliata prima dell'alba per chiedermi se foste già qui.»

Thea sorrise. «Anche le bambine erano impazienti.»

E, in tutta onestà, se fossero rimasti solo loro, la giornata non sarebbe stata poi così male. Nessa era sincera, gentile e simpatica, l'unica delle altre fidanzate e mogli che Thea avrebbe anche lontanamente reputato un'amica. Soprattutto perché Gavin e Del erano strettissimi. E le bambine adoravano giocare con Jo-Jo. La giornata avrebbe potuto andare benone. E invece, presto si sarebbe ritrovata in una vasca piena di squali.

Nessa appoggiò sul bancone anche la torta che Thea aveva portato dentro. Dal modo in cui strinse lo sguardo, Thea riuscì immediatamente a capire cosa la aspettava.

«Allora...» disse Nessa, chinandosi per avvicinarsi a lei. «Spero non sia un problema, ma Del mi ha detto che Gavin è tornato a casa. Come procede?»

«Benissimo» rispose Thea in automatico. Un momento. No, non voleva farlo mai più. Raddrizzò la schiena. «In realtà, non procede benissimo. È tornato ieri sera, e non abbiamo fatto altro che litigare.»

«Del ha incontrato Gavin la scorsa settimana. Dice che non l'aveva mai visto così a pezzi.»

Thea si infuriò. Era Gavin quello a pezzi? «Non è che per me sia proprio un Carnevale.»

«Certo che no» si affrettò a dire Nessa. «È solo che... un po' lo capisco quello che stai passando. Gli uomini che ci siamo scelti non sono bravissimi a esprimere quello che provano. Abbi pazienza.»

Thea aveva voglia di incalzarla: che ne sapeva lei di problemi matrimoniali? Quello tra lei e Del era il matrimonio perfetto. Ma le fu impedito dai colpi alla porta di ingresso, seguiti subito da un impaziente scampanellio. Nessa imprecò e alzò gli occhi al cielo: «Signore, dammi la forza. Non ho idea del perché Del lo abbia invitato».

«Chi?»

«Oh, be', tu devi essere la signora Thea Scott.»

Thea si voltò e si ritrovò faccia a faccia con dei pettorali di tutto rispetto sotto una maglia bianca attillata. Sollevò lo sguardo e fu quasi accecata da un sorriso così smagliante che forse, chissà, le aveva fatto emettere un flebilissimo gemito. I suoi occhi registrarono la magnificenza di una folta chioma corvina, maliziosi occhi castani e una mandibola che avrebbe potuto tagliare il vetro. Quando lui le fece l'occhiolino, Thea udì un coro di angeli.

«Braden Mack» si presentò, portandole in alto la mano. «È un piacere conoscerti, finalmente.»

Le sfiorò le nocche con le labbra, e Thea sentì improvvisamente la bocca asciutta.

«Io... Come fai a sapere chi sono?»

«Conosco Gavin, ma non abbastanza, pare, visto che non mi ha mai detto che eri così bella.»

Thea intendeva rispondere, ma le venne fuori solo un gridolino.

Nessa si schiarì la voce. «Mack, è troppo presto per le tue moine. Perché non esci ad aiutare i ragazzi?»

Braden accarezzò col pollice il polso di Thea. «Vogliono consigli sulle donne?»

«No, stanno cercando di friggere un tacchino.»

Uscì dal personaggio e le mollò la mano. «Oh, Signore.» Scappò fuori dalla porta posteriore.

Thea deglutì e fu scossa da un brivido. «Caspita. Mi sembra di aver appena incontrato il dio della seduzione.»

«Cielo, non dirglielo. Il suo ego non ha certo bisogno di essere sfamato ulteriormente.»

Si avvicinarono alla porta a vetri per osservarlo mentre camminava. Thea si leccò le labbra, poi guardò in alto. Si imbatté nello sguardo inequivocabilmente geloso di Gavin. «Oh, merda.»

«Io lo ammazzo.»

Nel momento in cui Gavin guardò attraverso la porta a vetri e vide Mack fare il baciamano a Thea, qualcosa di rosso e bollente gli ottenebrò la mente, già stravolta dalle ultime ventiquattr'ore. E ora quello stronzo stava andava verso di loro, facendo ciao con la mano, tutto spavaldo come se nulla fosse successo.

«Lo fa solo per innervosirti» disse Del. «Ci prova con tutte le nostre mogli.»

«E voi glielo permettete?»

«Non lo fa con cattive intenzioni.»

A mano a mano che la gelosia affiorava, Gavin serrava le mani a pugno. Era infantile e immaturo e del tutto irrazionale, ma Quel-Cazzo-Di-Braden-Mack era proprio il genere di intromissione che in quel momento non ci voleva. Gavin era stato in competizione tutta la vita con playboy come Mack, che facevano i galletti e i cascamorti. Di certo non intendeva competere pure per sua moglie.

Ma quanto cazzo poteva sentirsi sfigato ad averci anche solo pensato? Non erano mica al liceo. Thea l'aveva sposato, non era una ragazza che voleva portare al ballo. Tuttavia, la logica e il senno non erano il suo forte negli ultimi tempi. Tanto per fare un esempio: la discussione sulla masturbazione quella stessa mattina.

«Darete fuoco alla casa, coglioni» li prese in giro Mack avvicinandosi. Puntò dritto verso Gavin. «Senti, Scott. Perché non mi hai mai detto che tua moglie è così sexy? Ecco perché te la fai sotto.»

Gavin caricò il pugno prima di potersene pentire, prima ancora di rendersi conto che aveva deciso di farlo. Lo sferrò dritto sotto l'occhio di Mack e lo prese così di sorpresa che quello barcollò all'indietro con una mano sulla guancia e lo sguardo ferito.

«Sei matto?» Mack si squadrò le dita, probabilmente in cerca di tracce di sangue. «Perché mi hai colpito?»

«Non lo so. Suppongo che alla mia mascolinità tossica non piaccia che ci provi con mia moglie.»

«Stai scherzando?» disse Mack. «Io ci provo con le mogli di tutti! È la mia specialità. Non puoi prendermi a pugni per questo.»

Gavin fece un passo avanti. Del lo trattenne stringendolo al petto con un braccio. «Stai calmo, Apollo Creed.»

La porta a vetri si aprì, e ne uscirono di corsa Nessa e Thea con la stessa espressione sconvolta. In quella di Thea c'era una sfumatura molto più minacciosa, però, e Gavin si rese conto che aveva appena fatto una cazzata. Di nuovo.

«Che succede?» lo incalzò Thea.

«Niente» biascicò lui, scuotendo la mano. Porca miseria, che male. In barba agli stereotipi, gli atleti professionisti non se ne andavano in giro a fare a pugni così spesso. In tutta la sua carriera, Gavin aveva preso parte a una sola rissa in campo, ed era riuscito a colpire giusto il berretto di qualcuno prima che gli arbitri sedassero gli animi.

Thea si rivolse a Mack. «Stai bene?»

«Sei preoccupata per lui?»

«È lui che si è preso un pugno!»

Sfoggiando un sorrisetto, Mack decise di tirare la corda al massimo. «Non pensare a me, tesoro. Un sacco di mariti reagiscono così.»

Gavin emise un verso strozzato.

Thea gli lanciò un'occhiataccia: «Dentro. Subito».

La seguì con le gambe rigide come pali. Thea si fiondò in casa, passò per la cucina e s'intrufolò nello studio di Del al primo piano. Sbatté la porta e si voltò di scatto.

Era nei guai fino al collo. «Piccola...»

«Giuro su Dio, se provi a chiamarmi "piccola" in questo momento, il nostro accordo finisce qui.»

Si zittì. La parola "accordo" gli lasciò l'amaro in bocca. Ecco a cosa si era ridotto il loro matrimonio.

«Che problema hai, Gavin? Ti comporti da psicopatico! È così che intendi riconquistarmi?»

«Mi dispiace...»

«E se le bambine ti avessero visto picchiarlo? Ci pensi a quanto le avresti spaventate?»

No. Non ci aveva pensato. Aveva ragione. Si stava comportando da psicopatico. "Da viscido verme onanista" gli sussurrò una vocina all'orecchio. Splendido. Lord Monosillabi era passato dai consigli agli insulti shakespeariani.

«Che diritto hai di ripresentarti nella mia vita dopo un mese passato a non dirmi una parola e di decidere di fare il cavernicolo con uno, solamente perché mi ha fatto il baciamano?» sbottò Thea. «Mi fai sul serio così meschina?»

«Mi fido di te, Thea. È di lui che non mi fido.»

«Quanto sei offensivo.» Thea si portò una mano alla fronte con aria drammatica e parlò con un disinvolto accento da ricca provincialotta del Sud. «Sono solo una povera donzella debole e in pericolo che non sa cavarsela di fronte a uomini sì forti e vigorosi. Proteggi tu la mia virtù, mio amato consorte.» Gli lanciò un'occhiata di sfida. «Questo piccolo attacco di gelosia forse mi avrebbe colpita un po' di più se non mi avessi lasciata.»

«Mi hai cacciato tu, Thea.» Perché tutti si dimenticavano questo dettaglio?

"Sarà perché tu l'hai lasciata molto prima di allora, bastardo calabrache."

Thea scosse la testa e si avviò furiosa verso la porta.

«Thea, aspetta» disse Gavin, protendendosi verso di lei. «Mi dispiace. Hai ragione, sono un coglione.»

Respirò per mantenere la calma e poi uscì, lasciandolo da solo con la voce di Lord Tempismo-del-Cazzo. Onanista? Sul serio? Ma che razza di parola era?

Quando Gavin finalmente riemerse dallo studio, finì in mezzo a una fila di facce accigliate e braccia incrociate lunga tutto il corridoio. A occhio, era arrivata parecchia gente mentre lui si trovava ancora nello studio. E, a occhio, nessuno era troppo felice di vederlo.

Del, Yan e Malcolm lo fissavano come se l'avessero appena beccato a guardare una partita di calcio. Il padrone di casa fece un gesto rabbioso con la testa verso le scale che portavano al seminterrato. «Scendiamo. Subito.»

«Devo cercare Thea.»

«È con le ragazze. Avanti.»

Con un sospiro rassegnato, Gavin seguì gli altri nel seminterrato abitabile dell'amico. Girò l'angolo e si fermò. Seduto sul divano c'era Mack, che si premeva un sacchetto di ghiaccio sulla guancia.

Gavin fece per andarsene. «No. Col cazzo. Io con questo non ci parlo.»

Del lo afferrò per un braccio. «Mack deve dirti una cosa.»

«Tua moglie è una gran figa.»

Gavin ringhiò. Del sferrò uno scappellotto a Mack.

«Sto scherzando» disse Mack. «Cioè, non sul fatto che è figa. Tua moglie è veramente una gran figa.»

«Ora ti ammazzo, cazzo.»

Mack si alzò in piedi. «Mi dispiace aver causato problemi tra te e tua moglie in un momento del genere. Non riesco a trattenere il mio carisma.»

«Ma porca troia, Mack» lo richiamò Del.

Mack abbassò lo sguardo a terra. «Scusa.»

«Ecco» disse Del, guardando prima l'uno e poi l'altro. «Va meglio? Siamo di nuovo tutti amici?»

«Mai stati amici» disse Gavin.

«Senti, rilassati. Non lo tocco più il tuo frutto proibito.»

«Siediti, Gavin» disse Malcolm, indicando il divano. Lui obbedì e si preparò alla strigliata che sapeva di meritare.

«Che è successo di sopra?» chiese Del.

«Be', Del. Come avrai sentito, mia moglie e io stiamo cercando di risolvere alcuni problemi, al momento.»

«A giudicare dall'espressione che aveva quando è uscita dallo studio, te la stai cavando abbastanza di merda» disse Yan.

Gavin si abbandonò sullo schienale e fissò il soffitto, con una faccia imbronciata e inflessibile.

«È passato un giorno» strillò Del. «Come hai fatto a mandare già tutto all'aria?»

Mack ridacchiò. «Ma lo conosci?»

«Aggiornaci» disse Malcolm, pacifico.

«Forse sto diventando pazzo. Sento continuamente una voce con l'accento inglese che mi suggerisce di dire e fare cose.»

«Prima o poi succede a tutti» disse Mack.

Gavin alzò la testa per controllare che non lo stesse prendendo in giro. Dalla sua espressione, sembrava serio. «La sentite anche voi?»

«È il tuo subconscio» disse Malcolm. «A un certo punto, nel corso del processo, tutti noi abbiamo dovuto combattere con un nobile inglese che stava nel nostro cervello e dava un nome alle cose che noi avremmo preferito ignorare.»

"Sarà perché tu l'hai lasciata molto prima di allora, bastardo calabrache." «Quindi dovrei starlo a sentire?»

«A meno che non cominci a ordinarti di uccidere la gente, sì» disse Del.

Gavin pensò di dare la colpa a Lord in-Calzamaglia per il pugno che aveva sferrato a Mack. Ma era tutta colpa sua. Come era suo l'onanismo di quella stessa mattina, quando le aveva chiesto se si fosse mai masturbata.

Chinandosi in avanti, Gavin posò i gomiti sulle ginocchia. Poi sprofondò con la testa fra le mani. «Continua a ricordarmi che ho tempo solo fino a Natale. Non credo che mi darà davvero una possibilità.»

«Ascoltami.» Del si sedette di fronte a Gavin, nella stessa posizione della sera in cui lo aveva trovato ubriaco e avvilito nella sua stanza d'hotel. «Potremmo aiutarti molto meglio se ci dicessi cos'è che vi ha fatto lasciare per davvero.»

Gavin si alzò. «Non se ne parla.»

«Va bene» disse Malcolm. «Però ricordatelo. Il punto è corteggiarla, Gavin. Non sedurla.»

«Dove sta la differenza?»

Mack ridacchiò di nuovo. «Cazzo, è un miracolo che tu sia arrivato a sposarti.»

Gavin gli mostrò il dito medio.

«La differenza» disse Malcolm «è che devi fare in modo che sia lei a volere te, e non dimostrarle quanto tu la vuoi.»

CAPITOLO UNDICI

L'inferno. Questo furono le due ore successive per Thea. Un vero e proprio inferno. Dopo essere andata via di corsa dallo studio, aiutò Nessa a ultimare le preparazioni in cucina fingendo di non sentire quello che le altre fidanzate e mogli bisbigliavano l'una all'altra dietro i loro calici di vino.

«Ho sentito che si sono lasciati.»

«Ha dato un pugno a Braden Mack!»

«Veramente se n'è andato di casa?»

Ma proprio quando Thea pensava che non potesse andare peggio, si udì un'acutissima voce femminile che sovrastò tutte le altre.

«Permesso? C'è nessuno?»

Thea si fece il segno della croce e recitò una preghiera: "Dio, dammi la serenità per non prenderla a ceffoni".

«Siamo in cucina» gridò Nessa.

Rachel Tamborn, ex modella, FEM professionista, nemesi per

eccellenza di tutti gli anticonformisti, si catapultò nella stanza su rumorosissimi tacchi a spillo e avvolta da una nuvola di profumo costosissimo, lasciandosi alle spalle una scia fastidiosamente piacevole. Aveva capelli che brillavano. Trucco perfetto. Era fasciata da un abito color carne attillatissimo che, come se non bastasse, le calzava divinamente. Dietro di lei Jake Tamborn, suo marito e compagno di squadra di Gavin.

Rachel salutò Nessa con un bacio per guancia, ma senza nemmeno sfiorarla. «Grazie infinite per l'invito» disse con una cantilena. «Quest'anno non sono riuscita a organizzarmi né coi miei né coi suoi, e ho dato il giorno libero al personale di cucina, quindi il povero Jake sarebbe rimasto digiuno se non fosse stato per voi.»

«Figurati» rispose Nessa con grande cordialità. «Più siamo, meglio è.»

Rachel indietreggiò e si guardò intorno per controllare se in cucina ci fosse qualcuno che non aveva mai visto. Solo allora si accorse di Thea. Spalancò gli occhi. Schiuse le labbra lucide. Thea si aspettava quasi che le spuntassero le zanne. Però poi, all'improvviso, sembrò ricordarsi che chiunque poteva vederla.

Tese le braccia aperte. «Oh, cielo! Ciao, Thea!»

Trottò verso di lei sui tacchi a spillo e la abbracciò con la delicatezza di un boa constrictor. «Sono troooppo felice di vederti» disse Rachel, indietreggiando. «Mi sei mancata!»

«Ti sono mancata?»

«Be', insomma, all'ultima partita non c'eri...»

Oh, le frecciatine erano già cominciate.

«... e ti sei persa il nostro ultimo ricevimento...»

«Non sono stata invitata.»

«Insomma, tra una cosa e un'altra, davo per scontato che non ti avrei trovata qui.»

Caspita. Un vaso di Pandora gigantesco. Non riusciva a trattenersi. Tutto d'un tratto la Thea impulsiva aveva preso il controllo della sua bocca. «Perché mai non avresti dovuto trovarmi qui oggi?»

Il sorriso di Rachel divenne stucchevole. «Oh, insomma, lo sai...»

Thea rimase impassibile. «No, non lo so.» Teneva gli occhi fissi su di lei, le sopracciglia inarcate, e la sfidava a terminare la frase.

Alla fine, Rachel giunse le mani davanti al petto. «Allora, tu e Gavin siete tornati insieme?»

Eccola lì. La domanda che Thea stava aspettando. «Non direi che sono affari tuoi, Rachel» disse con tono pacato.

L'altra spalancò gli occhi giusto per dimostrare quanto la sconvolgesse che qualcuno osasse tenerle testa. Jake si schiarì la voce e si portò accanto alla moglie. «Che piacere vederti, Thea» disse, prima di stringerla in un abbraccio floscio tipico di chi vuole dirti che è dispiaciuto per te. «Sei splendida, come sempre.»

Rachel per poco non si ruppe un dente. «È vero, sei sempre splendida» disse, squadrandola dall'alto in basso con aria schifata. «Ma questo look è una novità, o sbaglio? È proprio vero che oggigiorno la comodità batte l'eleganza, eh?»

«Assolutamente sì. E la classe batte la bellezza.»

Jake sussultò. «Dove sono Gavin e Del?»

Thea indicò la porta sul retro. «Fuori a friggere un tacchino.»

«Pessima idea» disse Jake andando via.

Rachel giunse di nuovo le mani e si stampò un sorriso in faccia. Thea scoppiò quasi a ridere, perché quel sorriso era deliberatamente finto. Quel genere di sorriso che sopporti quando vuoi che gli altri capiscano che è falso, non per metterli a proprio agio, ma, anzi, per metterli a disagio. Buon Dio, Rachel era falsa pure quando faceva cose false.

Era sempre stato così con lei. Sempre. Dietro quella facciata amichevole c'era un orribile lato oscuro, un senso di competizione con tutte le altre mogli che si era palesato sin dal primissimo incontro tra Thea e le FEM. Senza alcuna malizia, aveva chiesto ad alcune di loro che mestiere facessero, e fu come se qualcuno avesse graffiato una lavagna con le unghie.

«Questo» aveva risposto Rachel.

Come se non ci fosse bisogno di altre spiegazioni.

Col tempo, fu tutto più chiaro.

Per molte fidanzate e mogli, stare con un giocatore di baseball era un lavoro in tutto e per tutto. Per alcune semplicemente perché trovare un equilibrio tra gli impegni professionali dei mariti e l'impegno di crescere dei figli era più gravoso di un lavoro a tempo pieno.

Ma per altre era una vera e propria identità. Come se fossero state allevate per questo, come le debuttanti dei tempi che furono. Ostentavano le loro relazioni con quegli uomini ricchi e attraenti, come se per un fenomeno del tutto naturale le persone belle fossero destinate a finire insieme.

E poi c'era Thea. L'outsider che capiva a malapena le regole del gioco, che si era sposata con un giocatore di baseball perché era rimasta incinta, che era stata accettata nel loro club esclusivo senza aver fatto neanche un briciolo dello sforzo che avevano fatto tutte le altre. Non aveva dovuto lottare per anni mentre lui era solo una promessa, o durante la lunga, misera carriera dilettantistica.

E Rachel la odiava per questo.

Thea di solito faceva finta di fregarsene, ma in realtà le importava eccome. Ci si sente così soli, a essere gli outsider.

Presto, però, si sarebbe liberata della loro ostilità, e quell'idea le permise di dedicarsi ad aiutare Nessa senza prestare troppo ascolto a ciò che dicevano quelle donne alle sue spalle.

Il pranzo fu finalmente pronto. Nessa gridò ai ragazzi di portare il tacchino fritto, e lei si offrì di aiutarla ad apparecchiare la tavola.

Thea e Gavin prepararono i piatti per le bambine e le portarono al tavolo dei piccoli, poi si unirono al resto degli adulti in sala da pranzo. Thea si accomodò accanto a Nessa, perché aveva il disperato bisogno di un'alleata. Per sua sfortuna, era giusto di fronte a Rachel.

Dopo venti minuti, Del, seduto a un capo della lunga tavola, si alzò in piedi. «Un po' di silenzio.»

Tutte le conversazioni si interruppero, e i commensali si concentrarono su di lui, che teneva una birra in una mano e le dita della moglie strette nell'altra.

«Nessa e io vogliamo ringraziarvi tutti per essere qui oggi a festeggiare con noi il Ringraziamento. Alcuni di voi sono ospiti più che graditi. Altri ci limitiamo a tollerarli.»

L'intera tavolata scoppiò a ridere, ma Thea sospettava che molto di quello che aveva detto fosse vero. Sorrise a Rachel, che ricambiò. Avrebbe giurato di aver scorto un rivolo di sangue all'angolo della bocca di quella donna.

«Dunque, potrei starmene qui a farvi un lungo discorso sulla gratitudine e tutte 'ste stronzate, ma non sono in vena» disse Del. «Nessa e io dobbiamo fare un annuncio. Ve lo teniamo nascosto da un paio di mesi.»

Nessa balzò in piedi a braccia aperte. «Sono incinta!»

Dopo un momento di silenzio intriso di gioia, seguì un caos di applausi e auguri e tutte le altre cose che di norma succedono all'annuncio di una gravidanza. Gavin si alzò e andò a stringere la mano a Del. «Che bella notizia, Del. Auguri.»

Qualche minuto più tardi, Nessa si sedette di nuovo, e Thea la tirò a sé per un abbraccio. «Sono felicissima per voi.»

Nessa emise una timida risata. «Non vedevo l'ora di dirtelo, ma abbiamo avuto due aborti, e volevamo essere sicuri.»

Thea le strinse la mano nella sua. «Mi dispiace tantissimo. Non ne avevo idea.»

«E poi non volevo turbarti, perché non sapevo che situazione ci fosse tra te e Gavin. Non me la sentivo di venire da te a gongolare mentre voi avevate i vostri problemi.»

In un certo senso, fu come andare dalla padella alla brace: la gente non le dava le buone notizie per paura che lei la prendesse male. Ma le cose peggiorarono ulteriormente quando alzò gli occhi e si accorse che Rachel aveva sentito ogni singola parola.

Si fiondò immediatamente nella conversazione. «Thea, come va con Gavin? Ci darete presto la buona notizia?»

«A meno che tu non stia parlando di me che finisco gli studi, no» disse sorridendo.

«Ah, non hai preso la laurea?»

«Non ancora.»

«E come mai?»

Jake distese un braccio sullo schienale della sedia di Rachel. A Thea sembrò che stesse premendo un po' troppo le dita sulla spalla della moglie.

«Be', Rachel, come sono certa che saprai, ho dovuto lasciare il college perché sono rimasta incinta.»

«Ah, già. Lo sapevo. Non vi frequentavate da tanto, vero? E mi sbaglio o Gavin è stato convocato nella Major League subito dopo? Che tempismo eccezionale.»

Thea avvertì la mano di Gavin che le stringeva il ginocchio sotto al tavolo.

«Grazie per questo accurato riassunto dello svolgimento della nostra relazione, Rachel. Se ti paghiamo, ce la scrivi la pagina su Wikipedia?»

Le dita di Gavin le affondavano sempre più nel ginocchio a mano a mano che la bocca di Rachel si spalancava di nuovo.

«Dov'è che sei andata al college, Rachel?» domandò Thea.

La tensione si tagliava con il coltello. Metà dei commensali pendeva dalle loro labbra, gli altri mangiavano come se fosse l'ultimo pasto della loro vita.

«Ho studiato legge per tre anni alla Ole Miss.»

«Non hai finito giurisprudenza?»

Rachel rivolse un sorriso smagliante al marito. «No. Ho felicemente rinunciato per agevolare la carriera di Jake.»

Jake fingeva di essere interessatissimo al ripieno che aveva sul piatto.

«Ma sicuramente ti piacerebbe ancora fare l'avvocata, no?» insisté Thea, perché il suo lato impulsivo si stava servendo della sua voce come se lei fosse una marionetta.

Gavin strinse ancora di più la mano sul ginocchio di Thea. Lei gliela allontanò.

Rachel si ricompose prima di rispondere. «No, in realtà» disse. «Facciamo tutte dei sacrifici per sostenere i nostri mariti. E quasi tutte li facciamo volentieri.»

Ci vide rosso dalla rabbia. Che cazzo ne sapeva Rachel dei sacrifici di Thea per la carriera di Gavin. Stava giusto per dirglielo quando Soledad Feliciano, la moglie di Yan, allentò la tensione.

«Allora, Thea» disse con una voce tremante come se stesse parlando con un cane rabbioso, «con le tue competenze nell'arte, magari potresti aiutarci a progettare il nuovo logo per la partita di softball di beneficenza.»

La partita di softball era un'altra tradizione delle FEM. Ogni estate, alcune fidanzate e mogli dei Legends giocavano contro le fidanzate e mogli dei membri della squadra di hockey di Nashville per raccogliere fondi e acquistare materiale scolastico ai bambini bisognosi. Per anni, la partita era stata chiamata FEM vs. SHEM, dove "sh" stava per *shutout*, che nell'hockey è quando una delle porte resta inviolata. Ah ah, grasse risate. Era incredibile che pochissime persone notassero quell'assonanza offensiva, ma magari qualcuno le aveva finalmente convinte che si doveva cambiare nome.

«Non sapevo si stesse pensando a un nuovo logo» disse Thea.

«L'abbiamo deciso all'ultimo incontro» rispose Rachel con un sorriso.

Quello a cui Thea non era stata invitata.

«Mi farebbe piacere» disse Thea, «sempre che ci sbarazziamo anche del termine FEM.»

A Rachel andò di traverso il vino. Si udì una forchetta sbattere su un piatto, e un'imprecazione provenire da uno dei commensali.

«E perché, di grazia, dovremmo fare una cosa simile?» domandò Rachel, asciugandosi la scollatura sporca di vino.

«Ma dai» disse Thea. «Fidanzate e mogli? È terribilmente escludente. E se una donna un giorno verrà convocata tra le Major? Come verrà chiamato il suo ragazzo?»

«Dato che dubito fortemente che esistano giocatrici così forti, non credo che dovremmo preoccuparcene» ribatté Rachel.

«Okay, e se si trattasse di un giocatore gay? Il termine FEM è senza dubbio eteronormativo. Non preferite anche voi qualcosa di più inclusivo?»

«Cosa proponi, nello specifico?» chiese Rachel.

«Che ne dite di Coniugi e Storie Serie?»

Rachel restò un attimo interdetta, poi disse: «Così diventeremmo le CESS».

«Brava, senza ombra di dubbio.» Thea si alzò e prese il suo piatto. «Mi sa che vado a controllare le bambine. Posso portarvi qualcosa?»

Uscì dalla sala da pranzo avvolta nel silenzio e girò l'angolo. Non passò tanto tempo prima che arrivasse Gavin. «Ma che è successo?» chiese.

«È successo» disse Thea, posando il piatto «lo schifo che ho dovuto sopportare da Rachel e le sue amiche per tutto il nostro matrimonio. Semplicemente, ho deciso di tenerle testa per una volta.»

«Ti tratta sempre in questo modo?»

Thea ridacchiò. «Ehm, certo. Dal primissimo giorno.»

Strinse lo sguardo. «Perché non me l'hai detto?»

«E tu perché non lo sapevi?»

Gavin scosse la testa, aprì la bocca per dire qualcosa, e poi sembrò ripensarci. Deglutì.

«Non preoccuparti» sbottò Thea. «Presto non sarà più un problema, comunque.»

Girò sui tacchi e lo lasciò lì impalato. Poi passò il resto della giornata con le bambine, evitando attentamente ogni tentativo di Gavin di beccarla da sola.

Verso le sei, Ava cominciò a lamentarsi perché aveva mal di pancia, quindi Gavin si congedò. Nessa mise da parte un po' di roba da mangiare che era rimasta e portò la colonna di contenitori di plastica in macchina, mentre Gavin preparava le bambine prima di andare via.

«Andrà meglio» le disse Nessa, mentre caricava i contenitori nel portabagagli.

Thea sospirò. «Grazie, ma non credo che tra me e Rachel scorrerà mai buon sangue.»

«Parlavo di te e Gavin.»

Thea alzò lo sguardo.

«Dagli una possibilità, Thea» le disse l'amica.

La porta di casa si aprì, e ne uscì Gavin con Ava in braccio. Amelia scorrazzava davanti a loro. Nessa strinse il braccio di Thea, poi parlò a bassa voce. «Chiamami quando vuoi.»

Mentre Thea chiudeva lo sportello del bagagliaio, Nessa salì sul marciapiede, si fermò a dare un bacio alle bambine e strinse Gavin per salutarlo. Thea aprì lo sportello dal lato di Ava e la tolse dalle braccia del padre senza guardarlo negli occhi.

«Metto io le cinture ad Amelia» disse lui.

Il ritorno a casa trascorse in silenzio come il viaggio di andata. Gavin reggeva il volante. Thea guardava fuori dal finestrino e osservava le famiglie nelle altre auto. Famiglie allegre e sorridenti. Le vacanze di quelle coppie erano cominciate con una lite sulle loro pratiche masturbatorie? Quel pensiero le provocò un attacco di risate isteriche assurdo che si trasformò rapidamente in un sospiro demoralizzato. Più che vederlo, sentì che Gavin si era voltato verso di lei, ma tenne lo sguardo fisso sul paesaggio in movimento. Il cielo, grigio e spento, rispecchiava il suo umore.

Non appena arrivarono a casa, Thea quasi si lanciò fuori dalla macchina. Sbloccò le cinture di Ava e la portò in braccio fino al portico, poi infilò goffamente la chiave nella toppa. Butter, all'ingresso, abbaiò tutto su di giri per salutarli.

«Mamma, sto male» piagnucolò Ava.

«Lo so, amore. Ti tolgo il cappotto...»

Prima che potesse finire la frase, un getto di vomito cascò sul pavimento. Ava scoppiò in lacrime. Butter si mise a odorare qui e là.

«Butter, no!» Thea afferrò il cane per il collare proprio quando Ava ebbe un altro conato. Una seconda pozza di chissà-che-schifo-si-era-mangiata spiaccicata sul pavimento. Alle sue spalle, sulla soglia, Gavin biascicò un'imprecazione a bassa voce, e Amelia strillò: «Bleah!».

Poi lui si affrettò ad acchiappare Butter per il collare.

«Ci penso io a pulire» disse Thea. «Puoi portarla su e prepari il bagnetto?»

«No!» gridò Ava. «Voglio la mamma.»

«Pulisco io» disse Gavin. «Amelia, tesoro, resta lì un momento.»

Troppo tardi. Ava si girò e coprì di vomito la sorella. Amelia lanciò un urlo. Gavin stavolta imprecò ad alta voce. Butter abbaiò come se avesse trovato il suo paradiso personale e cercò di ripulire Amelia con la lingua.

«Butter! Fermo! Bambine, forza. Andiamo su» fece Thea con voce dolce. «Ava, prova a trattenerti finché non arriviamo al water.»

Tra i pianti di entrambe, Thea le seguì in cima alle scale e poi in bagno. Si inginocchiò e disse alle bimbe di alzare le braccia, per sfilare il maglione prima all'una e poi all'altra. Se fosse riuscita a recuperarli entrambi, si sarebbe considerata fortunata. Le fece finire di spogliarsi da sole mentre lei preparava la vasca. Di sotto, Gavin disse qualcosa di particolarmente offensivo a Butter, prima di portarlo con ogni probabilità nel giardino sul retro.

«Mamma, sto male» disse Amelia con un singhiozzo, pallida in viso. Oh, no. Thea la afferrò dalle spalle e la condusse fino alla tazza... in ritardo di un secondo esatto. E ora i pavimenti da pulire erano due.

«Va tutto bene, amore» disse Thea, accarezzando in senso circolare la schiena di Amelia. Si voltò per controllare Ava, che era nuda e tremava. In equilibrio su un piede, Thea si sporse in avanti per controllare la temperatura dell'acqua. «Su, Ava, entra nella vasca.»

Riportò la concentrazione su Amelia e la fece spostare delicatamente accanto alla tazza, dicendole di piegarsi in avanti se fosse stato necessario. E sì, era necessario. Mentre tremava, Amelia emetteva un tenero lamento. Thea le portò all'indietro i capelli. «Stai tranquilla, tesoro. Tra poco sarà passato.»

Dopo pochi minuti riuscì finalmente a infilarla nella vasca con la sorella. Gavin comparve sulla soglia mentre Thea stava insaponando i capelli di Ava. Lui guardò il pavimento, fece una smorfia e bloccò con una gamba Butter che cercava di entrare.

«Sta male anche Amelia» disse Thea. «Puoi prendere degli asciugamani puliti dall'armadio?»

«Quale armadio?»

La rabbia le faceva pulsare le tempie. «L'armadio in cui sono sempre stati» disse con tono pungente mentre sciacquava la testa ad Ava.

«E quale sarebbe?» domandò Gavin, nervoso.

«Sul serio? Da quant'è che abitiamo qui?»

«Non passo il tempo a pensare agli asciugamani, Thea.»

Ma dai? «L'armadio della biancheria che c'è in corridoio.»

Gavin andò via e tornò un momento dopo con una salvietta. «Ho trovato solo questa.»

Le pulsazioni divennero martellanti. «Ci ho messo ieri una colonna intera di asciugamani puliti.»

«Vabbè, non li ho trovati. Che vuoi che faccia?»

«Ce ne sono alcuni puliti nel cesto in camera mia.»

Gli si gonfiò una vena vicino all'orecchio. «Camera *tua*?»

Thea balzò in piedi. «Lascia stare. Li prendo io.»

Si fiondò verso l'armadio della biancheria, recuperò la colonna di asciugamani che Gavin, per non vederla, doveva aver ignorato di proposito, e si precipitò di nuovo in bagno.

«Dov'erano?»

«Nell'armadio.» Lasciò cadere l'intera pila sul pavimento e finì di sciacquare i capelli ad Ava. «Okay, amore, vai da papà.»

«Io voglio la mamma» piagnucolò Ava.

«Dovrai accontentarti di me, mocciosetta.» Gavin la tirò fuori dall'acqua, si mise in ginocchio per asciugarla, sfiorando il corpo di Thea col suo. Lei si fece più in là, e in cambio ricevette un'espressione scocciata.

«Metto il pigiama ad Ava» disse lui. Si alzò con la piccola in braccio. Stringendole la testolina alla spalla, uscì dal bagno.

Thea finì di lavare i capelli ad Amelia e poi si fermò a osservare sua figlia, che era ancora pallida. «Stai un po' meglio, tesoro?»

Amelia annuì, poi sbadigliò. Quella sera sarebbe andata a letto presto.

«Vieni, amore.» La tirò fuori dalla vasca e la asciugò. Poi la portò in braccio fino alla loro cameretta. Gavin era seduto sul pavimento e stava infilando una maglietta ad Ava. Alzò lo sguardo.

E lei distolse il suo.

A Gavin bruciava il collo, tanta era la frustrazione per sentirsi rifiutato da Thea. Tirò su i pantaloni del pigiama di Ava. «Andiamo a letto.»

«Io voglio la mamma.»

Caspita. Quand'è che smetteva di fare male? Avrebbe voluto essere avvisato per tempo del fatto che i figli potevano devastare un uomo in modi inimmaginabili. Si alzò in piedi e prese in braccio la bambina. «La mamma sta mettendo il pigiama ad Amelia.»

Si guardò alle spalle. Thea aveva fatto sedere Amelia sul letto e la stava aiutando a indossare la camicia da notte. Amelia teneva la faccina affondata sul collo di Thea, e lei le accarezzava la nuca sussurrandole teneramente qualcosa che lui non riusciva a sentire. Ma gli arrivava comunque la sua voce. Dolce e affettuosa. Era ufficiale: Gavin era geloso perfino di sua figlia.

Ava sbadigliò e Gavin, dopo averla messa a letto, sollevò le coperte perché ci si potesse infilare sotto. Thea aveva preferito far passare le bambine direttamente dal lettino con le sbarre al letto a una piazza e mezza. Con la sua stazza, Gavin ci entrava a malapena, ma si arrangiava. Si sdraiò accanto ad Ava e le scostò i capelli bagnati dalla faccia.

«Ti senti un pochino meglio?» le sussurrò.

Lei annuì e sbadigliò di nuovo. «Il pancino non mi fa più male.»

«Bene. Magari hai mangiato troppo dallo zio Del.»

«Ho mangiato tre fette di torta.»

Accidenti. «Chi te le ha date?»

«Mack ha detto che potevamo prendere tutta la torta che volevamo.»

Gavin voleva ucciderlo. «Queste cose le devi chiedere a mamma o a papà, amore. Lo sai.»

«Ma mamma poi mi diceva di no.»

Gavin ridacchiò. «Probabile. Però te lo diceva perché sa che se mangi troppo, dopo stai male.»

Con le palpebre che le si erano fatte pesanti, Ava si portò il suo peluche preferito sulla faccia e si rannicchiò. Quella papera un tempo era di un giallo acceso, che si era ormai sbiadito per il troppo amore. Gavin le passò una mano sulla schiena, e avvertiva il calore della pelle attraverso la maglia del pigiama.

«Papà?» sussurrò lei, con gli occhi che le si spalancarono di nuovo.

"Oh, cazzo. Ti prego, non vomitarmi in faccia." «Che c'è, amore?»

«Mi devi dare il bacio della buonanotte prima che mi addormento.» Poi alzò la testa dal cuscino e arricciò le labbra.

Qualcosa di ardente e devastante gli si accese nel petto. Le diede un bacio, le si accucciò accanto e la abbracciò. Ava si addormentò in pochi secondi. Gavin sprofondò il viso nei suoi capelli bagnati e respirò quel profumo che aveva sentito solo addosso a lei. Gli avevano sempre detto che i genitori avrebbero fatto di tutto per i propri figli. Che sarebbero andati fino alla fine del mondo pur di proteggerli, che li avrebbero resi felici a ogni costo. È una cosa che un uomo non può capire finché non la prova lui stesso, però. Si chiedeva se i suoi genitori si fossero mai sentiti così, totalmente dominati dall'amore per lui e per suo fratello. Forse era questo che intendeva suo padre il giorno dopo la nascita delle bambine, quando aveva trovato Gavin che le fissava mentre erano ancora dentro l'incubatrice. Gli aveva dato una pacca sulla spalla e aveva detto: "Oh, figlio mio. Non hai idea di quello che ti aspetta".

Gavin aveva reagito con una bella risata, ma il padre aveva ragione. Non aveva idea di come sarebbe cambiata la vita dopo di loro. Né di come sarebbe davvero aumentata la dimensione del suo cuore, a volte al punto da far male, dopo di loro. Né del fatto che la paura che a quelle bimbe succedesse qualcosa potesse togliergli ogni forza per agire, per parlare. Né del fatto che amarle gli avrebbe fatto amare ancora di più sua moglie, di un amore così grande che gli pareva impossibile.

E lui aveva quasi gettato tutto alle ortiche. Lo stava ancora facendo. Se suo padre avesse assistito al comportamento sconsiderato di Gavin, avrebbe scosso la testa per la delusione.

Alle sue spalle, la voce pacata di Thea che diceva ad Amelia di chiudere gli occhi e fare bei sogni interruppe il silenzio. La commozione, come un muro di cemento, gli serrò la gola. Qualche minuto dopo, Thea si alzò in piedi facendo scricchiolare il letto. L'ombra della sua sagoma minuta si proiettò sul letto di Ava. Gavin girò la testa per sbirciarla, ma lei, pervicace, si rifiutava di incrociare il suo sguardo. Si chinò per controllare l'altra bimba.

«Si è addormentata subito» sussurrò lui.

Per un momento, Thea appoggiò il dorso della mano sulla fronte di Ava, poi fece lo stesso sulle guance. «Non hanno la febbre.»

Gavin aveva smesso ormai da tempo di chiedersi come facesse Thea a saperlo.

"Il migliore termometro esistente è la mano di una mamma." Ormai quel proverbio nonnesco lo sapeva a memoria. E non aveva mai sbagliato un colpo. Thea probabilmente conosceva la temperatura normale delle bambine meglio della sua.

Con un sospiro di stanchezza, drizzò la schiena. «Vado a farmi la doccia.»

Gavin si girò sulla schiena, stando attento a non svegliare Ava quando tolse il braccio con cui la stringeva sui fianchi. «Io pulisco il bagno.»

Thea fece una smorfia. «Me l'ero scordato. Ci penso io, visto che tu hai pulito dall'altra parte.»

«Ci penso io, tesoro. Tu va' a farti la doccia.»

Di fronte a quel "tesoro" rimase interdetta e si irrigidì. «Ho detto che ci penso io» ribatté, ostinandosi a non accettare anche il più misero ramoscello d'ulivo.

«Cristo, Thea. Non posso nemmeno offrirti il mio aiuto senza che si trasformi in una lite?»

Quel tono brusco fece muovere Ava nel sonno, e Thea gli lanciò un'occhiataccia. «Va bene. Pulisci il bagno.»

Uscì dalla stanza con passo pesante. Gavin trattenne un'altra imprecazione. Quando ebbe finito di ripulire, l'acqua della doccia smise di scorrere, ma gli serviva un attimo di tregua prima di rivolgerle di nuovo la parola. Si diresse verso la camera degli ospiti per mettersi in tuta e andarsene a correre. Le uniche cose che potevano sciogliergli la tensione accumulata nei muscoli erano l'asfalto sotto i piedi e il sudore grondante.

Portò fuori la spazzatura e la buttò nel bidone in garage. Butter gli andò dietro sconsolato e si accasciò sul pavimento della cucina.

«Vuole anche te fuori dai piedi, eh?» Gavin si accovacciò e gli grattò le orecchie, e Butter sospirò, ma scodinzolando. Già. Due compari a leccarsi a vicenda le ferite dopo che il capobranco di casa gli aveva abbaiato contro con aria feroce.

Gavin raggiunse l'ingresso e richiamò Butter con un fischio. Quando lo vide prendere il guinzaglio, il cane cominciò a guaire e a saltellare, alzandosi su due zampe. Lui si infilò un berretto di lana, afferrò un paio di guanti e uscì. Pensò per un secondo di tornare dentro e avvisare Thea, ma era ancora abbastanza arrabbiato da rendersi conto che a entrambi serviva un po' di spazio.

Fuori, l'aria frizzante gli arrivò ai polmoni come un ceffone e lo costrinse a respirare profondamente per la prima volta dopo ore. Seguì il solito itinerario, odiando la vita per i primi dieci minuti come faceva sempre quando correva. Il fatto che fosse un atleta professionista non implicava per forza che gli piacesse correre. Era un male necessario. Alla fine, comunque, il suo corpo si abituò a quel ritmo punitivo e si adattò alla situazione. La tensione sulle spalle si andava sciogliendo a ogni falcata. Butter teneva il passo, scodinzolante, con la lingua penzoloni, e sembrava averlo perdonato per la strigliata di prima. Almeno qualcuno l'aveva perdonato, allora.

Gavin corse per tre chilometri fino a raggiungere uno dei parchi della città. Rallentò fino a fermarsi al campo da baseball più vicino al parcheggio. Una rete metallica circondava il diamante, e a destra e a sinistra della casa base c'erano due panchine. Le luci sul campo erano spente, ma i lampioni del parcheggio di fianco illuminavano il terriccio e la collinetta logora ed erosa del lanciatore. Gavin si accomodò sulle gradinate gelide, che, in estate, si sarebbero riempite di genitori e nonni, tutti convinti che i propri bambini fossero i giocatori più carini e promettenti mai esistiti al mondo.

Aveva passato gran parte della sua infanzia in campi così, ed era proprio in quei campi polverosi che avevano cominciato a notarlo e a parlare di lui per qualcosa che non era la sua balbuzie. Era lì che i coach avevano cominciato a radunarsi tra loro e a dire: «È lui?». Era lì che alla fine gli scout avevano cominciato a farsi vivi, con addosso le felpe dei vari college, per presentarsi ai suoi genitori e verificare che il ragazzino dei sobborghi dell'Ohio fosse così bravo come dicevano tutti.

Una possibilità su un milione. Questo dicevano. C'era

una possibilità su un milione che un giorno approdasse alle Major. Ma una volta che il sogno si era radicato nella sua testa, Gavin non voleva nient'altro. Nulla l'avrebbe fermato. Si sarebbe sforzato come non mai perché lì, in quei campi sudici, non era solo il ragazzo che a scuola non sapeva leggere ad alta voce. Non era solo quel tizio troppo nervoso per rivolgere la parola a una ragazza.

Sbuffando, Butter si distese ai piedi di Gavin. Il telefono gli vibrò in tasca. Lo tirò fuori e vide che era un messaggio di Thea.

"Sei uscito?"

Cazzo. Avrebbe dovuto dirglielo. Digitò velocemente una risposta. "Sono andato a correre."

Dopo pochi secondi apparvero i puntini di sospensione, a segnalare che stava rispondendo. "Non chiudere a chiave quando torni. Liv rientra tardi, e Butter abbaia se sente le mandate. Io vado a letto."

Il messaggio, glaciale e sottinteso, era chiaro: al bacio della buonanotte non ci pensare neanche.

Stava proprio mandando tutto a puttane.

Prima di poterci riflettere, Gavin andò alle chiamate recenti alla ricerca del numero dei suoi. Il padre rispose al terzo squillo, con la voce ovattata dal sonno.

«Ciao, vecchiaccio» lo prese in giro Gavin. «Il troppo tacchino ti ha fatto appisolare?»

«Sonnecchiavo» disse suo padre. «Aspetto che tua madre torni a casa.»

«Dov'è?»

«Tuo fratello l'ha convinta ad andare al cinema.»

«Ah.» Gavin si morse le labbra.

«Tutto bene?»

«Sì.»

«Sicuro?»

Si schiarì la voce. Suo padre lo capiva subito quando qualcosa non andava.

«Cristo, Gav. Che problema hai?»

«C'è, ehm, c'è una cosa che non vi ho detto.»

«Oh, mamma mia. Le bambine? Stanno bene?»

«Loro stanno benone. È solo che...»

«Tutto a posto con Thea?»

Cazzo. Inspirò a fondo, poi espirò. «No.»

Gavin sentì la vecchia sdraio di suo padre scricchiolare e poi scattare. Riusciva quasi a vederlo mentre si alzava in piedi. «Dimmi che succede, dai.»

Dopo un altro respiro colmo d'ansia, raccontò al padre i dettagli essenziali: che avevano problemi già da tempo, che c'era stata quella brutta litigata, poi lui se n'era andato per un paio di settimane, e ora era a casa ma le cose non andavano bene. Tralasciò il particolare più umiliante, naturalmente.

Il padre sospirò. «Perché non me l'hai detto prima?»

«Non lo so. Non volevo che vi preoccupaste, credo. Tu e la mamma non avete mai avuto una crisi del genere, quindi...»

La risata fragorosa del padre lo colse di sorpresa. «Lo pensi davvero?»

«Be', sì.»

«Caspita. Non pensavo fossimo così bravi a camuffare le cose.»

Gavin raddrizzò la schiena. «Di c-c-che parli?»

«Figlio mio, non puoi rimanere sposato per quasi trent'anni con qualcuno senza vivere un inferno almeno un paio di volte. Chiedi a tua madre, ti dirà che in certi casi l'unico motivo per cui non mi ha lasciato è che non poteva permettersi di crescervi da sola. E io lo so perché me l'ha detto in faccia.»

Gavin sentì un rumore pulsargli nelle orecchie, qualcosa che somigliava tantissimo alla sua infanzia illusoria che si sgretolava. «Ma voi non bisticciavate mai» disse a suo padre.

«Non davanti a voi, ma altroché se bisticciavamo. Lo facciamo ancora.»

«E per cosa?» Gavin si sentì come se gli avessero appena rivelato di nuovo che Babbo Natale non esiste.

«Eh, cavolo, per cosa! Si imbestialisce se ignoro i piatti sporchi e non li metto in lavastoviglie, e io mi imbestialisco se non prende nota delle spese fatte col bancomat sul libro contabile.»

Gavin ridacchiò. «Papà, nessuno usa più i libri contabili.»

«Oh, Cristo. Non cominciare pure tu.»

Teneva lo sguardo fisso sul campo buio di fronte a lui. Non sapeva se sentirsi distrutto o sollevato sapendo che i suoi non erano perfetti. «Senti, papà, capisco quello che dici, ma tu e la mamma praticamente litigate per stronzate. Thea e io abbiamo problemi più grossi.»

«Pensi sul serio che tua madre minaccerebbe di lasciarmi per i piatti? Anche noi combattiamo con faccende più grosse.»

Gavin si mise a strofinare le suole per terra.

«Figlio mio, c'è una cosa che non ti ho mai detto, ma ora te la dirò. Però devi farmi finire prima di dire la tua.»

A Gavin si rizzarono le antenne. «Okay.»

«Quando ci hai detto per la prima volta di Thea, che avevi conosciuto una donna, eravamo felicissimi perché tu eri felice. Finalmente. Ma quando un paio di mesi dopo ci hai detto che era incinta e che vi sareste sposati? Be', proprio felici non eravamo.»

«C-cosa? Perché?»

«Ti ho detto di farmi finire.»

Gavin brontolò delle scuse.

«Tu avevi la strada spianata per le Major, Gav. Lo sapevamo già dalle superiori. Ma eri anche... insomma, ingenuotto quando si trattava di ragazze, per così dire.»

Ah, bene. Pure per i suoi era uno sfigato.

«Temevamo che qualche ragazza ti avrebbe trattato come un pollo da spennare, visti i soldi che prima o poi avresti guadagnato.»

Per la rabbia, gli si irrigidì istantaneamente la schiena. «Thea non è così.»

«Lo so. Appena l'abbiamo incontrata, l'abbiamo capito subito. E sai come l'abbiamo capito?»

«Come?»

«Non ignorava la tua balbuzie. Non faceva finta di niente. Per tutta la vita, sei stato convinto di dover trovare una donna che ti amasse nonostante la balbuzie, ma avresti dovuto cercare una donna che ti amava proprio per questo, perché faceva parte di te. E Thea è quella donna.»

Sì, lo era. E Gavin era a un passo dal perderla.

All'improvviso suo padre si interruppe, e in sottofondo Gavin sentì lo scricchiolio della porta sul retro di casa dei suoi, che avrebbe riconosciuto tra mille.

«È arrivata tua mamma» disse suo padre sottovoce.

Cazzo. «Non dirle di Thea.»

«Promesso.» Poi alzò la voce e disse: «Ehi, c'è Gav al telefono».

Udì suo fratello urlare qualcosa tipo «ti devi sdebitare». O forse era «vattene a cagare». Entrambe possibilità valide.

Il padre tornò alla cornetta, e dopo un istante di silenzio ricominciò a parlare a bassa voce. «Ascoltami, figlio mio. Qualsiasi cosa tu abbia fatto, combatti come un pazzo ma sistema le cose con Thea, mi hai capito?»

«Ci sto provando.»

«E provaci di più.»

Poi persino il suo stesso padre gli riattaccò il telefono in faccia. Era ufficiale: ultimamente non ne azzeccava una.

Con un fischio secco, invitò Butter a seguirlo e, correndo lentamente, attraversò di nuovo il parco per fare ritorno. Quando varcò la porta d'ingresso, la casa era buia e silenziosa. Butter puntò dritto verso la ciotola dell'acqua e riuscì a farne schizzare metà sul pavimento. Dopo aver asciugato quel disastro, Gavin fece le scale. Aveva bisogno di una doccia, ma temporeggiò davanti alla porta della camera da letto di Thea.

La *loro* camera da letto.

Alzò la mano chiusa a pugno per bussare, lottando contro il risentimento di dover chiedere il permesso di entrare nella propria stanza. Lei non rispose immediatamente, e un secondo di ritardo gli bastò per farlo sudare.

«Avanti» disse alla fine.

La porta cigolò piano. L'abat-jour era l'unica fonte luminosa, e dipingeva tutto di un delicato bagliore giallo. La stanza odorava della crema di Thea. Lei era seduta sul letto, con la schiena contro la testiera e il computer sulle cosce. Si era avvolta i capelli in un asciugamano arrotolato come faceva sempre dopo la doccia, e aveva addosso una delle magliette di lui a mo' di camicia da notte. Gavin sentiva il cuore che gli batteva forte. Come avrebbe reagito se le avesse rivelato che ogni volta che in trasferta aveva cercato conforto da sé, aveva pensato esattamente a quell'immagine di lei, calda, morbida e sensuale ma senza sforzi?

Butter si precipitò dentro e balzò sul letto. Quel bastardello sembrava sogghignare mentre si sdraiava e adagiava la testa sulle gambe nude di Thea.

«Sono tornato» disse stupidamente, con la bocca tutt'a un tratto secca.

Thea alzò lo sguardo dal pc. «Okay.»

«Che fai?» Fece un cenno con la testa per indicare il computer.

«Mando una mail a tua madre per i regali delle bambine.»

«Ah, già.» Dopo averla strapazzata in quel modo la sera prima, era ridicolo che fosse così nervoso ora che voleva chiederle di nuovo un bacio. Ma stavolta era diverso. Non sapeva perché. Era così e basta.

Alla fine, Thea emise un lungo sospiro e riportò l'attenzione verso il computer. Fanculo. Gavin si fece avanti. Il rumore dei suoi passi sulla moquette le fece sollevare di nuovo lo sguardo e incrociare quello di lui, che avrebbe voluto farle credere che era tutto calcolato, ma in realtà pareva più che altro sorpreso.

Attese che Thea dicesse o facesse qualcosa. Attese che fosse lei ad aprire le danze, a tirarsi su o a tendergli una mano. In silenzio, la implorava di farlo, con gli occhi e il respiro affannato. Perché anche se era stato lui a imporre quella condizione, era lei che doveva scegliere. Lui non intendeva costringerla.

Le narici di Thea si allargarono leggermente, e Gavin avrebbe giurato di aver notato il corpo di lei ruotare di un soffio verso il suo. Schiudendo la bocca carnosa, Thea si leccò il labbro inferiore. Lui avvertì un groppo nello stomaco.

«Buonanotte» disse, burbero. E prima di rendersene conto, si chinò e sfiorò con un tocco lieve le labbra di Thea.

Ecco. Si meritava una cazzo di medaglia. Aveva baciato sua moglie.

Lei lo guardò con gli occhi spalancati. «Buonanotte» sussurrò.

«Ti rimbocco le coperte, o te la cavi da sola anche stavolta?»

Thea si irrigidì per una frazione di secondo, poi si rese conto che stava cercando di stuzzicarla. Alzò gli occhi al cielo, ma le sue labbra tradivano un sorriso. Gavin non desiderava altro che baciarla di nuovo e cercare di farle emettere un gemito come la sera prima.

Ma si era scavato la fossa da solo.

Non poteva biasimarla se ora lei non voleva entrarci.

Ritornò nella camera degli ospiti, aprì il suo libro, e sperò che Lord So-Tutto-Io avesse qualche perla di saggezza per sistemare il casino che aveva combinato.

CAPITOLO DODICI

L'alba del vomito vivente era passata.

Le bambine si svegliarono scattanti e affamate, pronte a implorare per dei pancake. Dal canto suo, Thea si svegliò tesa, accaldata, e affamata, sì, ma di altro. Aveva fatto un sogno piuttosto realistico.

Si infilò un paio di leggings e seguì le bambine di sotto. La porta di Gavin era chiusa, quindi o stava ancora dormendo o...

Oppure si era già alzato, aveva già fatto la doccia, e l'avrebbe trovato a preparare il caffè una volta giunta in cucina. E infatti. Benissimo.

«Papà!» Amelia corse verso di lui e gli gettò le braccia attorno alle gambe.

«Buongiorno, piccolina» disse, posandole una mano sulla testa. «Stai meglio stamattina?»

«Voglio i pancake» disse lei.

«Sicuramente riusciremo ad accontentarti.» Guardò Ava.

«Tu li vuoi i pancake, mocciosetta?» Lei annuì e strinse la sua papera.

Voltandosi, Gavin incrociò lo sguardo di Thea. Sollevò un angolo della bocca in un mezzo sorriso, e negli occhi gli si dipinse un'espressione pentita. «Buongiorno» disse. «Caffè?»

«Mah, sì.» Si trascinò fino a sedersi su uno sgabello; un secondo dopo, lui le posò davanti una tazza fumante.

«Li faccio io i pancake?» le propose.

«Posso pensarci io.» Si portò la tazza alle labbra. Gavin l'aveva zuccherato alla perfezione, e ci aveva anche aggiunto la giusta dose di latte alla vaniglia.

«Lo so che puoi» disse lui, calmo. «Però ti sto chiedendo se per una volta vuoi che ci pensi qualcun altro.»

Era una tregua. Un'offerta di pace a base di pancake. Sarebbe stato pesante continuare a discutere, e sebbene "pesante" descrivesse perfettamente il suo umore degli ultimi tempi, si arrese. «Okay. Grazie.»

Gavin sorrise come se gli avesse concesso di tornare in camera sua.

«Dov'è Liv?» chiese Thea alzandosi.

«Di sotto, credo. Non l'ho vista.»

Thea cambiò direzione e si avviò verso la porta che dava sul seminterrato. La aprì e tese l'orecchio, ma non sentì nulla. Scese le scale, girò l'angolo, e per poco non scoppiò a ridere. Liv era spiaccicata sul letto, ancora con la divisa addosso. I capelli erano tutti arruffati e sparpagliati in un vortice confuso.

Fece per andarsene in punta di piedi.

«Sono sveglia» borbottò Liv.

Thea si voltò. «Scusami.»

Sua sorella mugugnò e si girò sulla schiena.

«Nottataccia?»

«Chi va al ristorante per il Ringraziamento è per forza una persona orribile. Non voglio fare mai più una torta alla zucca, mai più nella vita.»

Thea si appoggiò al muro e bevve un sorso di caffè. «A che ora sei tornata?»

«Adesso che ore sono?» chiese Liv sbadigliando.

«Le otto.»

«Allora quattro ore fa.»

A Thea andò di traverso il caffè. «Hai lavorato fino alle quattro?»

«Odio la mia vita.»

«No, non è vero. Tu odi il tuo lavoro.»

«Ho lavorato fino alle quattro del mattino il giorno del Ringraziamento. Il mio lavoro e la mia vita sono la stessa cosa.»

Thea tornò al piano di sopra, e quello che trovò in cucina le tolse il fiato. Le figlie erano in ginocchio sugli sgabelli per poter arrivare alle ciotole. Tutte e due mescolavano goffamente l'impasto con delle fruste a misura di bimbo, un regalo di Liv. Gavin era in mezzo alle piccole, con un braccio attorno a ciascuna di loro, a sorvegliare che non rovesciassero nulla e che non schizzassero roba di qua e di là. Incoraggiandole a bassa voce, aspettava pazientemente mentre loro agitavano le fruste nell'impasto denso. Ogni tanto, una delle due lo guardava in cerca di approvazione, e Gavin l'accontentava con un sorriso dolce e qualche bacino sulla testa.

Sentì il cuore rimbalzarle nel petto. Anche quando i suoi erano sposati, suo padre non aveva mai fatto nulla di simile con lei e Liv. Non viaggiava come Gavin, ma era un padre molto più assente di quanto non lo fosse Gavin per Ava e Amelia. Quando se ne andò una volta per tutte, Thea non poté far altro che fregarsene. Per tutta la loro vita non c'era stato nel senso peggiore del termine.

Gavin alzò lo sguardo e si imbatté in quello di lei, che provò a controllare la propria espressione, ma non fu abbastanza veloce. Lui aggrottò le sopracciglia, e Thea si sforzò di sorridere e di parlare in modo disinvolto. Per il bene delle bambine. Non di Gavin. «Sembra buonissimo.»

Amelia fece un piccolo balletto appollaiata sullo sgabello e alzò la frusta. «Io ho finito, papà.» Si sporcò le mani di impasto, che gocciolò anche sul bancone. Gavin asciugò la figlia e il ripiano e chiese ad Ava se avesse terminato anche lei.

La bimba scosse la testa. I suoi pancake dovevano essere perfetti. «La aiuto io, se vuoi cominciare a cucinarli» propose Thea.

Lavorarono come una silenziosa catena di montaggio per i successivi dieci minuti. Mentre lui scodellava un pancake dopo l'altro, Thea tirò fuori sciroppo d'acero, panna montata e gocce di cioccolato, poi ripulì il bancone e posò i piatti di fronte agli sgabelli delle figlie. Dopo aver pensato alle bambine, Gavin preparò una porzione per Thea e una per sé. Mangiarono in piedi, uno di fronte all'altra, pronti a evitare che Ava o Amelia si impiastricciassero i capelli con lo sciroppo. Nessuno dei due disse una parola, tranne che alle bimbe.

Gavin ingoiò un'ultima abbondante forchettata, poi si appoggiò al bancone dietro di lui. «Allora, ci ho pensato.»

Thea alzò gli occhi. Gavin si morse un labbro, come se avesse paura di finire la frase.

«Visto che le bambine stanno meglio, forse potrei portarle a fare un po' di shopping natalizio questo pomeriggio. Tu puoi rimanere qui a rilassarti, magari tiri fuori i pennelli o ti riposi e basta.»

Bastò sentirgli dire "natalizio" che le bambine si misero sull'attenti. O forse fu "shopping" a scatenarle. Entrambi i termini avevano un certo potere su di loro.

«Che ne dici?»

«Possiamo, mamma?» chiese Amelia, imbrattandosi la guancia di sciroppo.

Thea non poteva dirgli di no. Tutta la sua strategia era fondata sul mantenere le distanze da lui, e c'era modo migliore per farlo che mandarlo fuori di casa? Ma andare alla fiera di Natale era quel genere di cose che facevano insieme, come una famiglia, prima. Sarebbe stato ipocrita da parte sua offendersi perché non era stata invitata. Ormai funzionava così. Doveva abituarcisi, come le bambine.

«Certo, buona idea» rispose alla fine. «Mentre non ci siete, mi dedicherò un pochino al muro.»

Si versò un'altra tazza di caffè e se la portò di sopra per andare a cambiarsi. Dopo qualche minuto, Gavin la raggiunse. Aveva il cellulare di Thea in mano. «Ti ha chiamato Dan.»

Il padre di Thea. Lei prese il telefono e lo posò sulla cassettiera. Troppo presto anche solo per pensarci, a suo padre.

Gavin si fermò sulla soglia. «S-secondo te cosa vuole?»

«Non gli ho ancora detto se andrò al matrimonio.»

«Ti sta... ti sta bene che si risposi? Cioè, ti scoccia?» chiese.

Thea aggrottò la fronte. Cos'era tutta quella curiosità? «Faccio finta di niente» ammise.

«Vuoi che ci parli io?»

«Che ci parli tu?»

«Se tu non vuoi discuterci, posso rispondere io la prossima volta che chiama. O magari lo chiamo e gli dico di lasciarti in pace. Vuoi?»

Il cuore di Thea sobbalzò per un'emozione che lei non riuscì a identificare. Provò a immaginare Gavin che discuteva con suo padre. Lui e Dan si erano incontrati di persona una volta sola, pochi mesi dopo la nascita delle bambine, quando suo padre era andato a farle visita di ritorno da un ritiro aziendale. E per quanto ne sapeva lei, da allora avevano parlato solo al telefono qualche volta. Eppure, il pensiero di non doverci discutere, di non doverlo chiamare per dirgli che non sarebbe andata al matrimonio, la tentava quanto un gelato ricoperto di una colata di cioccolata calda.

«No, grazie» gli rispose. «Prima o poi me la vedo io.»

Gavin annuì. «Se cambi idea, fammi sapere.»

«Okay» disse lei, facendo una pausa. «Grazie.»

Dopo che Gavin uscì con le bambine, Thea decise di sfogare quel caotico miscuglio di emozioni contro la parete. Quel fracasso fece riemergere Liv dal seminterrato come uno zombie in cerca di cervelli da sbranare.

«Caffè» mugugnò.

Thea indicò la caraffa. «Forse lo devi scaldare.»

«Dove sono tutti?»

«Gavin ha portato le bambine in centro per comprare qualcosa.»

«Da quant'è che sono usciti?»

«Non lo so. Perché?»

«Ora io e te ce ne andiamo a fare una pedicure o un massaggio o una cosa così» disse Liv, cercando di trattenere uno sbadiglio.

«Non credo che...» Thea si interruppe di colpo. Stava per attaccare con tutta la tiritera di motivi per cui non avrebbe potuto. Doveva andare a fare la spesa, piegare la biancheria, pensare a cosa avrebbero mangiato la settimana prossima. Ma perché doveva privarsi di andare a rilassarsi e di pensare solo e unicamente a se stessa? Le bambine erano con Gavin, e anche se non sarebbero rimaste fuori chissà quanto tempo, poteva tenersele lui tutto il giorno. E poi, visto che Liv aveva il giorno libero, ma che gliene fregava a lei?

Annuì. «Lo sai che c'è? Hai ragione tu. Diamoci alla pazza gioia, e poi ci mangiamo pure il sushi.»

«Mi ricorda quando ti preparavi per il matrimonio.»

Thea vide che sua sorella la stava guardando dallo specchio del camerino. Liv aveva dovuto faticare a convincerla, ma alla fine aveva accettato di andare al centro commerciale a fare un po' di shopping. Un centro commerciale il giorno del Black Friday era tipo l'ultimo posto al mondo in cui Thea avrebbe voluto trovarsi, ma Liv le aveva ricordato che doveva rinnovare il guardaroba e liberarsi degli abiti da ricca provincialotta del sud.

«Mi ricordo che cercavi di farmi entrare a tutti i costi in quel vestito» rispose Thea, voltandosi per vedere come le stava da dietro il tubino che stava provando.

«Ci entravi.»

«A malapena.»

«Eri incinta di due gemelle.»

«Avevo un culo che faceva provincia.»

«Eri felice.»

«Ah sì?»

Liv, seduta sul suo sgabello, drizzò la schiena, e alzò un sopracciglio quasi fino all'attaccatura dei capelli.

«Ah no?»

«Ero nervosa» disse Thea, cercando di spiegarsi. «Non so se si vedesse che ero felice.»

Liz ridacchiò. «Che paraculata.»

Non lo era. Thea era stata felice. Terrorizzata, ma felice e piena di speranze e ingenua al cento per cento. Se solo avesse saputo allora quello che avrebbe capito dopo.

«Sicuramente si vedeva quant'era felice Gavin. Non avrei mai detto che alla fine si sarebbe rivelato uno stronzo come tutti gli altri.»

Thea si sfilò il tubino e cominciò a rivestirsi. «Non voglio che lo odi, Liv.»

«Non lo odio. Ma mi ha delusa.»

Di nuovo, Thea guardò sua sorella negli occhi attraverso lo specchio. «In che senso?»

«Eravate la mia OTP.» *One True Pairing*, la coppia felice per eccellenza, insomma. «Mi facevate sperare che forse qualche uomo perbene era rimasto, in questo mondo.»

«Ma lui è un uomo perbene.»

Liv raccolse una pila di vestiti e li passò a Thea. «Perché lo difendi?»

«Non è che lo difendo. È solo che...» Thea sollevò ancora più in alto l'ammasso di vestiti che aveva deciso di comprare.

«Cosa?»

«Penso solo che sia pericoloso aspettarsi che una persona sia perfetta.»

Liv sbuffò, sarcastica. «Che affermazione enigmatica.»

Thea non aveva alcuna intenzione di approfondire, ma Liv non mollava facilmente la presa. Quando, dopo essersi sedute in un ristorante di sushi lì vicino, arrivò la loro ordinazione, Liv era in agguato, pronta all'attacco.

«Allora, come mai?» le chiese, immergendo un hosomaki al tonno piccante nella salsa di soia.

«"Come mai" cosa?»

«Come mai sei così morbida con lui, tutt'a un tratto?»

«Non sono morbida. Ho solo fatto presente che non è chissà che mente criminale.»

«È cambiato qualcosa. Che è successo?»

"Mi ha proposto di discutere con nostro padre al posto mio. Mi ha baciata e mi ha fatto venire voglia di lasciarmi alle spalle ogni cosa. Ha fatto i pancake con le bambine."

Thea scosse la testa. «Niente.»

«Non tenermi lontana, Thea.» Liv incrociò il mignolo con quello della sorella. «Io e te contro il resto del mondo, te lo ricordi?»

Thea inspirò a fondo. Liv non avrebbe gettato la spugna. «Va bene, c'è una cosa che non ti ho detto.»

«Lo sapevo» sussurrò. «Che cosa ha fatto?»

Thea le raccontò delle condizioni proposte da Gavin, tralasciando quella del bacio, che era troppo intima.

A Liv quasi si frantumò la mandibola a forza di serrare i denti. «E poi dici che non è una mente criminale. Ti sta ricattando!»

«Poco importa. Se ci esco, non vuol dire che cedo.»

Quando tornarono a casa poco dopo cena, era già buio. Gavin e le bambine stavano chiacchierando in soggiorno. Lui guardò Thea e le rivolse un sorriso che le fece sobbalzare il cuore.

Ma al suono del sogghigno beffardo di Liv, cercò di assumere un'espressione impassibile.

Gavin gettò un braccio dietro la spalliera del divano. «Vi siete divertite?»

«Sì» rispose lei affaticata, chinandosi per dare un bacio alle figlie.

«Noi volevamo vedere *Elf*» disse lui.

«Lo guardiamo tutti insieme?» propose Ava.

«Certo.» Thea alzò gli occhi verso la sorella. «Magari Liv ci fa un po' di popcorn al caramello.»

«Come no» ribatté Liv, con un tono melenso e stucchevole. «Così poi saremo una bella famigliola felice.»

Thea camuffò il suo dispiacere con un sospiro.

Una volta finito il film, Gavin si offrì di mettere a letto le bimbe, in modo che Thea potesse continuare la sua giornata di relax con una bella vasca piena di schiuma. Era una proposta troppo allettante per rifiutarla, ma quando dopo tre quarti d'ora riemerse dal bagno si rese conto che quell'offerta non era stata del tutto altruistica.

Gavin era seduto sul loro letto, con la schiena appoggiata sulla testiera e le gambe incrociate con disinvoltura all'altezza delle caviglie. Accanto a lui c'era un pacchetto, incartato così bene che non poteva averlo fatto da solo. Di solito, le sue capacità nell'incartare i regali prevedevano un intero rotolo di nastro adesivo e una quantità di carta cinque volte superiore a quella necessaria.

«Ti serviva qualcosa?» chiese lei, incrociando le braccia sulla vestaglia soffice che copriva le sue nudità.

Ah. Certo. Il bacio della buonanotte. Sentì il cuore che accelerava.

Gavin le porse il regalo. «Oggi ti ho preso una cosa.» Visto che lei non si avvicinò per prenderlo, si alzò dal letto e glielo portò. «Non è grandissimo, ma quando l'ho visto ti ho pensata.»

Di malavoglia, Thea prese il pacchetto e fece scivolare un dito sotto il pezzettino di scotch sul lato posteriore. La carta regalo rossa e dorata si distese in un unico foglio e cadde per terra.

Il suo stomaco, invece, si aggrovigliò in una morsa.

Era un libro.

Ma non un libro qualsiasi. Il loro libro. Quello che Thea stava leggendo quando finalmente lui era andato a parlarle dopo settimane e settimane di timidi sorrisi. «C-c-cosa stai leggendo?» le aveva chiesto.

Lo stesso libro che si era proposto di leggerle ad alta voce quando, dopo tre mesi, le era venuto quello che credeva fosse un semplice mal di stomaco.

«Dove l'hai preso?» gli chiese, perché non le venne altro in mente. Non che fosse così difficile trovare un romanzo di Faulkner.

«Alla libreria in centro.» Si schiarì la voce. «Pensavo che magari p-p-potremmo leggerlo di nuovo, visto che non l'abbiamo mai finito.»

No, infatti. Perché quel mal di stomaco alla fine si rivelò un preludio alle nausee mattutine, e al libro non ci pensarono più. Thea non sapeva neanche che fine avesse fatto la sua vecchia copia. Probabilmente l'aveva messa in uno scatolone che era finito in soffitta, abbandonato assieme ad altri libri universitari.

L'entusiasmo della giornata cominciò a svanire come nebbia nell'aria. «So cosa stai facendo, Gavin, e so... So che hai buone intenzioni. Ma...»

«Ieri è stata una giornata orrenda» sbottò lui, interrompendola. «Lo so.» Si affrettò a continuare: «V-v-voglio riprovarci. Possiamo fingere che le ultime ventiquattr'ore non siano mai esistite?».

«Fingere che tutto vada bene non risolve nulla, Gavin.» Aveva un tono passivo-aggressivo, ma era così che si sentiva. Perché nasconderlo?

«V-voglio solo che leggiamo insieme come facevamo prima» disse lui.

«E poi? Dopo che hai letto, che fai?»

«E poi ti do il bacio della buonanotte e me ne vado in camera mia. E domani lo rifacciamo, e dopodomani pure.»

Thea sprofondò nel materasso. Gavin doveva averlo preso per un segno distensivo, perché si avvicinò al letto. «Sto cercando un punto di incontro, Thea. Puoi fare anche tu qualche passo verso di me?»

Di fronte al silenzio di lei, si sedette al suo fianco. Assunse la stessa posizione di quando Thea era uscita dal bagno, ma stavolta aprì il libro. La guardò e inarcò un sopracciglio, come a chiederle di unirsi a lui.

Thea alzò gli occhi al cielo. «E va bene. Leggiamo.» Si tirò su e fece il giro per raggiungere il suo lato del letto, e poi si sedette con le gambe stese accanto a lui, tenendo la vestaglia più stretta che poteva. Sistemò il cuscino dietro di sé e ci sprofondò con la testa. Sbatté contro la testiera. Ripeté l'operazione.

La sommessa risatina di Gavin fece vibrare il letto. «Comoda?»

«Ora sì.»

Poté sentirlo sorridere. «Chiedevo.»

Thea sbuffò di nuovo con aria seccata. «Vuoi riprendere da dove eravamo rimasti?»

Gavin mugugnò, pensandoci su. «Forse è meglio se ricominciamo daccapo.»

CAPITOLO TREDICI

Quel lunedì, Gavin ricominciò daccapo mentendo a sua moglie di buon mattino.

«Ho un allenamento» le disse, versando i cereali nella tazza delle bambine. Ancora assonnate, indossavano magliette rosse identiche ed erano sedute al bancone sui loro seggioloni. «Torno verso mezzogiorno.»

«Okay» disse Thea mentre gli passava il latte scavalcando la testa delle figlie. Le loro dita si sfiorarono e lei non reagì, il che fu un passo avanti. Da venerdì avevano stabilito una piacevole tregua: ogni sera, dopo averle letto qualche pagina, l'aveva baciata delicatamente prima di andare a letto. Non che Thea fosse proprio entusiasta, ma gli aveva permesso di metterle un braccio attorno alle spalle mentre guardavano un film con le bambine sul divano la sera prima. Era come provare ad avvicinare un cane randagio restio.

«Io ci voglio un sacco di latte, papà.»

«Lo so, amore.» Riempì fino all'orlo la tazza di Amelia e a metà quella di Ava. Dentro di sé, credeva che lei ne volesse di meno solo per distinguersi dalla sorella.

«Puoi scrivermi i tuoi impegni sulla lavagna così so che programmi hai?» disse Thea, riponendo il latte in frigo. Guardò le bambine, che erano ancora in quella fase di imbambolamento e sbadigli immediatamente successiva al risveglio. «Mangiate. Faremo tardi.» Poi si rivolse di nuovo a Gavin. «Io devo correre a scuola a prendere la mia lettera di raccomandazione e poi mi vedo col consulente dell'orientamento.»

«Lo so. L'ho letto sulla lavagna.»

Butter abbaiò davanti alla sua ciotola del cibo vuota e la colpì con una zampa. In qualche modo, però, riuscì a rovesciare quella dell'acqua. Thea fece un saltello e una piroetta per schivare la chiazza per terra, afferrò una manciata di tovaglioli e li gettò sul pavimento per asciugarlo. Il tutto mentre rispondeva ad Amelia che le chiedeva dove fosse finita la sua fascia rosa. «Nel cassetto del vostro bagno, tesoro. Te la vuoi mettere oggi?»

La bimba annuì, con una goccia di latte che le scendeva dall'angolo della bocca. Con gli stessi passi di danza e tenendo in mano un altro tovagliolo di carta, Thea si avvicinò al bancone e lo asciugò. «Va bene, devo vestirmi o facciamo tardi.»

Uscì dalla cucina come un turbine, e Gavin avrebbe giurato di aver sentito un soffio di vento al suo passaggio. La mattina di Thea era come una coreografia ben preparata che ripeteva abitualmente. Diede da mangiare al cane e raccolse i fazzoletti bagnati.

Aprì il calendario sul cellulare, con la bocca tolse il tappo al pennarello, e cominciò a segnare i vari allenamenti e gli altri impegni, riunioni ed eventi obbligati fino alla fine di dicembre. Quando ebbe finito, si accorse che martedì sera entrambi non avevano nulla in programma. Guarda caso, era anche il giorno libero di Liv. Ancora non avevano stabilito quando sarebbero usciti per la prima volta, ma non voleva perdere quest'opportunità. Prese un pennarello di un altro colore e scrisse USCITA A DUE.

Quando sentì il suono dei passi di Thea sulle scale, posò in fretta e furia il pennarello, come se potesse beccarlo a doparsi. Lei rientrò in cucina con addosso una gonna, un cardigan e degli stivali marroni alti che non aveva mai visto prima. Dovevano essere parte del bottino di venerdì. Teneva in mano la fascia rosa di Amelia.

«Ho scritto alcune cose sulla lavagna» disse Gavin.

«Grazie.» Thea diede un'occhiata veloce e strabuzzò gli occhi quando vide quello che aveva scritto sulla casella dell'indomani.

«Ti sta bene?» le domandò, con la sensazione di averle nuovamente chiesto di uscire per la prima volta.

Thea evitò il suo sguardo. «Devo capire se Liv può tenere le bambine.»

«Possiamo chiamare una babysitter, al limite.»

Annuì con aria evasiva, il che però non voleva dire no. «Tieni la fascia, amore. Avete finito di mangiare?» chiese ad Ava e Amelia. Risposero entrambe di sì. Raccolse le loro tazze, andò verso il lavello e le sciacquò. Mentre le infilava in lavastoviglie, gli disse: «Puoi prendere il propano per la griglia, oggi? Lo abbiamo finito, e pensavo che per cena potremmo fare le bistecche».

«Certo. Ti serve altro, già che esco?»

«Non penso, ma se mi viene in mente qualcosa ti scrivo. Okay, forza» disse dopo un sospiro, rivolta alle bambine, «mettiamoci il cappotto.»

Gavin le aiutò a scendere dai seggioloni. Si occuparono insieme di infilargli le maniche e gli zainetti. Butter, intuendo che presto sarebbero uscite, si stravaccò sul pavimento della cucina con aria avvilita.

«Butter è triste» disse Thea alle bambine. «Andate a dargli un bacino.» Barcollando, lo raggiunsero, si accovacciarono, e gli diedero qualche bacio delicato prima di promettergli che sarebbero tornate presto.

Thea le richiamò: «Ora venite a dare un bacio a papà».

«Accidenti, vengo dopo il cane?» scherzò lui.

«Hai un aspetto meno patetico del cane.»

«Caspita. Che bel complimento.»

Thea fece una risatina. Quel suono gli fece venire voglia di esultare.

Poi Gavin prese in braccio le bambine, le baciò sulle guance e le portò alla macchina. Dopo aver aiutato Thea ad assicurarle ai seggiolini, si portò sul lato del volante. Thea schivò il suo sguardo intimidita e diede un'occhiata a destra lanciando la borsa sul sedile del passeggero.

«Dopo la scuola torniamo a casa» gli disse.

Gavin appoggiò un braccio sopra lo sportello. Era un limite che non avevano ancora oltrepassato: il bacio per salutarsi.

«Allora...» fece lui.

«Ci vediamo dopo?» gli chiese Thea.

Annuì, scendendo con lo sguardo verso le labbra di lei. Thea sentì che le si fermava il fiato, poi anche lei gli guardò le labbra.

«Ciao» le sussurrò mentre si faceva avanti.

Lei si voltò e salì in auto.

Una mezz'oretta dopo, Gavin entrò nel ristorante, di nuovo l'ultimo ad arrivare. Stavolta gli altri erano riusciti a prendersi un tavolo all'angolo, ben lontani dagli sguardi invadenti dei turisti. Comunque, Gavin per coprirsi si abbassò un po' di più il cappello sulla fronte.

Del gli passò un caffè. «Aggiornaci.»

«Domani usciamo.»

«Solo voi due?»

«Sì.»

«Dove la porti?» chiese Malcolm.

«Non ve lo dico.»

«Perché no?»

«Perché conoscendolo» disse indicando Mack con la testa «verrebbe a spiarmi.»

«Mi travesto. Non ti accorgerai della mia presenza.»

La cameriera tornò col caffè e prese le ordinazioni. Gavin chiese di nuovo una Slacciacintura e puntò un dito verso Mack. «Non toccare la mia roba.»

«Per quel che ne so, nessuno ha voglia di toccarti proprio niente.»

La cameriera scoppiò a ridere.

«Okay, concentrati» disse Del. «Dove la porti?»

«Da Non Solo Arte.»

A Mack andò di traverso il caffè. «Cosa?»

«È un grosso rifornitore di materiale artistico vicino al centro.»

«Lo so che cos'è. Non puoi portarci tua moglie per una serata a due!»

Gavin ridacchiò. «Non la conoscete, mia moglie. Per lei è come un negozio di giocattoli. Il cassetto delle penne da noi è ordinato per colore, e ha un cestino intero pieno di rotoli di *washi tape*.»

«Che sarebbe il *washi tape*?»

«È tipo un nastro adesivo carino, tutto colorato. Non lo so. Comunque, adora quella roba lì.»

Del annuì. «Nessa ne ha due cassetti pieni. A volte la becco che li fissa con un sorrisino strano.»

Mack prese il telefono e cominciò a digitare.

«Che stai facendo?» gli domandò Gavin.

«Cerco questo *washi tape.*»

«E perché?»

«Ovviamente devo sapere che cos'è, in vista di una futura signora Mack.»

«Bene» disse Malcolm. «Mi piace. Le dimostri che approvi la sua scelta di tornare a studiare e che sai cosa la appassiona.»

«E poi?» chiese Del.

«Pensavo a una cena.»

«Dove?» gli domandò Yan.

«Non lo so.»

«Però!» disse Mack, che nel frattempo era distratto. «'Sta cosa è un vero e proprio fenomeno.» Mostrò agli altri lo schermo del telefono. «Ci sono intere bacheche di Pinterest tutte dedicate al *washi tape.*»

«Bacheche di cosa?» fece Del.

«Pinterest.»

«E che cazzo è Pinterest?» disse Gavin.

«Mi pare di stare a un tavolo di boomer.» Mack sospirò, poi si appoggiò allo schienale e rigirò lo schermo del telefono. «I romance saranno pure dei manuali, ma è su Pinterest che pubblicano le foto.»

«È un sito?» Del tirò fuori il telefono. «Come si scrive?»

«Devi farti un account. Per ora usa il mio.» Mack gli passò il telefono.

«Possiamo tornare a parlare del mio appuntamento?» chiese Gavin.

Lo ignorarono.

«Che te ne fai?» domandò Del, scrollando col pollice.

«Ci prendo le idee per gli outfit.» Mack si rivolse a Gavin. «Sul serio, dovresti usarlo pure tu.»

«Fottiti.»

Mack digitò qualcosa. «Probabilmente ci trovo anche le foto di tutti noi.»

«Perché?»

«Perché siamo tutti belli e famosi.» Guardò Gavin. «Cioè, quasi tutti.»

Del emise un verso strozzato. «Cristo, io sono ovunque su questo coso. Perché non ne avevo idea?»

«Metà di quelle foto le avrà postate il social media manager della squadra. Rilassati.»

«Aspetta, questa tipa ha la bacheca piena di foto mie.»

Mack buttò l'occhio sullo schermo. «Già. Oh, guarda. Si definisce una tifosa sfegatata.»

«È una cazzo di stalker! E se lo vede mia moglie?»

«Forse è proprio tua moglie.» Mack si riprese il telefono. «Cerchiamo Gavin.»

«Facciamo che no.»

Mack si mise a digitare e avviò la ricerca. «Gav, ma guarda.» Girò lo schermo, e Gavin si trovò davanti a un collage di immagini che lo ritraevano, alcune sudato e senza maglietta dopo i vari allenamenti primaverili dell'anno precedente.

«Qualcuno ti ama» disse Mack.

«Se non è mia moglie, non mi interessa.»

Mack fece un verso intenerito. «Che cosa tenera. Sta arrossendo.»

«Veramente vi state cercando su Pinterest?» La cameriera li beccò mentre portava il vassoio con le loro ordinazioni.

«Stavamo cercando idee per gli outfit del nostro amico. È diversamente fashion, sai.»

La cameriera si voltò e sorrise a Gavin. Cioè, gli sorrise sorrise. «A me sembra a posto» disse, posandogli davanti il piatto. Lui si passò una mano sulle guance per farle notare la fede.

Mack ridacchiò. «Astuto.»

«Okay, torniamo all'uscita di Gavin» disse Del. «Eravamo rimasti alla scelta su dove portarla a cena.»

«Fammi fare qualche ricerca» disse Mack. Pronunciò a voce alta quello che andava digitando. «Migliori... ristoranti... di Nashville... per portartela... a letto.»

«Ma vai a cagare.»

Mack scoppiò a ridere. «Assurdo, cazzo. C'è veramente una lista così.»

Gavin afferrò il telefono. «Veramente?»

«La situazione promette bene, Gav. Niente più cinque contro uno, per te.»

Gavin gli restituì il cellulare in malo modo. Non era quello il punto. Non usciva certo per portarsela a letto. Aveva deciso che l'avrebbe fatta ridere e magari le avrebbe dato un bacio della buonanotte un pochino più lungo.

«Gavin, ascolta» disse Del. «Alla fine, qualsiasi cosa accadrà domani sera dipenderà da come gestirai tu il tutto, quindi non sprecare così tanto tempo a pianificare la serata, perché poi ti scordi la cosa più importante.»

«Che sarebbe?»

«Parlare. Fare in modo che si apra con te. Stai per passare alla fase successiva del piano.»

Mack rise. «Oh, sì. Ora viene il bello.»

«Cristo.» Gavin si passò una mano sulla faccia. «Cioè?»

«Figlio mio» lo apostrofò Malcolm, come se non avesse avuto solo un anno più di lui, «che cosa sai sul punto G?»

Gavin sputacchiò il caffè tra i colpi di tosse.

«Ascolta» disse Malcolm. «Tua moglie non vuole sentirsi dire "ti amo", ma non significa che non puoi manifestarglielo.»

Yan annuì. «Semplicemente non puoi dirglielo con quelle parole. Non sono più parte del suo linguaggio. Chissà, magari non lo sono mai state.»

«Devi dirle che la ami nel modo che lei desidera» disse Del. «Un modo che la faccia sentire bene e a suo agio. Un modo che infrangerà i suoi muri e le sue paure.»

«C-cosa c'entra il punto G?»

Sul viso di Malcolm si aprì un sorriso. «Devi trovare e colpire il suo punto G emotivo.»

«Tutte le donne ce l'hanno» disse Del. «È da qualche parte dentro di lei, in profondità, e solo quello giusto lo può trovare.»

La voce di Del prese a tremare. Si fermò e si mise una mano sulla bocca. Mack gli diede una pacca sulla spalla. «Tranquillo, butta tutto fuori.»

«In ognuno di noi c'è un vuoto» disse Del un attimo dopo. «Qualcosa dentro di noi che manca. Qualcosa di cui abbiamo bisogno ma non vogliamo ammetterlo, o che non sappiamo neanche che ci manca finché non conosciamo qualcuno che ce l'ha. Se vuoi sistemare le cose con Thea, devi capire cos'è che manca dentro di lei. Prenditi cura di quella sua parte ferita e fai in modo che non le faccia più male. È così che devi dire "ti amo" a Thea.»

«Basta veramente poco, Gavin» disse Malcolm. «Tua moglie ha un vuoto. Un buco. Trovalo e riempilo.»

Le parole di Malcolm furono accolte con un silenzio imbarazzato, come quando alle medie l'insegnante dice per caso la parola "eretto" davanti a venti dodicenni. Viene a tutti da ridere, ma nessuno ha il coraggio di farlo per primo.

Alla fine fu Mack a rompere il ghiaccio. «È da un po' che Gavin non riempie il buco di Thea.»

«Prima o poi, quando non ci vede nessuno, ti faccio male.»

Del ringhiò spazientito: «Senti, è una gran cosa che abbia accettato di uscire con te. È un passo avanti. Ma non credere sia facile. Lei sarà sfuggente. Potrebbe anche cercare di litigare, domani sera».

Yan annuì. «Non scordarti che è in piena modalità resistenza. Devi solo stare calmo, tranquillo e paziente.»

Calmo. Tranquillo. Paziente. Poteva farcela.

Mack si infilò il telefono in tasca. «E ti giuro che domani sera non ti accorgerai minimamente della mia presenza.»

«Allora» disse Del, «parliamo del libro. A che punto sei?»

«Più o meno a metà.»

«Perfetto» disse Malcolm.

«Perché "perfetto"?»

«Perché» intervenne Mack «è lì che la cosa si fa seria.»

Alla corte della contessa

Per Irena, l'unico aspetto apprezzabile di quell'intera, ridicola serata, sempre che ce ne fosse stato uno, era stato guardare finalmente in faccia il marito e riuscire a pronunciare le parole che ogni donna avrebbe desiderato dire a un uomo che, da troppo tempo, era stato convinto dalla società, dalla famiglia e dalla Chiesa stessa di avere sempre ragione.

Con le mani aggraziatamente giunte in grembo, fissava Benedict, seduto di fronte a lei sul sedile opposto della carrozza, e faceva del suo meglio per non ridere. «Io ve l'avevo detto.»

Benedict si strattonava la cravatta con aria apparentemente stizzita. All'improvviso, però, si assestò un pugno sulla coscia. «L'ardire di quella donna.»

«A quale donna vi riferite? Erano così tante.»

«La duchessa.»

«Ah, certo.» La duchessa di Marbury aveva mortificato Irena al ballo con una strategia a dir poco perfida. Mentre altre donne meno potenti che si trovavano nella stessa sala avevano spettegolato ad alta voce guardandola con palese disprezzo e tenendosene a debita distanza, la duchessa aveva dimostrato di dominare con notevole maestria la più efficace forma di insulto: si era semplicemente rifiutata di parlarle o di guardarla una volta avvenute le presentazioni di rito.

«Del suo titolo non mi importa. Nessuno evita in quel modo mia moglie. Nessuno.»

«Non siate troppo severo con lei, milord. Noi donne dobbiamo arraffare potere ovunque sia possibile, e nel "bel mondo" lo stesso potere è, ahimè, limitato allo svilimento di altre donne.»

«Se fosse un uomo, la sfiderei a duello.»

Un accenno di riso, tanto incoraggiante quanto inatteso, le gonfiò il petto. Benedict la guardò negli occhi con un'espressione sorpresa. «Stai ridendo di me?»

«Chiedo venia» disse Irena, portandosi le dita sulle labbra. «Solo... È un'immagine che non dimenticherò mai.»

«Stai attenta, mia cara. La tua risata è un suono così gradito che potrei persino commettere un omicidio.»

«Com'è romantico.»

«Ho già detto che farei di tutto per darti prova del mio amore.»

«Dunque potrebbe essere un bene la vostra assenza nei prossimi giorni» disse a bassa voce. Benedict doveva recarsi nella sua tenuta per sbrigare certe faccende. Irena non lo avrebbe mai ammesso davanti a lui, ma non era propriamente entusiasta della sua partenza il giorno dopo.

La carrozza sobbalzò fastidiosamente in una buca sulla strada coperta di fango. Irena fece una smorfia per le stecche del corsetto conficcate tra le costole.

«Stai poco bene?» chiese Benedict.

«Starò meglio non appena potrò sfilarmi questo maledetto, abominevole abito.»

Lui abbozzò un mezzo sorriso. «Suppongo che questo non sia il momento più appropriato per dirti che ti trovo straordinariamente eccitante quando parli così.»

«No, infatti.»

«Nondimeno, se dovesse esserti necessaria assistenza per rimuovere l'abito in questione, sarò ai tuoi comandi.»

Irena sentì il calore spandersi sulla sua pelle e annidarsi in punti a cui poco interessava della sua dignità e dell'indignazione moralista che l'avrebbe preservata intatta. Dignità che, a ogni modo, era vittima dell'incantesimo del marito come ogni altra parte del suo corpo. E lo era diventata ancor di più dopo aver danzato con lui quella sera. Lui l'aveva tenuta così stretta da risultare sconveniente, persino per un marito che ballava un valzer con la propria moglie. Attraverso l'abito di seta, sentiva sulla schiena la mano di lui che scottava tanto da lasciarle i segni sulla pelle. La sensazione di girare si era protratta ben dopo il cessare della musica.

«Mi dispiace che la serata non sia andata come speravate» disse Irena, improvvisamente nervosa senza capirne la ragione.

«Ti ho tenuta tra le braccia. È andata proprio come speravo.»

Quelle parole le fecero venire la pelle d'oca, e un brivido le percorse la schiena. Era un miracolo che riuscisse a sentire qualcosa oltre al martellare del proprio cuore. Era stata sciocca ad avergli permesso di nuovo di avvicinarsi tanto, ma era altrettanto sciocco pensare di poterlo tenere ancora a distanza, quando i loro corpi desideravano la stessa cosa, e il cuore di lei pareva determinato ad assecondarli.

Giunti a casa, la carrozza rallentò. Un domestico aprì lo sportello, e Benedict scese sul selciato. Voltandosi, tese una mano verso di lei per aiutarla, e quando la prese sottobraccio, il calore del suo corpo mandò di nuovo in fiamme quello di Irena. Se le cose fossero andate come le ultime due volte che erano usciti insieme, l'avrebbe accompagnata in camera sua augurandole la buonanotte con un casto baciamano. E poi, un'ora dopo, l'avrebbe raggiunta in biblioteca per leggere davanti al fuoco.

Qualcosa le diceva che quella sera non si sarebbe accontentato.

O forse era il desiderio di lei a parlare.

La scortò fin dentro casa e su per le scale. Restarono in silenzio finché non furono davanti alla porta della stanza di Irena.

«Grazie, siete stato gentile ad accompagnarmi sin qui» gli disse.

Quello era il momento in cui lui avrebbe dovuto portarsi alle labbra la mano di lei. Invece, le si avvicinò. «Irena» disse, con voce flebile.

«Sì?»

Benedict le accostò la bocca all'orecchio. «Posso darti il bacio della buonanotte?» le disse sussurrando.

"No." Il cervello le ordinava di pronunciarlo forte e chiaro. Ma quando lui le sfiorò la guancia con la punta del naso, il corpo agì per conto suo, e lei voltò il viso verso quello di lui.

Il primo tocco di labbra fu come una piuma, un incontro di respiri, così leggero che Irena si chiese se non fosse frutto della sua immaginazione. Ma presto tutto si fece più intenso: le labbra di Benedict si fusero con le sue mentre, passandole una mano tra i capelli, con l'altra stringeva quella di lei all'altezza del cuore. E all'improvviso ogni cosa a cui Irena aveva dichiarato guerra – i ricordi, la nostalgia e il desiderio – alzò bandiera bianca e si arrese. Fu lei ad arrendersi.

Benedict le era così vicino che Irena si ritrovò con la schiena schiacciata sulla porta. Il marito assaggiò la sua bocca con tanta passione e tenerezza che il cuore le schizzò ad altezze vertiginose.

La fronte di lui si posò sulla sua. «Ora sì che la serata è perfetta.» Indietreggiò ammiccando. «Verrai al nostro posto segreto?»

Era un rito sciocco per una coppia sposata. Ma per Irena quei rendez-vous lontani dagli occhi di tutti erano diventati la parte migliore della giornata. Annuì. «Ci sarò.»

Quando, un'ora dopo, entrò nella biblioteca, lo trovò già lì. Dopo aver distribuito sul pavimento diversi cuscini del sofà, aveva steso un'ampia coperta davanti al caminetto. Irena poggiò la sua candela su un tavolo e lasciò che lui le prendesse la mano per aiutarla ad accomodarsi al suo fianco su quel giaciglio improvvisato. Poi lo osservò avvicinarsi al caminetto e accendere il fuoco. Un bagliore arancione scacciò via l'oscurità.

Benedict si sedette alle sue spalle e si distese sulla schiena. Con un braccio piegato dietro la nuca, ostentava quel genere di virilità disinvolta che faceva ridacchiare con frivolezza chi faceva da tappezzeria a un ballo. Alzò lo sguardo verso di lei e allungò l'altro braccio sulla coperta, fino a sfiorare con le dita il tessuto del suo abito. «Mi sei mancata» disse piano.

«È passata un'ora.»

«È tanto tempo.»

«Cosa leggeremo, stasera?»

Benedict le passò un libro che lei non aveva mai visto prima. Seguì con le dita il profilo del titolo in rilievo, e un nodo le chiuse la gola. «Come potevate sapere?» sussurrò.

«Una volta hai detto che tu e Sophia sognavate di andare in America a vedere i cavalli selvatici. Ho ordinato subito il libro. Ma è arrivato solo oggi.»

Il cuore di Irena sobbalzò.

«Perché desideravate vedere i cavalli selvatici, amore mio?»

Sentì la gola stringersi per tutte quelle emozioni tenute dentro troppo a lungo. Si può mai superare davvero la morte di una sorella amatissima? «Perché erano liberi» disse lei con un fil di voce. «Spesso, a tarda notte, pianificavamo la fuga. Avremmo potuto travestirci da maschi e salpare clandestinamente in nave. O comprare il biglietto e fingerci due orfanelle alla ricerca di una famiglia dall'altra parte dell'oceano. Io sarei partita. Per lei, l'avrei fatto.»

«Raccontami di lei» disse piano Benedict.

«Amava i cavalli quanto me.»

«E sapeva cavalcare come te?»

«No. Avrebbe potuto, ma non ha mai avuto la libertà di esplorare quella passione che era stata concessa a me.»

«Perché no?»

«Era la più grande di tre sorelle. Aveva sulle spalle tutto il peso delle aspettative di un buon matrimonio. Dopotutto, era lei la più bella della famiglia.»

Benedict si lasciò andare pronunciando una sfilza di improperi tanto creativa che Irena ne fu segretamente divertita. «Sei la donna più incantevole che abbia mai visto, Irena. Quando ho posato per la prima volta gli occhi su di te, non sono più stato in grado di parlare.»

«Non serve che mi facciate alcun complimento, milord. Sono più che consapevole della mia avvenenza, benché, naturalmente, una signora non dovrebbe ammetterlo ad alta voce, ma tant'è. La società inglese sembra fondata sulla prassi di paragonare costantemente le donne, fino al punto da renderci invidiose l'una dell'altra.»

Lui rimase in silenzio. Solo per un attimo, però. «Eri invidiosa di tua sorella?»

Irena scosse la testa. «Mai stata. Ma lei lo era di me.»

«Perché?»

«Non portavo il suo stesso fardello. Tutta la sua vita era dedicata ad assicurarsi un marito che non voleva, solo per accontentare i miei genitori.»

«E quando è morta, quel fardello è ricaduto su di te.»

Irena evitò il suo sguardo ma annuì. Lui le prese le mani. «Puoi parlare, amore mio. Fidati di me.»

I loro occhi si incontrarono. «Si sentiva in colpa per essersi ammalata. Prima di morire, mi fece promettere che non mi sarei mai sposata se non per vero amore.»

Benedict sollevò lentamente la schiena finché non furono a pochi centimetri l'uno dall'altra. «E l'hai fatto?»

Ogni secondo sembrò scorrere per un tempo lungo ore: le fissava le labbra, in attesa di una risposta.

Quando udì qualcuno che si schiariva la voce con discrezione, Benedict trasalì, come se fossero stati nuovamente colti in una situazione compromettente. Naturalmente, ormai erano sposati, perciò qualsiasi imbarazzo sarebbe stato superfluo, ma Irena divenne subito paonazza.

Lui si voltò verso l'intruso. Il suo fedele maggiordomo attendeva a diversi metri di distanza. «Cosa c'è, Isaiah?»

«Milord, domando scusa. È giunto un messo da Ebberfield con notizie urgenti.»

Ebberfield era il nome della tenuta Latford nel Dorset.

«Che genere di notizie?» domandò Benedict, ansioso.

«Si tratta di Rosendale. È rimasto coinvolto in un terribile incidente.»

Il corpo di Benedict s'irrigidì. «Parto immediatamente.»

Irena gli posò una mano sul braccio. «Vengo anch'io.»

«No. Mi rallenteresti.»

«Cavalco meglio di voi, milord.»

«Irena, ti prego» disse, tramutatosi improvvisamente in un conte imperioso. «Sono tuo marito e ti ordino di restare qui.»

Quelle parole, per lei, furono come uno schiaffo inaspettato. Indietreggiò, con le mani che le tremavano.

Benedict, rammaricato, accorciò le distanze. «Mi dispiace» disse sottovoce. Tuffò la mano tra i ricci sciolti che le ricadevano sul collo e la tirò a sé. La sua bocca si posò su quella di Irena prima che potesse reagire. Fu un bacio intenso, disperato, e quando Benedict si ritrasse, lo fece solo quel tanto che bastava per adagiarle le labbra sulla fronte. «Perdonami, ma ci sono cose di cui non posso parlarti adesso.»

Poi si voltò e la lasciò lì.

CAPITOLO QUATTORDICI

«Non ci credo che lo stai facendo davvero.»

Quel martedì sera, mentre si stava mettendo il mascara, Thea fu colta di sorpresa dalla voce di Liv proveniente dalla soglia del suo bagno. Fece un balzo, e sotto l'occhio destro le si disegnò una mezzaluna di puntini marroni. Fantastico. Non che le importasse chissà quanto del suo aspetto. Non stavano mica uscendo per la prima volta. Era una formalità, una condizione del loro accordo.

Sistemò la sbavatura con un batuffolo di cotone e decise che si sarebbe accontentata: meglio di così non poteva fare. Indietreggiò e diede un'occhiata allo specchio per accertarsi del risultato finale. Okay, era leggermente meglio del previsto.

«Quando tutto il resto non funziona, scopri un pochino le gambe, eh?» la provocò Liv.

«Non è possibile che hai appena citato nostra madre.»

Liv si lasciò cadere sul letto. «Dico solo che ti stai impegnando parecchio per uno che non ti interessa.»

Thea infilò un piede e poi l'altro nei suoi tacchi di vernice nera. «È un vestito come un altro.»

«Ma questo dice: "Scaraventami contro il muro e sbattimi forte".»

«Secondo me dice: "Ma non sei stata tu a insistere perché facessi shopping la scorsa settimana?".»

«Sì, ma prima che sapessi del ricatto dell'uscita.»

Udirono qualcuno schiarirsi pacatamente la voce e si girarono entrambe con un movimento che trasudava sensi di colpa e non-stavamo-assolutamente-parlando-di-te.

«Pronta?» chiese Gavin con una smorfia da sì-lo-so-che-stavate-parlando-di-me.

Thea provò a rispondere, ma le venne fuori solo un verso stridulo, perché... porca vacca. Altroché se si era messo in tiro, suo marito. Aveva un paio di pantaloni grigi in twill che lei non aveva mai visto prima, ma che sembravano letteralmente fatti su misura per lui. Anche la camicia non l'aveva mai vista: semplice, blu ardesia, abbastanza aderente da avvolgergli spalle e bicipiti. Aveva arrotolato le maniche per mettere in mostra gli avambracci sodi. Thea idealmente si sventolò con la mano. Gli uomini dovrebbero passare più tempo a fare esercizi per gli avambracci. Non avevano idea dell'impatto che la flessione di quel muscolo coperto di peli poteva sortire su una donna.

«Stai benissimo» disse lui.

«Anche tu.»

«Vestito nuovo?»

«Sì. Camicia nuova?»

«Sì.»

«Mi piace.»

«Questo è il segnale per la tua uscita, Liv» disse Gavin senza togliere gli occhi di dosso da Thea.

«E questo è il segnale per andartene a...»

«Liv» la richiamò Thea. Liv serrò le labbra e si alzò dal letto.

Gavin entrò nella stanza con un sorriso quasi imbarazzato. «D-dov'è la tua borsa?»

«Sulla cassettiera. Perché?»

Tirò fuori dalla tasca una bandana piegata. «Perché ci devi mettere questa.»

«Ehm, mi devo preoccupare?»

Le rispose con un sorriso leggermente meno imbarazzato. «Vedrai.»

Una volta scesi al piano inferiore, diedero un bacio alle bambine, schivarono la bava del cane e dissero a Liv di non far vedere alle piccole quei video cretini su YouTube. Lei rispose che non poteva promettere niente e poi li scacciò fuori.

Gavin la aiutò a salire in auto prima di portarsi sul lato del conducente.

«Allora...» Si schiarì la voce appena entrato nella superstrada. «N-notizie dalla Vanderbilt, oggi?»

«Non ancora. Ma dovrebbero dirmi qualcosa in settimana.»

«M-ma se...» Non concluse la domanda, ma non ne aveva bisogno. Thea sapeva cosa stava per chiederle.

«Se non mi ammettono? Non lo so. Non ci ho voluto pensare.»

«Ti ammetteranno» disse Gavin con una sicurezza esagerata. «E quando accadrà, festeggeremo.»

Thea emise un verso non troppo convinto.

Dopo pochi minuti, Gavin prese l'uscita. «Bendati» disse, tutto contento.

«Qui?» Si guardò intorno. Erano in un parcheggio anonimo di un centro commerciale.

«Sì, qui.»

Col cuore che le batteva forte, Thea si legò la bandana a coprirsi gli occhi.

Era una situazione ridicola e dolce allo stesso tempo. Il che la rendeva pericolosa. In teoria doveva solo barcamenarsi fino alla fine della serata, non certo divertirsi.

«Ci vedi?»

«Neanche un po'.»

«Ottimo. Non sbirciare.»

Thea sentì che l'auto prendeva un paio di svolte, poi Gavin accostò e si fermò di nuovo. Dall'oscurità, una luce intensa e rossastra penetrò attraverso il tessuto.

Lo sentì avvicinarsi. «Okay. Pronta?»

Rise. «Pronta.»

Gavin armeggiò col nodo dietro la sua nuca. Stando attento a non tirarle i capelli, lo sciolse e lasciò cadere la bandana. Thea si ritrasse un attimo per la luce accecante e improvvisa. Poi... «Mi hai portata da Non Solo Arte?»

«Pensavo che p-potremmo prendere qualcosa per quando comincerai le lezioni.»

Thea lo fissò, col cuore che batteva quasi fosse un segnale d'allarme. Gavin non si stava barcamenando affatto. Quell'uscita era fatta apposta per farla cedere. Suo marito intendeva sedurla a colpi di tele e pennarelli.

Un lampo di incertezza gli attraversò lo sguardo. «P-per te va bene?»

«Sì» disse lei. «Io... Grazie.»

Una volta dentro, Thea afferrò un carrello e gli lanciò un'occhiata incerta. «Sicuro che ti va?» gli chiese, sforzandosi di mantenere un tono tranquillo.

«A te no?»

«Certo, ma ti avverto, Gavin. In un posto così sono come una bimba in un negozio di caramelle.»

Sorrise. «Lo so bene. Ho visto il tuo cassetto a casa, Thea. Sono pronto a tutto.»

Non era pronto.

In un negozio di forniture d'arte, Thea era come un esemplare imbizzarrito alla corsa dei tori di Pamplona. Gavin si offrì di spingere il carrello mentre lei si dedicava agli acquisti. Fu un atto parzialmente egoistico, perché gli assicurava una vista migliore sul suo corpo dentro quel tubino.

Gesù, quel cazzo di tubino. Appena entrato in camera da letto, Gavin si era trasformato in uno di quei personaggi dei cartoni con gli occhi giganteschi e la lingua penzolante.

La seguì su e giù per le corsie finché lei non sospirò incantata. «*Washi tape*» sussurrò, con la mano sul cuore. Ce n'era una corsia piena. File e file di quei cosi in tutti i colori e le fantasie immaginabili. Thea analizzava i singoli rotoli con occhio critico, poi ne lanciava qualcuno nel carrello mentre qualcun altro tornava al suo posto sull'espositore. Come se non potessero permettersi di comprare due carichi dell'intera fornitura. Ma non era lo stile di Thea. Francamente, era rimasto piuttosto sconvolto da quanti soldi avesse deciso di spendere per se stessa quel venerdì.

«Guarda questi.» Thea gli si parò davanti con una manciata di rotoli di nastro adesivo a tema scolastico. «Alle bambine piacerebbero un sacco.»

«Siamo venuti per te, non per le bambine.» Le si avvicinò e

prese dei rotoli che sembravano riprodurre certi quadri di Van Gogh. «Che ne dici?»

Lei glieli strappò dalle mani e li lanciò nel carrello.

«Hai mai sentito parlare di Pinterest?» le chiese dopo qualche minuto.

Thea lo guardò come se le avesse chiesto se conoscesse un certo Elvis. «Ma sei serio? Io ci vivo su Pinterest.»

«Hai un account?»

«Ehm, certo. Perché?»

«E cosa ci fai?»

Thea scrollò le spalle. «Dio, cosa *non* ci faccio, piuttosto. Ci trovo ricette, idee per il bricolage, consigli per i genitori, foto carine di cani. Perché?»

Sentì le guance bollenti. «Ci sono... foto mie su quel sito.»

Thea scoppiò in una risatina. «Lo so.»

«Le hai viste?»

«Cos'è, hai appena scoperto che esiste Pinterest?»

«Diciamo.» Inclinò la testa. «Quindi le mie foto le hai viste?»

Thea fece di nuovo spallucce. «Certo. Ho una bacheca dedicata ai Legends, quindi l'algoritmo mi invia automaticamente contenuti suggeriti, e spesso sono foto tue. Soprattutto dopo il...»

Decise di non terminare la frase. Dopo il grande slam, voleva dire. Ma preferì non toccare quel tasto.

«Quindi tu te ne stai al pc a cercare la ricetta per il brasato o che so io, e all'improvviso ti spunta una foto di tuo marito postata da una tipa a caso?»

«Gavin, è da quando ti conosco che le donne pubblicano foto tue su tutti i social media. A volte sono addirittura foto nostre da cui mi eliminano con Photoshop. Ci sono abituata.»

«Se esistesse un sito su cui uomini strani pubblicano migliaia di foto tue, ecco, n-non potrei abituarmici.»

«È diverso. Io non sono famosa quanto te.»

«Tu sei la persona più importante al m-m-mondo per me, quindi mi permetto di dissentire.»

Thea schiuse le labbra, e un caleidoscopio di emozioni contrastanti le riempì gli occhi. Come se non gli credesse ma volesse disperatamente farlo. Quindi, prima che lui potesse capire cosa stava succedendo, lei si alzò sulle punte dei piedi e gli diede il più dolce dei baci sulla bocca.

Fu così fugace che Gavin quasi non riuscì a credere che fosse successo davvero. Thea indietreggiò scuotendo piano la testa. «Scusa, non so perché l'ho fatto.»

Lui cercò di scacciare via la tensione con una battuta. «Devo portarti più spesso a comprare il *w-w-washi tape*» disse piano.

Funzionò. Thea si sciolse. «E non siamo ancora al corridoio dei pennelli.»

«Quanto ci vuole per arrivarci?»

Thea gli diede una spintarella sul petto per gioco.

Purtroppo, nel corridoio dei pennelli non accadde niente. Niente di che, per lo meno. Ma dopo aver analizzato una ventina di modelli diversi di varie dimensioni distribuiti su due file diverse, all'improvviso Thea lo afferrò per il braccio e lo attirò a sé per potergli sussurrare all'orecchio.

«Okay, penserai che sono paranoica dopo quella storia di Pinterest, ma forse ci sono davvero un paio di tifosi pazzi che ti stanno seguendo.»

A Gavin si rizzarono i capelli in testa. «Che stai dicendo?»

«Ci sono questi due tizi strani che spuntano da tutte le parti ovunque andiamo. È lampante. Non lo so, sembra che ti fissino cercando però in tutti i modi di non fissarti.»

Gavin provò a rimanere inespressivo. «Che aspetto hanno?»

«Se li vedo di nuovo te li indico. Ma probabilmente è solo una mia paranoia.»

«Tu resta vicino a me» disse lui, nervoso. Questa era l'unica cosa che odiava del suo lavoro. La sua famiglia era troppo esposta. La storia di Pinterest sarà anche stata buffa, ma lo infastidiva non poter nemmeno uscire con sua moglie senza che qualcuno cominciasse a fissarli tanto da metterla a disagio.

Si guardarono intorno, e all'uscita Gavin controllò un'ultima volta che quegli uomini strani non fossero ancora lì. Non vedendo nessuno, si tranquillizzò, ma continuò a camminare tenendole una mano sulla schiena. Caricò i sacchetti nel bagagliaio e aiutò di nuovo Thea a entrare in macchina.

«Ora dove si va?» chiese lei una volta ripartiti.

Per poco non le suggerì una strada buia e il sedile posteriore dell'auto, ma probabilmente avrebbe azzardato troppo. «A cena» rispose, svoltando a sinistra.

«Ottimo. Muoio di fame.»

«Anch'io» disse lui, guardandola con insistenza. Il timido sorriso di Thea gli fece gonfiare il petto.

Presero di nuovo la superstrada per tornare velocemente in città. Pur essendo martedì, il traffico era infernale e c'era una folla spaventosa. Gavin superò un semaforo e imboccò la rampa per entrare nel parcheggio vicino al ristorante. Accostò di fianco al gabbiotto degli addetti mentre Thea si sistemava rossetto e capelli allo specchio. Il petto di Gavin si gonfiò nuovamente. Era così bella che a volte guardarla gli faceva male. Tipo in quel preciso momento.

Dopo aver consegnato le chiavi e ritirato il biglietto del parcheggio, Gavin le appoggiò di nuovo una mano sulla schiena ed entrambi si avviarono verso la strada. Diversi isolati li separavano dalla Broadway, la principale arteria turistica del centro di Nashville. Eppure, c'era parecchia gente del luogo assieme a forestieri che preferivano mete un po' più fuori mano.

Camminarono praticamente in silenzio per un isolato, guidati dal flusso di turisti in cerca di bourbon e musica. Per proteggerla, lui la teneva stretta a sé, specialmente quando cominciò a verificarsi l'inevitabile.

«Assurdo, quello era Gavin Scott» disse un tizio con gli stivali da cowboy quando gli passarono accanto.

Thea alzò lo sguardo con un sorriso beffardo. «Assurdo» disse, ridacchiando.

«Tu continua a camminare, e speriamo che ci lascino in pace.»

Dopo pochi metri, un altro tizio lo riconobbe. «Ehi, non sei...»

Gavin alzò la mano e salutò con un gesto cordiale che diceva "Per favore, non è il momento".

Dal grande slam, la gente che lo riconosceva per strada era aumentata a dismisura. Si era quasi deciso a portarla da un'altra parte, ma quel ristorante era famoso per la carne ed era certo che a Thea sarebbe piaciuto moltissimo. Aveva anche musica dal vivo e una pista da ballo, perché a Nashville tutti i ristoranti ce li avevano. Al momento della prenotazione, Gavin aveva richiesto un tavolo il più appartato possibile. Non voleva sfruttare più di tanto la sua celebrità, ma aveva insistito parecchio per ottenere quello che voleva. E aveva funzionato, perché al loro arrivo la direttrice di sala li trattò da reali e li accompagnò in una saletta privata che dava sulla pista da ballo.

Il tavolo era apparecchiato per due, con una candela al centro accanto a un vaso pieno di margherite. La direttrice di sala disse loro che una cameriera sarebbe arrivata presto per le loro ordinazioni. Poi furono lasciati finalmente soli.

«Gliele hai chieste tu?» domandò Thea, indicando le margherite.

«Sì.»

La cosa ovviamente la mise a disagio. «Mi dispiace non ricordare quel giorno, la storia della margherita.»

«Ti ho notata molto prima che tu ti accorgessi di me, quindi non m-mi aspetto che te lo ricordi.»

«Non proprio molto prima» ribatté lei.

«Io direi di sì.»

«Quanto prima?»

«Due mesi.»

Alzò gli occhi al cielo. «Finiscila.»

Lui rise e le mostrò entrambe le mani. «Te lo giuro.»

«Quando mi sono accorta di te, tu venivi alla caffetteria già da due mesi?»

«Proprio così. A farmi spezzare il cuore ogni giorno finché finalmente hai sollevato lo sguardo e mi hai sorriso.»

«Ma io ti avevo già notato prima che ti sorridessi.»

«Va bene. Da quanto tempo?»

Thea scrollò le spalle. «Non lo so. Da un pochino.»

«Certo, be', odiavo il caffè e ho cominciato ad andare lì solo per poterti vedere, quindi...»

Thea schiuse le labbra. «Veramente?»

«Sì.»

«Come mai non me l'hai mai detto prima?»

«Quando finalmente ho avuto il coraggio di parlarti, c'erano troppe cose che volevo dirti, mi sa.»

E poi c'erano cose di cui non avevano mai parlato, come i genitori di Thea. Ci aveva provato più e più volte, ma lei aveva sempre tagliato corto. Apparentemente, era così scemo da credere che per lei non valesse la pena discuterne. Ma quando Gavin le aveva chiesto se preferiva che con suo padre ci avesse a che fare lui, quel muro era tornato su come sempre. Almeno ormai lo riconosceva per quello che era. Almeno aveva capito che quel muro doveva essere abbattuto.

La cameriera li interruppe con fare discreto e chiese se gradissero del vino. Con un cenno, Gavin lasciò l'onore della scelta a Thea, che era molto più brava di lui in queste faccende. Lei diede un'occhiata veloce alla carta dei vini e ordinò uno chardonnay dal nome francese.

La cameriera portò la bottiglia, ne versò due calici, e prese le ordinazioni. Gavin spostò la sedia per avvicinarsi a Thea e fece tintinnare i loro bicchieri.

Lei alzò un sopracciglio e gli chiese: «È un brindisi?».

«Sì.»

«A cosa?»

Voleva risponderle qualcosa di sciocco, tipo "Al *washi tape*". Ma optò per una scelta più matura e significativa. «Al nostro primo appuntamento.»

Thea sorrise e bevve un sorso, ma poi guardò oltre la spalla di Gavin, verso il bar al piano di sotto, e strinse lo sguardo.

«Che c'è?»

«Ti ricordi quei due tipi di cui ti dicevo al negozio?»

Si irrigidì. «Be'?»

«Sono qui.»

«Dove?» Guardò il punto indicato da Thea. Due uomini si voltarono in tutta fretta. Uno indossava occhiali da sole e un cappello da cowboy, l'altro una maglia dei Detroit Red Wings. Non riusciva a distinguerne le facce da così lontano, ma avrebbe riconosciuto quell'atteggiamento arrogante tra mille.

Quel cazzo di Braden Mack, travestito come un coglione.

CAPITOLO QUINDICI

Lo voleva ammazzare. Cercando di mantenere un tono di voce pacato, Gavin chiese: «Sicura che sono gli stessi tizi?».

«Sì. Ma sarà solo una coincidenza, vero?»

Gavin lanciò il tovagliolo sul tavolo. «Tu resta qui.»

«Cosa?» Quando lui si alzò, Thea lo afferrò per un braccio. «Che stai facendo? Gavin, non puoi andare a chiedergli conto e ragione!»

«Fidati.»

Nell'istante in cui il piede di Gavin toccò il primo scalino, i due "tizi" capirono di essere stati sgamati. Li seguì con lo sguardo mentre si facevano strada tra la folla fino a una sala buia alle spalle del bancone, il cui pavimento, illuminato dalla scritta a neon che indicava la toilette, risplendeva di un rosa acceso.

Schivando coppie che ballavano e ubriaconi, Gavin raggiunse finalmente le porte e le spalancò con entrambe le mani. «Lo so che sei qui dentro, Mack» sbraitò.

«Non c'è nessun Mack» disse una voce proveniente dal secondo bagno.

Bussò insistentemente sulla porta d'acciaio. «Esci. Subito.»

Aprirono. Gavin indietreggiò, le mani strette a pugno lungo le cosce. Uscì Mack, col cappello in mano. «Perché non rispondi ai nostri messaggi?»

Sentì una specie di ruggito che gli spaccava in due il petto. «Mi stai prendendo per il culo? È l'unica cosa che hai da dirmi? Che cazzo ci fai qua?»

«Sto cercando di aiutarti.»

Gavin andò avanti a bussare su tutte le altre porte. «Chi altro c'è?»

Da un altro bagno uscì il giocatore di hockey russo con problemi di digestione. «Chiedi a moglie se vuole ballare.»

«Seriamente?» strillò a Mack. «Te lo sei portato dietro?»

«Ha ragione» rispose. «Guarda di continuo la pista da ballo. Chiediglielo.»

«La serata sta andando benone anche senza il vostro aiuto, grazie tante. E comunque, quel cappello e quegli occhiali sono il travestimento più da coglione che abbia mai visto. Pensi davvero che non ti riconoscano?»

«Ancora non è successo.»

«Perché forse si vergognano per te. Penseranno che sei diventato pazzo. E sai che ti dico? Sei pazzo. Da manicomio. Non ce l'hai una vita?»

«E il mio travestimento?» chiese il russo, guardando la felpa della squadra rivale che aveva addosso.

«Fa schifo.»

«Fa lo stesso, tanto non ti riconosce nessuno» lo schernì

Mack. «Sul *washi tape* avevi ragione tu, però. Ti ha dato un bacio!» disse poi a Gavin.

Lui lo afferrò per la camicia. «Ti giuro su Dio...»

Qualcuno tirò lo sciacquone. Gavin sentì un vaso sanguigno che gli scoppiava nel cervello. Un uomo basso e tozzo uscì da uno dei bagni in fondo e si fermò a fissarlo. Mack prese a fischiettare e a guardarsi intorno. Gavin serrò la mandibola così stretta da sentire l'osso che si frantumava.

Il tizio lo guardò. «Io ti conosco.»

Gavin mollò la camicia di Mack. «Non credo proprio.»

«Tu sei Gavin Scott.»

«No» replicò il russo. «Gavin Scott grandissimo. E non bruttissimo come lui.»

Lo sconosciuto ridacchiò e si lavò le mani. Guardava Gavin attraverso lo specchio. «Devi invitarla a ballare. Se guarda la pista, è perché vuole andarci.»

Ottimo. Ora gli dava consigli pure la gente a caso incrociata in bagno?

Il tizio si asciugò le mani. «Io non ho sentito niente» disse. E uscì.

Gavin indicò Mack. «Ora ve ne andate. Subito.»

«Ascoltaci un attimo» disse Mack. «Stai andando benone, ma ballaci, e sfrutta l'occasione per parlarle. Nei manuali succede sempre. Ti ricordi quando Irena e Benedict hanno ballato il valzer? Si sono avvicinati. Quando ballano, le persone rivelano i propri segreti. È più facile parlare alla spalla di qualcuno anziché guardarlo in faccia.»

Era una teoria incredibilmente sensata, così sensata che Gavin provò un certo fastidio.

La porta principale si aprì di nuovo, ed entrò a grandi passi un addetto alla security in uniforme grigia. Ispezionò la scena. «Tutto bene qui dentro?»

«Certo» disse Mack. «Niente di strano.»

«C'è una donna che è preoccupata per il marito.»

Gavin gli tese la mano. «Sono Gavin Scott, gioco nei Nashville Legends. I due signori qui stanno importunando me e mia moglie, e gradirei che li buttasse fuori, per favore.»

«Andiamo.» Il buttafuori prese Mack per il braccio. Esitò quando sentì i suoi muscoli sodi. «Ehm...»

Mack lo ignorò. «Quando torni a casa, una volta arrivati sul vialetto chiedile se puoi baciarla. In macchina. Le piacerà un sacco. L'ho letto in un libro, ho provato a farlo con una, e ti giuro, mi si è sciolta addosso come il burro.»

«Quest'uomo è chiaramente instabile» disse Gavin al buttafuori.

«Ha bevuto, signore?» gli chiese quello.

Mack annuì. «Sì. Perfetto, farò finta di essere ubriaco. Tu assicurati che Thea si accorga che ci sta cacciando. Magari ci segui e fai tipo: "Andatevene a fanculo", tutto come un maschio alfa.»

«Sei un demente.»

Mack si infilò di nuovo il cappello. «Dammi retta, dopo questa scena vedrai che si aprirà con te. Dopo ci ringrazierai.»

Il buttafuori tirò Mack per il braccio. «Allora, non so che cosa sia questa storia, e non credo di volerlo sapere, ma voi due ora ve ne andate.»

Lo buttò fuori dalla porta. Il russo lo seguì. «Il mio travestimento non fa schifo.»

Una piccola folla di curiosi si era radunata fuori dal bagno, perché chi è che non è incuriosito da un buttafuori che si infila nei gabinetti di un bar? Mack si guardò dietro e cominciò a fare una scenata. «Io ti amo» gridò, fingendo di barcollare. «Sono un tifoso sfegatato. Sfegatato.»

Gavin si strinse il setto nasale tra due dita.

«Sì. Sfegatato» fece il russo, alzando immotivatamente le braccia al cielo.

«Fuori» disse l'addetto alla sicurezza, spingendoli oltre la porta.

Gavin ignorò gli sguardi e le domande della gente e tornò indietro aggirando la pista da ballo. Guardò su e vide Thea che si sporgeva dalla ringhiera mordendosi un labbro. Fece le scale a due a due.

Lei gli corse incontro. «Che è successo?»

«Niente. Tutto a posto.»

«Che gli hai detto?»

«Che stavo passando una bella serata con mia moglie e avrei gradito che mi lasciassero in pace.»

«Non lo fare più, hai capito? Potevano essere due squilibrati! Promettimi che non lo farai più.»

«Promesso.»

«Sono seria.»

Gavin le mise le mani sui fianchi e la tirò a sé. «Vuoi b-ballare?»

«Ballare?» Thea esaminò la faccia di Gavin per controllare che non avesse preso una botta in testa. L'avevano forse colpito quand'era in bagno?

Un velo di incertezza gli coprì il viso. «Credevo che magari t-t-ti andasse.»

«Io...»

«Non è un obbligo.»

Fece per indietreggiare, ma Thea posò una mano sulla sua. «Non credevo fosse un obbligo. È che non abbiamo mai ballato.»

«Lo so. È una cosa che avremmo dovuto concederci molto tempo fa, non pensi?»

Sì, ma tanti aspetti del loro matrimonio non erano proprio normali. Stavano facendo per la prima volta un sacco di cose che la maggior parte delle coppie avevano fatto prima di sposarsi e avere figli.

«Mi piace ballare» disse lei alla fine. Un attimo. No. Cosa le era venuto in mente? Quello non doveva mica essere un appuntamento in piena regola. In teoria doveva solo barcamenarsi fino alla fine. Il *washi tape* e il vino le stavano incasinando il cervello. Si ritrasse.

«Anche a me» disse Gavin. Le prese la mano e la fece riavvicinare. Intrecciò le dita con le sue. «Allora, balliamo?»

Thea diede un'occhiata alla saletta buia. Erano lontani da sguardi indiscreti, e la band stava suonando un lento.

Quando lui le strinse un braccio attorno alla vita e la tirò a sé, Thea avvertì che il suo stomaco era in preda a uno sciame di farfalle agitatissime. Gavin si portò sul cuore la mano di lei, ancora intrecciata alla sua. Era virile, galante e sexy da morire, e ancora non avevano neanche cominciato a muoversi.

E quando cominciarono... Wow. Ondeggiava a un ritmo naturale che le mozzava il fiato. Certo, quasi tutti gli atleti avevano un ottimo controllo del proprio corpo, ma questo non implicava che sapessero anche ballare. Dopo aver assistito a tante sfide tra panchine avversarie a colpi di passi di danza, aveva capito che i giocatori di baseball esibivano in campo il meglio delle loro abilità. Ma Gavin? Wow. Da dove le tirava fuori quelle mosse?

«Ti dispiace non aver festeggiato un m-matrimonio vero?» le chiese dopo un attimo in cui danzarono in silenzio.

«Il nostro è stato un matrimonio vero.»

«Hai capito cosa intendo. Un matrimonio in pompa magna.»

Le si chiuse lo stomaco. Toccare quel tasto era pericoloso. «Non direi. E a te?»

«Prima no, ma ora penso che mi piacerebbe avere un ricordo di te che percorri la navata con l'abito bianco.»

«È solo un abito.»

«Altro che "solo un abito".» Le distese una mano sulla schiena. Il cuore di Thea prese a correre all'impazzata. Tutto quel flirtare che l'aveva disturbata la settimana prima, quella sera le dava una sensazione di calore leggero, e non era un bene. Gli fissava la spalla per evitare il suo sguardo.

«E la luna di miele, invece?» sussurrò.

«Cosa?» Questo sì che era avventurarsi in una zona pericolosa. Thea si focalizzò sui propri passi e sul respiro.

«Mi dispiace non averne fatta una come si deve» disse Gavin con aria provocatoria, mentre le passava un pollice sulla schiena bassa.

Thea tossì. «Dove saresti voluto andare?»

«In un posto caldo dove tu saresti rimasta tutto il giorno in bikini.»

Thea scoppiò in una risata spontanea. «Non metto un bikini da quando sono nate le bambine.»

«Lo so. È motivo di grande d-dispiacere per me.»

Ballarono in silenzio per un attimo, poi lui parlò di nuovo. «Se avessimo organizzato un m-matrimonio, t-ti saresti fatta accompagnare all'altare da tuo padre?»

Thea deglutì e chiuse gli occhi. Non voleva pensare a quel

bastardo in quel preciso momento. E domande così erano il motivo per cui non avrebbe dovuto inoltrarsi in quella conversazione sin dal principio.

«Parla con me, Thea» disse con le labbra tra i suoi capelli.

«Perché ti interessano queste storie?»

«Perché mi interessi tu.»

Thea scosse la testa. «Non lo so» ammise lei. «Mi sembra quel genere di cose che un uomo dovrebbe meritarsi, anziché darle per scontate.»

Gavin la strinse più forte. «E lui non se lo merita.»

«No. Senza dubbio.»

Tornarono a ballare senza parlare per diversi minuti. Thea prendeva nota di tutti i modi in cui il corpo di lui si strusciava e si plasmava contro il suo. Poi Gavin chinò il capo e la baciò sulla fronte.

«Perché non vuoi andare al matrimonio?» le chiese a voce bassa.

Per qualche ragione, gli rispose. «Perché non tollero di vedere un'altra donna giovane e ingenua che viene ingannata al punto da credere di essere quella che riuscirà a cambiarlo, a tenerselo stretto. Non è così. La abbandonerà, perché è fatto così. Prende e ti abbandona.»

Il viaggio di ritorno lo passarono in silenzio.

Non era un silenzio nervoso. Solo… strano. Avevano trascorso tutta la serata in un vuoto saturo, pacifico, ignorando l'elefante invadente e sgraziato che gli stava in mezzo ai piedi. Tutto quell'imbarazzo irrisolto era stato felicemente dimenticato per una sera.

Gavin accostò sul vialetto e spense il motore. Nessuno dei due si mosse per scendere dall'auto, però.

«Sono stato bene» disse lui.

Thea non voleva ammettere che lo stesso valeva per lei, quindi non disse nulla. Che senso aveva incoraggiarlo con false speranze? Una volta usciti dalla rassicurante oscurità della macchina, la giungla della realtà avrebbe scatenato contro di loro una mandria intera di pachidermi, e nessun rimpianto o desiderio di un presente diverso avrebbe potuto scacciarla via.

Gavin si schiarì la voce. «Allora...»

Thea lo guardò. «Allora?»

«Visto che è un'uscita a due...» premise, «posso baciarti in macchina prima di accompagnarti alla porta?»

L'aria le riempì i polmoni. «È questo che si fa dopo un'uscita? Me l'ero dimenticato.»

«Io ricordo che con te ho fatto ben altro in macchina» disse lui, con voce profonda.

Le guance di Thea si fecero bollenti. «Lo sai che probabilmente alludi alla sera in cui sono rimasta incinta, vero?»

«Me lo sono s-sempre chiesto.» Il suo sguardo languido suggeriva che sì, se l'era chiesto, ma non gli interessava chissà quanto; semplicemente, gli piaceva quel ricordo e non avrebbe esitato a crearne un altro simile.

Motivo per cui la cosa più intelligente da fare sarebbe stata scendere immediatamente dall'auto.

Il punto è che Thea non si sentiva chissà quanto intelligente in quel momento. Qualcosa però la sentiva, eccome. «Sì» sussurrò.

«Sì?» le domandò per conferma.

Lei gli guardò le labbra.

Dal petto di Gavin si udì un suono gioioso. Non era come

prima. Non era come il bacio in cucina o quello della sera in cui lui era tornato a casa. Questo bacio non era un'esplosione di passione, ma era altrettanto sconvolgente. Chi poteva immaginare che in una pulsione così tenera si nascondesse un simile pericolo? Per questo bacio, Thea dovette respirare lentamente dal naso e stringere forte il sedile. Era un bacio che le diceva che, continuando con questo scherzetto delle uscite insieme, si sarebbe messa nei guai.

Gavin perfezionò l'inclinazione della bocca e sfiorò la sua una, due, tre volte. Poi si ritrasse e abbassò lo sguardo verso di lei con un mezzo sorriso.

Le passò il pollice sul labbro inferiore. «Ti va di leggere, stasera?»

Thea annuì senza volerlo.

Un'ora dopo si addormentò, ascoltando il dolce tono della voce di Gavin e i battiti disordinati del proprio cuore.

CAPITOLO SEDICI

«Vi siete divertiti ieri sera, bambini?»

Quando, la mattina dopo, Gavin chiuse la porta del frigo, scoprì che Liv si era materializzata in cucina, come se si fosse teletrasportata. Balzò in aria imprecando.

«Sì.»

«Mannaggia» disse Liv. «Speravo di andarmene dal seminterrato.»

Gavin posò il latte per le bambine sul bancone, mentre Thea era di sopra che le faceva vestire. Quella mattina non l'aveva ancora vista, in effetti: l'aveva solo sentita muoversi. «Senti, Liv, questo balletto che c'è f-f-fra noi due è divertente e tutto» borbottò Gavin, «ma stamattina non ho la pazienza di combattere con te.»

«Mi preoccupo solo per mia sorella. Ti ho già detto cosa ti succede se la fai soffrire di nuovo?»

Gavin aprì uno sportello e prese i cereali. «Hai mai pensato che non sono affari tuoi?»

«È mia sorella.»

«E mia moglie.»

«Io abito qui.»

«Sentiti libera di andartene.»

«Vai prima tu.» Schioccò le dita. «Aspetta, l'hai già fatto una volta.»

«E non intendo rifarlo.»

Thea si precipitò in cucina, e Gavin prese ad armeggiare coi cereali.

«Ciao» le disse con un filo di voce.

«'Giorno» disse Liv tutta allegra.

Thea si fermò di colpo e guardò prima l'uno e poi l'altra. «Che succede?»

«Niente» rispose Gavin.

«Stavo solo dicendo a mio cognato quanto penso a lui.»

Thea sospirò e alzò entrambe le mani per tirarsi su i capelli. Le bambine entrarono in cucina con indosso vestiti identici, maglietta rosa e pantaloni viola. Gavin le prese entrambe in braccio e riempì le loro tazze di cereali.

Con la schiena rigida, Thea si versò una tazza di caffè. Era riuscita a chiudere occhio? Perché lui aveva dormito una schifezza. Per scendere dal letto della moglie e tornare nella camera degli ospiti gli ci era voluta la forza di Ercole. Forza che non aveva quella mattina. Aveva bisogno di toccarla.

Le si avvicinò alle spalle, fece scivolare le braccia attorno alla vita di lei e le strofinò il naso sulla guancia.

Thea si voltò a guardarlo sorpresa, con gli occhi spalancati. Lui le stampò un bacio sulla stessa guancia. «Buongiorno» le sussurrò.

«Buongiorno» rispose lei a voce altrettanto bassa.

«Sono stato bene ieri sera.»

Liv simulò un conato. Gavin si girò e le rivolse una smorfia. Lei strinse lo sguardo. Lui serrò i denti. Lei canticchiò *U + UR Hand* di P!nk, inarcò le dita e andò su e giù con la mano in maniera esplicita.

Thea sospirò di nuovo. «Voi due la dovete smettere.»

«Ha cominciato lei.»

Thea inclinò il capo. «Neanche le bambine se la cavano con questa scusa.»

Ava e Amelia, che per tutto il tempo erano rimaste zitte a ingoiare cucchiaiate di cereali gocciolanti, dovevano aver percepito la tensione che aleggiava in cucina, perché cominciarono a lagnarsi su chi aveva avuto più cereali. Gavin distolse lo sguardo da Thea e intervenne: «Avete avuto la stessa quantità».

«Per me basta così» disse Ava, spingendo via la tazza e imbronciandosi senza motivo.

«Aspettiamo tua sorella, e poi andiamo a finire di prepararci» disse Thea, avvicinandosi alle bambine. Cominciò a pulirle col tovagliolo, ma si fermò quando sentì il cellulare vibrarle in tasca. Lo tirò fuori con un verso di stizza.

Si immobilizzò.

«Che succede?» chiese Gavin.

«È un'e-mail della Vanderbilt.»

Liv posò la tazza. «Cazzo.»

«Aprila» disse lui.

Thea deglutì a fatica e passò il dito sullo schermo un paio di volte. Gavin trattenne il fiato e la osservò leggere con attenzione.

Poi un sorriso le illuminò il volto e lei girò lo schermo verso gli altri.

«Porca vacca» disse Gavin. «Ti hanno ammessa?»

«Mi hanno ammessa.» Alzò le braccia e lanciò un urlo di trionfo. Liv fece un balletto attorno all'isola della cucina facendo ridere le bambine con le sue peripezie. Gavin voleva unirsi alla folla in festa. Voleva gettare le braccia al collo di Thea e congratularsi con un bacio, ma optò per la moderazione.

«È fantastico, Thea» disse, mantenendo le distanze. «Congratulazioni.»

«Quando cominciano le lezioni?» chiese Liv.

Thea controllò di nuovo l'e-mail. «Il 18 gennaio.»

«Vedrai che festa che facciamo stasera» disse Liv, abbracciandola da dietro.

Sul momento Gavin si infuriò, ma fece di tutto per trattenersi. Le due sorelle avevano già stabilito che quella sera avrebbero aiutato l'amica di Liv in caffetteria. Loro avrebbero festeggiato insieme un'altra sera, da soli.

Thea alzò lo sguardo e arrossì incontrando quello di lui. Non doveva essere così bravo a nascondere quello che pensava. «Devo andare a vestirmi» disse poi lei.

Gavin ripulì le tazze delle bambine e le aiutò a scendere dagli sgabelli. Poi andò verso la lavagna, prese un pennarello cancellabile e tracciò un cerchio sul calendario di gennaio attorno al numero 18.

«Io ci andrei piano coi progetti a lungo termine, Gavin» disse Liv, arrivandogli alle spalle «Il tuo calendario finisce a Natale.»

Non se lui fosse riuscito a evitarlo.

La sera prima aveva segnato un punto di svolta per loro. Lo sentiva. Lei gli aveva rivelato cose che non gli aveva mai detto prima. Ci aveva ballato. Lo aveva baciato.

Gli altri avevano ragione: doveva avere pazienza. Ma anche Liv aveva ragione. Il calendario non remava certo a suo favore, e questa novità dell'ammissione alla Vanderbilt era un colpo di scena che doveva ancora elaborare.

Ora si cominciava a fare sul serio.

Gavin si precipitò a mandare un messaggio ai ragazzi. "Riunione urgente stasera. A casa mia."

Dopo aver lasciato le bambine all'asilo, Thea si affrettò a rincasare per fare una doccia e vestirsi. Grazie al cielo, Gavin era uscito per gli allenamenti mattutini. Non avrebbe retto una conversazione a quattr'occhi con lui. Non dopo il modo in cui l'aveva guardata quella mattina. Non dopo quel dolce bacio e tutte le implicazioni del caso.

Liv aveva ragione: stava capitolando. Si comincia con un paio di bacetti e una serata galante e... Scosse la testa. L' e-mail della Vanderbilt era arrivata al momento giusto. Gavin aveva tessuto la sua tela di ragno tutt'intorno al suo cervello, ma quel contatto dalla Vandy era stato come una bella spolverata col panno della lucidità.

Aveva troppo da fare, tipo consegnare le scartoffie che le avevano richiesto nella stessa e-mail, iscriversi ai corsi, e passare in libreria. Avrebbe potuto rimandare gran parte di queste faccende, ma aspettava da quattro anni di poter tornare a studiare. Era stanca di aspettare.

Il campus della Vanderbilt era a mezz'ora di macchina da Franklin. Thea trovò un posto col parchimetro vicino all'edificio della segreteria, inserì una manciata di monete nella colonnina ed entrò. L'ufficio ammissioni era al terzo piano. Una segretaria con un paio di occhiali anni Sessanta la squadrò con aria dubbiosa quando lei le consegnò i fogli.

«Sa che può fare tutto online» disse la donna.

Thea scrollò le spalle. «Sì, ma volevo venire di persona.»

Le era mancato. Le era mancata l'atmosfera del campus. Le era mancata la ribellione creativa degli studenti di teatro e belle arti, il girovagare confuso di chi aveva passato la notte sui libri, l'atteggiamento sardonico dei professori arroganti. Thea non si era mai sentita più a suo agio in nessun posto come all'università.

Dopo essere passata dall'amministrazione, Thea si fiondò alla libreria del campus. Per capriccio, comprò un paio di magliette della Vanderbilt per le bambine.

Porca miseria. Le bambine. Prese il cellulare per controllare l'ora. Sarebbe arrivata tardi all'asilo. A meno che non fosse andato a prenderle Gavin.

Esitò, ma poi gli mandò un messaggio per chiedergli se fosse libero, perché lei sarebbe andata dritta alla caffetteria di Alexis. Gavin rispose che ci avrebbe pensato lui e le chiese come stava andando all'università. Lei ignorò la domanda e gli comunicò semplicemente che sarebbe tornata a casa per le dieci.

Prese un panino in un bar del campus e tornò alla macchina. Per arrivare da Alexis le ci vollero quaranta minuti, col traffico del pomeriggio. Parcheggiò alle spalle della caffetteria, dove trovò una porta socchiusa.

Thea fece capolino. «Si può?»

Visto che non rispose nessuno, entrò e ripeté la domanda. Di nuovo, nessuna risposta. La stanza era piena di pacchi e pile di roba avvolta nel pluriball, e pentole e padelle luccicanti pendevano da una fila di ganci posti al di sopra di una cucina nuova di zecca.

«Liv? Ci siete?» Schivando gli scatoloni, arrivò a una porta a battente verso quella che lei pensava fosse la caffetteria vera e propria. La spinse e...

«Sorpresa!»

Thea lanciò un urlo e si schiaffò una mano all'altezza del cuore. Liv e Alexis erano al centro della sala accanto all'unico tavolo libero da scatole e pile di piatti da mettere in ordine. Al loro posto, una bottiglia di champagne, tre calici e un biglietto enorme con la scritta CONGRATULAZIONI.

«Che state facendo?» disse Thea con una risata.

«Te l'ho detto che avremmo festeggiato!» disse Liv. «Sorpresa!»

Alexis sorrise. «Liv mi ha dato la bella notizia. È fantastico. E poi è il momento perfetto, a dirla tutta.»

Si scambiò un'occhiata con Liv.

Thea fece qualche passo avanti. «Il momento perfetto per...»

«Be'» disse Alexis, con voce strascicata, «ho delle pareti supervuote con un bisogno disperato di essere decorate. Pensavo che sarebbe stupendo poter esibire i pezzi originali di un'artista locale.»

Thea rimase immobile a fissarla. Liv alzò gli occhi al cielo: «Sta parlando di te, Thea».

«Vuoi appenderci i miei quadri?»

«Ti va? Vorrei far esporre artisti locali a rotazione, dargli uno spazio dove possono vendere le loro opere.»

Thea dovette quasi darsi un pizzicotto. Nel giro di ventiquattr'ore, era stata accettata all'università e le era stata offerta la possibilità di esporre i suoi lavori. Non credeva chissà quanto ai segni, ma quello aveva tutta l'aria di esserlo.

Diede un'occhiata in giro. «Allora, che facciamo prima?»

Liv si avvicinò e le passò un bicchiere di champagne. «Prima, brindiamo.»

Accettò volentieri.

Sua sorella alzò il calice: «Ai nuovi inizi».

Thea ne imitò il gesto: «Ai nuovi inizi».

Ma quando lo champagne le arrivò sulla lingua, le bollicine e quell'augurio le lasciarono l'amaro in bocca.

CAPITOLO DICIASSETTE

«Possiamo arrivare al punto, per favore?»

Gavin aprì una birra e sprofondò sul divano con tutta la dignità che un adulto con un boa di piume rosse al collo e corna di renna sulla testa poteva avere. Ava, Amelia e Jo-Jo avevano preteso che i grandi si travestissero per giocare con loro prima di andarsene in camera a guardare un cartone e lasciarli a "occuparsi del muro". Ma la scelta di *La Sirenetta* aveva scatenato un dibattito di sotto, e ora la situazione era del tutto fuori controllo.

«Deve letteralmente cambiare specie pur di stare con un uomo» disse Mack mentre agitava le mani per far asciugare le unghie. Ava gli aveva fatto mettere lo smalto rosso e verde, a tema natalizio. «Che razza di messaggio dà alle bambine?»

«È un cartone animato» brontolò Del, che lo difendeva perché era stato lui a suggerirlo.

«Del sottolinea un fattore rilevante che non dovremmo trascurare» disse Malcolm con tono pacifico. Quando parlava, i minuscoli campanellini che gli pendevano dalla barba tintinnavano allegri. «Non dovremmo pensare che donne e bambine non capiscano la differenza tra realtà e fantasia. Non ci preoccupa che gli uomini che leggono gialli e thriller poi debbano sforzarsi per non diventare degli assassini, quindi perché dobbiamo dare per scontato che una bambina non capisca che, solo perché l'ha visto in un cartone animato, non serve trasformarsi da sirena a umana per trovare l'amore?»

«Perché a volte è l'unico messaggio che viene dato alle bambine» ribatté Mack. «Non è solo in un cartone. È tipo in tutti i cartoni animati del cazzo.»

Tutti annuirono in silenzio. Il russo sollevò un fianco e scoreggiò.

«È vero» disse Malcolm. «Ma bisogna trovare un modo di produrre e consumare contenuti che esaltino la forza delle donne senza, al contempo, dubitare della loro capacità di distinguere tra la realtà e la finzione.»

«Tipo i romance» borbottò Gavin.

Mack si mise una mano sul cuore. «Il nostro piccolino sta crescendo.»

«Il nostro piccolino si sta arrabbiando» disse Gavin. «È tardi. Il tempo è quasi scaduto.»

Il russo si alzò con la faccia di uno a cui sta effettivamente scadendo il tempo. «Dov'è bagno?»

La stanza proruppe in un coro di «Nooo». Mack balzò in piedi e si diresse in cucina. «Non farlo avvicinare al tuo bagno, Gav» disse, aprendo il frigo come se fosse a casa sua. «Non riuscirai mai a sbarazzarti della puzza. Quel tizio ha un deposito di rifiuti tossici nel colon.»

«Ho problemi di digestione» fece il russo.

«Usa quello del seminterrato» brontolò Gavin. «E tu, leva quelle cazzo di mani dal frigo.»

Mack si voltò reggendo un contenitore da asporto. Rimosse il coperchio con la punta delle dita per evitare le sbavature allo smalto. «Che cos'è?»

«Non lo so.»

«Posso mangiarlo?»

Gavin fece spallucce. «Sì, come ti pare. Cominciamo, per favore?»

Ognuno di loro era arrivato con un sacchetto pieno di libri per lui che aveva buttato sul pavimento senza tante cerimonie. Gavin raccolse il primo che gli capitò sotto gli occhi: copertina scura e un uomo a petto nudo con in mano una pistola. «Che cazzo è?»

«Suspence romantica» disse Del.

«Suspence romantica?» ripeté con tono scettico.

«Sì, insomma...» Mack alzò il pugno e guardando con fare drammatico il soffitto disse: «Questo tizio ci arriverà mai a scopare? La storia della tua vita, no?».

Gavin lanciò di nuovo il libro nel mucchio. «Sono serio» ringhiò. «Ieri sera abbiamo fatto parecchi progressi, ma stamattina, quando ha scoperto di essere stata ammessa alla Vanderbilt, era strana.»

«Raccontaci» disse Malcolm.

Gavin riassunse i momenti salienti della loro uscita e della mattina successiva.

«Sei nel temutissimo bel mezzo della storia, caro mio» disse Del. «Per un po' ti sembrerà di fare un passo avanti e due indietro, come nel libro. Ti ricordi quando Irena finalmente si apre con Benedict e gli rivela di sua sorella e di come volevano scappare in America?»

Gavin annuì.

«Be', quando lui se ne va, lei si sente vulnerabile, e pure un po' incazzata.»

Si coprì le orecchie: «Spoiler! Non ci sono ancora arrivato».

«Il fatto che Thea si sia aperta un pochino con te riguardo suo padre è un buon segno, ma è un progresso che le fa anche paura» disse Malcolm. «L'hai fatta parlare di cose che le fanno male. Prima di cantare, il loro punto G è sensibilissimo.»

«Vi do un milione di dollari ciascuno se la smettete di dire "punto G"» sbottò Gavin.

«Ieri sera hai abbattuto i suoi muri. E ora lei si sentirà fragile, vulnerabile.»

«Sì, be', mi ci sento anch'io» ammise Gavin a bassa voce.

Tutta la stanza si immobilizzò.

«Continua» disse Mack. «Ora arriva il bello.»

Malcolm si abbandonò sullo schienale. «Gavin, passiamo un sacco di tempo a parlare delle sue paure, delle sue resistenze. Ma tu di cosa hai paura?»

«Di perderla.»

«Cazzate» disse Del.

Gavin lo fulminò con lo sguardo. «Scusami?»

«Cazzate superficiali» gli rispose. «Certo, hai paura di perderla. È ovvio. Ma se pensi che ti basti solo riconquistarla per essere felice, ti sbagli. Se è così, meglio che te ne tiri fuori subito.»

«Io non...» Gli si paralizzò la bocca per un momento. «Potresti smetterla di fare l'enigmatico, e magari mi spieghi qualcosa?»

«Del sta cercando di dirti» intervenne Malcolm «che lei non può essere l'unica a rivelare segreti spaventosi. Tu l'hai fatto? Ti sei veramente aperto con lei?»

«Io non... N-non lo so.» Gli cominciarono a sudare le ascelle.

«Allora puoi iniziare aprendoti con noi» disse Del. «Qual è la cosa che secondo te non sarai mai e poi mai capace di fare? Cosa ti spaventa di più al mondo? Di che cosa non vuoi assolutamente parlare?»

Lo fissavano tutti con insistenza.

No. Non poteva dirglielo. Quello no.

Scosse la testa.

Malcolm sospirò con una frustrazione inusuale per uno che era il maestro zen del book club. «Gavin, non possiamo aiutarti se tu non intendi aiutare te stesso.»

«Non capite. È una cosa privata.»

Del ringhiò e si alzò in piedi. «Non posso sprecare altro tempo con te se non vuoi...»

«Thea fingeva.»

Porca troia. Porcaccia troia. L'aveva detto ad alta voce. Era pronto a sorbirsi le risate, le battute, il finimondo.

Ma non accadde nulla di tutto ciò. Alzò gli occhi e non vide altro che facce piene di comprensione.

«Cosa fingeva? Gli orgasmi?» chiese Mack.

«No, genio. L'atterraggio sulla luna.»

«Wow. Bella merda» disse Del. «Mi dispiace.»

«Fingeva sempre?» gli domandò Malcolm. «O solo qualche volta?»

«Sempre.» Sentì l'amaro in bocca. «Per quel che ne so, mia moglie ha avuto un solo orgasmo in tutto il nostro matrimonio.»

Mack imprecò sottovoce. «Cazzo. Mi dispiace. E io a fare battute sul sesso e via dicendo... Non lo sapevo. Sono un coglione.»

Furono delle scuse sorprendentemente sincere. «Non potevi saperlo.»

Del tossì con discrezione. «Quindi, suppongo che ti sia accorto che fingeva perché...?»

Gavin avvertì una sensazione di calore al collo. «Perché una sera non ha finto, ed è stato evidente.»

«Non capisco» disse Mack. «Ti ha cacciato perché finalmente le hai fatto provare un orgasmo?»

Si infuriò per quel "finalmente". «No. Mi ha cacciato perché non ho reagito bene quando ho scoperto la verità.»

«Cioè?» indagò Del.

«Cioè me ne sono andato nella camera degli ospiti e non le ho più parlato.»

A quel punto la stanza esplose come si aspettava lui. Saltarono tutti in piedi. Del si mise a camminare su e giù sferrandosi pugni sul palmo di una mano. Malcolm si strofinò la barba tintinnante e intonò una cantilena da monaco. Mack si infilava in bocca forchettate di noodles integrali con gesti furiosi, alternando la masticazione con un indice che puntava, in un rabbioso silenzio, in direzione di Gavin.

«Razza di coglione!» disse Del, alla fine.

«Lo so che non l'ho gestita bene» rispose Gavin, difendendosi istintivamente. «Ho provato a scusarmi quando sono venuto a casa dopo che lei ha chiesto il divorzio.»

«Gavin, sono tante le cose per cui devi scusarti» disse Malcolm. «Le donne non fingono gli orgasmi, a meno che non debbano fingere anche altro.»

Cristo. Di nuovo quei cazzo di enigmi. «Ditemi... Ditemi solo c-cosa devo fare.»

«Devi smetterla di concentrarti solo sugli orgasmi finti e cominciare a chiederti come cazzo hai fatto a non accorgertene.»

Le parole di Malcolm lo colpirono come un pugno nello stomaco.

«Già» disse Mack, asciugandosi con l'avambraccio le labbra unte. «E perché non hai avuto le palle di parlarci quando l'hai scoperto.»

«E poi devi guardare in faccia la realtà» disse Del. «Magari non sarà stata sincera in fatto di orgasmi, ma tu quanto sei stato sincero con Thea? Puoi ancora cambiare le cose, ma solo se ti prendi lo stesso rischio emotivo che stai chiedendo a lei.»

«Thea sta andando avanti senza di te» disse Malcolm. «Ha progetti, obiettivi. Sta tornando all'università, e di te non ha bisogno. A meno che tu non le dia una ragione per credere che...»

All'improvviso un bagliore giallo attraversò le tende e li gettò in un silenzio stupefatto. Pronunciarono un corale «Oh cazzo» e andarono in agitazione.

«Avevi detto che sarebbe rimasta fuori fino alle dieci» strillò Del.

«Aveva detto così!» Gavin guardò il pavimento. «I libri. Nascondete quei cazzo di libri.»

Si buttò a terra insieme a Mack, e i due cominciarono a impilare i tascabili l'uno sull'altro.

Videro i fari spegnersi. «Sotto il divano» sibilò Gavin.

«Ho lo smalto ancora fresco» si lagnò Mack.

Gavin lo fulminò con gli occhi e si mise a infilare libri sotto al divano. Sentiva i passi di Thea sul portico.

«Mettetene qualcuno sotto i cuscini» sussurrò Del.

Il russo scoreggiò e si posò una mano sullo stomaco. «Mi serve di nuovo bagno.» Corse nel seminterrato.

La porta si spalancò. Gavin gettò una coperta sugli ultimi libri rimasti e diede una spinta a Mack perché ci si sedesse sopra.

Thea entrò seguita da Liv, e tutti rimasero immobili.

«Ehi. Ciao» disse Gavin schiarendosi la voce.

Thea si guardò intorno stranita. «Ehm…?»

Lui si ricordò dei travestimenti. «Ah, ecco, le bambine v-v-volevano giocare.»

«Capisco.» Diede un'altra occhiata alla stanza. «E dove sono le bambine?»

«Di sopra a dormire.»

«Capisco.»

Mack sbucò dallo schienale del divano e si soffiò sulle unghie. «Ciao, Thea. Congratulazioni per l'ammissione.»

Liv entrò nella stanza e notò immediatamente il contenitore dei noodles. «Chi ha mangiato i miei noodles?»

Gavin indicò Mack.

Che era rimasto stranamente immobile. Fissava Liv con gli occhi spalancati. Cioè, proprio spalancati. «Ciao» fece lui con un tono da idiota. «Sono… sono Braden.»

Liv gli lanciò un'occhiata che avrebbe incendiato un bosco, e poi si diresse a passo pesante verso la cucina. Si lasciò dietro un silenzio innaturale, incredulo, come quello che segue un invasore di campo nudo.

Una donna aveva appena piantato in asso Quel-cazzo-di-Braden-Mack.

«Non avrei mai pensato di vedere una cosa simile» disse Malcolm con la sua pacata voce baritonale.

«Mi sento come se avessimo appena assistito all'apparizione di Gesù Cristo su una fetta di pane» disse Del.

Liv aprì il frigo. «Oh mio Dio! Vi siete mangiati pure gli avanzi della pizza?»

Si precipitò verso il seminterrato.

«Liv, forse è meglio se aspetti...»

L'avvertimento di Gavin fu interrotto dal rumore della porta che sbatteva, ma dopo non più di dieci secondi, Liv lanciò un urlo. Il rumore dei suoi passi rimbombava su per gli scalini mentre lei risaliva al piano di sopra.

Aprì la porta. Si precipitò in salone in preda ai conati e strillò: «Io. Odio. Gli uomini!».

Gavin fece un cenno verso l'ingresso. «È ora di andare, ragazzi.»

CAPITOLO DICIOTTO

Gavin trattenne il fiato per venti minuti, ed espirò solo quando i ragazzi si furono sparpagliati, le donne ritirate nelle loro rispettive stanze, e lui ebbe finalmente il tempo di recuperare i libri nascosti. Li infilò in due sacchetti della spesa che rinchiuse nell'armadio della camera degli ospiti. Poi si abbandonò sul materasso e si strofinò gli occhi coi palmi delle mani.

C'era mancato poco.

I suoni della routine serale di Thea lo attirarono verso la porta della camera di lei. L'acqua che scrosciava nel lavandino mentre si lavava la faccia. Il delicato strofinare dello spazzolino sui suoi denti. L'aprirsi del cassetto per prendere il pigiama.

"Guarda in faccia la realtà" aveva detto Del uscendo, con Jo-Jo che dormiva appoggiata sulla sua spalla.

Gavin bussò.

«Avanti» rispose Thea un momento dopo.

Stava prendendo il pigiama dalla cassettiera. Il cuore di Gavin pulsava di tensione e desiderio.

«Come, ehm, com'è andata oggi?» le chiese, indugiando sulla porta.

«Intendi alla Vanderbilt o alla caffetteria?»

«Tutt'e due.»

Scrollò le spalle. «Bene.»

Eccola lì. Stava di nuovo prendendo le distanze. "Prendersi un rischio emotivo." «Pensavo di accendere il fuoco fuori. V-vuoi venirci con me?»

Thea lanciò un'occhiata al letto e poi lo guardò. «Ehm...»

«Potremmo leggere lì.»

«O-okay» rispose alla fine.

Gavin uscì per primo e accese il fuoco. Poi distese una coperta sul divano del patio, aprì due birre e aspettò la moglie. Lei uscì un paio di minuti dopo con addosso la felpa di lui, un paio di leggings e calzini di pile. Si era tirata su i capelli. Teneva il loro libro stretto tra le mani.

«Ciao» disse Gavin, rimasto senza parole.

Thea si fermò a pochi passi di distanza. «Ciao.»

«Ancora non riscalda tantissimo, ma ho portato una coperta.»

«Va bene.» Thea diede uno sguardo al divano, lo fissò per un momento, poi riportò gli occhi sul marito. Quell'espressione gli mandò una scossa elettrica nelle parti del corpo più impazienti.

Lei lo guardò piena di desiderio. Palese e inequivocabile. Gonfiava e sgonfiava il petto respirando a fatica. Abbassò gli occhi e si concentrò sulla bocca di lui. Gavin sentì il corpo diventare caldo e rigido. Rigido da far male.

Quindi si schiarì la voce e riuscì a stento a pronunciare qualche parola. «Così mi ammazzi, Thea.»

Lei strabuzzò gli occhi. «Cosa?»

«O la smetti di guardarmi così o mi dai un bacio, ma devi f-fare tu, perché io n-non voglio rovinare tutto.»

Lei lo guardò incredula, poi finse una risata e scosse la testa. «Non fare lo scemo.»

Gavin cercò di mascherare la sua delusione e attese che Thea si accomodasse per prima. Poi si sedette sul divano accanto a lei. Automaticamente, come se l'avessero fatto altre cento volte, si girò in modo da appoggiare la schiena contro il bracciolo e farla distendere sul suo petto. Thea si coprì le gambe con la coperta, e lui le strinse un braccio attorno al busto e la tirò a sé. «Stai comoda così?»

Annuì con un verso nasale e gli posò la nuca sulla spalla. Rimasero in silenzio a guardare il fuoco, abituandosi a poco a poco a qualsiasi cosa fosse, a qualsiasi cosa avesse avuto inizio la sera prima.

«Sento i tuoi pensieri» le disse.

Lei rispose tacendo. Gavin trattenne un sospiro. Fare l'offeso non sarebbe servito a niente. Provò una tattica diversa. «Avremmo dovuto farlo più spesso, prima» disse sottovoce.

«Sembrava che non ce ne fosse mai il tempo.»

"Guarda in faccia la realtà." «E invece c'era, il tempo. Avrei potuto trovarlo.»

Lei trattenne il fiato.

«Ho messo il baseball al primo posto. Ora lo so. Mi sono perso ogni cosa. I primi passi delle bambine, le loro prime parole, il viaggio al pronto soccorso quando sono state male. Trovavo una giustificazione nel fatto che la mia carriera fosse importante, ma oggi rinuncerei a tutto se servisse a salvare noi due.»

Thea sollevò lentamente la schiena e si voltò a guardarlo, probabilmente per verificare se fosse sincero o meno.

Non lasciò trasparire alcun giudizio, ma di certo Gavin non era preparato a quello che lei gli disse subito dopo. «Ti ricordi quando mi hai chiesto che reazione avesse avuto mia madre al nuovo matrimonio di mio padre?»

«Sì.»

«La verità è che non lo so. Non le parlo da prima di Pasqua.»

Non aveva idea di dove stesse andando a parare, ma sembrava importante. «Perché?»

«Sarebbe contenta di sapere che io e te abbiamo dei problemi.»

Lui s'irrigidì. «Contenta?»

«Quando sono rimasta incinta, mi ha accusata di averlo fatto apposta. Per... lo sai.»

Santo cielo. «Per incastrarmi?»

«Sì.» Era una parola che pesava quanto un dizionario intero, e faceva male.

«Gesù, Thea.» All'improvviso, realtà e finzione si fusero insieme.

«Mi ha detto che non c'era dubbio che fossi sua figlia.» Le scappò una risata triste. «Perché quando era rimasta incinta di me, l'aveva fatto di proposito.»

«Te l'ha detto lei?»

«Lo avevo sempre sospettato, o per lo meno che non fossi nei loro piani. Mio padre mi chiamava...» Si interruppe di nuovo. Gavin la strinse piano finché lei non ricominciò. «Mi chiamava Guaio.»

La mano di Gavin strinse forte il bracciolo.

«Da bambina pensavo che fosse perché da piccola ero turbolenta. Poi ho scoperto il significato più preciso.»

«Quanti anni avevi quando l'hai capito?»

«Nove.»

Gavin serrò tanto la mandibola da incrinarsi un molare. «Thea, permettimi di chiamarlo, questo pezzo di merda.» O, ancora meglio, le avrebbe chiesto il permesso per guidare fino a casa di quello stronzo e spaccargli la faccia con un pugno.

«Non ne vale la pena.»

«Tu sì.»

Lei gli studiò di nuovo il viso, alla ricerca dei segni di una qualche menzogna.

«La cosa che ti ha detto tua mamma... È per questo che mi evitavi dopo aver scoperto della gravidanza? Perché avevi paura che avrei pensato che volessi incastrarmi?»

«In parte» disse lei scrollando le spalle. «E in parte perché ero semplicemente terrorizzata. Ero giovane. Eravamo giovani tutti e due.»

Gavin le fece scivolare una mano tra i capelli e la fermò all'altezza della nuca. Per una volta, non doveva chiedersi "Che cosa farebbe Lord Benedict?" per decidere come comportarsi. «Il fatto che tu sia rimasta incinta è stata la cosa migliore che mi sia mai capitata. E non solo perché non riesco a immaginare la mia vita senza le bambine, ma perché non riesco a immaginare la mia vita senza te.»

Il viso di Thea divenne un campo di battaglia, e lui era del tutto consapevole della guerra che si stava consumando dentro di lei. Una voglia disperata di credergli era in lotta col cinismo che la vita le aveva insegnato. Bellissime parole. Non per forza sincere, però. Thea aveva paura di attraversare quel ponte in rovina, perché sapeva cosa avrebbe trovato dall'altra parte. Incertezza, passione e gioia, di quelle che svaniscono. Di quelle che feriscono.

"L'amore non basta."

«Thea, se c'è qualcuno che è stato incastrato, quella sei tu. Ti ho incastrata io.»

Lei schiuse le labbra ancora una volta, sospirando piano. «Cosa?»

«Ti ho chiesto di sposarmi m-mentre avevi paura. Mentre eri vulnerabile. Avrei dovuto solo farti capire che non intendevo andare da nessuna parte e farti abituare all'idea prima di proporti il matrimonio.»

Thea sollevò il sopracciglio destro con aria sarcastica. «Avrei potuto rifiutare. Non ero mica inerme.»

«Ma non avevi idea di quello che ti si prospettava davanti. Io sapevo come sarebbe stato essere sposata con un giocatore della Major League di baseball, tu no. Non hai mai avuto il tempo di abituartici, di adattarti.»

Il tempo si fermò, e Gavin osservò con attenzione i movimenti di ogni muscolo di lei. Il modo in cui Thea serrò la mandibola quando deglutì. Il modo in cui i suoi occhi s'incamminarono fino alle labbra di lui. Il modo in cui risucchiò l'angolo del labbro inferiore per stringerlo tra i denti.

E finalmente, Dio grazie, finalmente, il modo in cui si allungò con una mano che, incerta, gli premette sul petto.

Alzò il viso per incontrare quello di Gavin. L'espressione di Thea era chiarissima come la sera precedente, ma c'era anche qualcosa di diverso. La sera prima, era stata sopraffatta. Stavolta, lo guardava con voglia. Con desiderio.

Gavin avanzò con la testa e premette le labbra sulle sue.

. . .

Thea si abbandonò a lui, con la bocca aperta e smaniosa. Gavin la avvolse con entrambe le braccia e la trascinò finché non gli si sedette sulle ginocchia. Il trambusto del sangue che le pulsava nelle vene sovrastava ogni cosa eccetto il suono del proprio respiro tremante.

Ecco perché aveva esitato ad andare lì fuori con lui. Ecco perché durante la giornata aveva avuto bisogno di spazio. Ecco cosa lo rendeva pericoloso. Tra le sue braccia, Thea era priva di volontà, specialmente dopo le cose meravigliose che le aveva appena detto.

Oh, perché mai avevano smesso di baciarsi in quel modo? Quando avevano smesso? E perché non riusciva a fermarsi adesso? Ogni secondo che passava, diventava sempre più difficile preservare le barriere che aveva costruito per tenerlo a distanza, ma chi voleva prendere in giro? Si erano frantumate in minuscole particelle di polvere inutile nel momento in cui si era tolta quella benda e si era resa conto che, per la loro uscita insieme, l'aveva portata in un negozio di forniture d'arte. Quando il piacere cominciò a pizzicarla e a fare avanti e indietro passandole da una parte del corpo all'altra, riuscì a malapena a ricordare il motivo per cui quelle barriere le erano servite.

«Dio, Thea» mormorò, baciandola sotto la mandibola lungo una linea dritta fino al collo. Lei inclinò il capo e lo lasciò fare. Con le mani le risalì dalla vita fin dentro la felpa, sfiorandola col pollice sotto il seno. «Posso toccarti?»

Thea annuì, percorsa da un brivido. Con le dita le spostò il pizzo del reggiseno e le accarezzò il capezzolo già turgido. Lei non riuscì a soffocare la reazione. Interruppe quel bacio e abbandonò la testa all'indietro con un verso gutturale. La bocca di Gavin trovò nuova dimora sulla gola di Thea che pulsava delicatamente, mentre le sue dita le ordivano un incantesimo sul seno gonfio e indolenzito, giocherellando, accarezzando in cerchio e pizzicando la punta dura del capezzolo. Per tutto il tempo, la lingua di Gavin entrò e uscì dalla bocca di Thea a un ritmo sensuale.

Thea si tirò su con la schiena e si sfilò la felpa. Delicatamente, ma con una certa foga, Gavin infilò un indice sotto ciascuna bretella del reggiseno per fargliele scivolare sulle spalle. Thea, con i seni finalmente liberi da quella morsa, allungò le braccia dietro la schiena per sganciare la fibbia. Quando le mani di Gavin le si posarono sulla pelle, fu presa da un'ondata di gelo, seguita immediatamente da una vampata di calore.

Thea gemette e portò le dita su quelle del marito. Le labbra di Gavin si impossessarono delle sue, e con la lingua le prese la bocca mentre la stringeva come impastandola, pizzicandole il capezzolo duro.

All'improvviso Butter abbaiò e si alzò sulle quattro zampe per inseguire qualcosa.

Thea sussultò. Quell'interruzione fu come una sberla di buonsenso in piena faccia. Scese dalle ginocchia di Gavin e si coprì i seni con un braccio. «Oh mio Dio. Che stiamo facendo?»

Gavin, a disagio, si spostò. «Ci baciamo.»

«Non ci baciavamo così da parecchio.» Thea cercò di riprendere fiato rimettendosi la felpa.

«Forse avremmo dovuto» sussurrò Gavin, affannato. Girò la testa e abbassò gli occhi verso di lei, con uno sguardo spaventoso e altrettanto emozionante.

«È meglio che vada a letto» disse lei.

«Vengo con te.»

«No.» Thea scosse la testa e si mise in piedi. «Ho... ho bisogno di un po' di tempo.»

Anche Gavin si alzò e le bloccò il passaggio. «Guardami.»

Lo fece, ma di malavoglia. Gli occhi di lui penetrarono i suoi e le posero domande che non potevano essere pronunciate a parole. «Se per te stiamo andando troppo in fretta, possiamo rallentare. Lo detti tu il ritmo, Thea. Te lo giuro. Non intendo farti pressioni.»

Dinnanzi al silenzio della moglie, abbassò la fronte e la appoggiò alla sua. «Parlami, Thea. Per favore.»

«Ho paura, Gavin.» Le parole le vennero fuori prima che potesse rendersi conto delle conseguenze di quella rivelazione.

Ma la risposta di lui fu altrettanto rivelatrice. «Anch'io.»

Alla corte della contessa

Oh, avrebbe potuto passarci giorni interi lì dentro, pensò Irena addentrandosi tra gli imponenti scaffali della biblioteca. Benedict era via da dieci giorni. Dieci giorni senza una parola da parte sua o da nessun altro su quanto stava accadendo a Ebberfield.

E per Irena l'unica cosa più irritante della mancanza di spiegazioni da parte del marito era la sensazione di smarrimento che provava per la sua lunga assenza.

Aveva preso l'abitudine di esplorare la biblioteca di notte per evitare di impazzire.

«Cerchi qualcosa?»

Colta di sorpresa, Irena si voltò nel buio. Dall'altra parte della stanza, Benedict era disteso su un divanetto come un gatto pelandrone. Alzò la mano per rivolgerle un saluto informale che rivelava la confidenza tra i due. I suoi piedi, coperti dai calzini, penzolavano dal bracciolo, e le spalle poggiavano completamente sul cuscino dietro di lui. Si era tolto giacca e cravatta, lasciando così la pelle del collo alla portata dello sguardo di lei.

«Sei a casa» disse Irena col massimo della calma che si può pretendere da chi ha il cuore che batte all'impazzata.

«Già» disse lui, con voce bassa e stanca.

«Non ti ho sentito arrivare.» "E perché diavolo non me l'hai detto?"

«Non volevo svegliarti.»

Irena affondò i piedi nudi nel tappeto. «Che ci fai qui?»

«Forse la stessa cosa che ci fai tu.»

«Cerchi libri sulla meccanica delle bighe degli antichi romani?»

«No, per fortuna.»

«E allora cosa?»

«Sfuggo alla tentazione di varcare la soglia che separa le nostre stanze.»

«No. Non è certamente la stessa cosa, allora.»

Lui si batté la mano sul petto in modo tutt'altro che elegante. «Così mi ferisci, mia cara.»

Un sorriso le comparve sulle labbra malgrado tutti gli sforzi di mantenere un'apparente indignazione sentenziosa, che Benedict meritava eccome. «Non sapevo neanche che fossi tornato, Benedict.»

«E ora che lo sai, cosa credi che dovremmo farcene di questo tempo rubato immersi nel buio?» Il tono della sua voce aveva un che di scherzoso, però c'era anche qualcosa di cupo nelle sue parole, come se fosse arrabbiato con lei. Ma che ragioni aveva per esserlo? Era stato lui a sparire per giorni.

«Suggerisco di cercare il mio libro.»

Con un gesto aggraziato e fluido, Benedict raddrizzò la schiena e si alzò dal sofà. «Certo. Perché cos'altro fanno al buio marito e moglie?»

Irena ignorò la provocazione.

Benedict fece scivolare la scala sul binario che percorreva l'intera sala, e si fermò una volta raggiunta una sezione che sembrava appropriata per nascondere i libri che non interessavano a nessuno. E che di solito coincidevano con quelli che Irena voleva leggere più di tutti. Salì diversi pioli della scala e si voltò allungando un braccio.

«Candela?»

Irena gliela passò e attese pazientemente, mentre lui inclinava il capo per leggere i titoli sul dorso dei tomi. Dopo un attimo, ne afferrò uno. Le restituì la candela e ridiscese la scala. Si girò e le passò un libricino. «Questo andrà bene?»

Strabuzzò gli occhi sorpresa alla vista di quel titolo: «*Ingegneria nell'antica Roma*. Immagino sia esattamente ciò che stavo cercando».

«Ottimo. Allora dovrei accendere il fuoco, così potrai leggere per me finché non cadrò in un sonno profondo e potrò dimenticare gli ultimi dieci giorni.»

Le si irrigidì la spina dorsale. «Dimenticare gli ultimi dieci giorni? Sei sparito senza dire una parola vietandomi di seguirti, e pensi che me ne starò qui a leggere per te finché non ti addormenti?»

Benedict si passò una mano sulla faccia stanca. «Irena, ti prego.»

«È tardi, milord. Siete evidentemente esausto. Credo sia meglio tornare nelle nostre camere.»

Benedict si allungò e la afferrò per un gomito. «Non ho alcuna voglia di trascorrere un'altra notte da solo nelle mie stanze vuote, Irena. Non stasera. Ti prego. Ho solo bisogno di sentire la tua voce per un poco.»

Quella placida supplica mandò a monte la decisione di lei. «Cos'è successo a Ebberfield, Benedict? Come sta Rosendale?»

Benedict deglutì a fatica ma non disse nulla.

Irena si liberò dalla sua presa. «Milord, mi avete chiesto più e più volte di fidarmi di voi. Eppure non fate altro che negarmi fiducia. Finché non sarete voi a darmela, non potremo mai ricominciare daccapo.»

Si strinse il libro al petto e si mosse in direzione della porta. Riuscì a fare meno di dieci passi prima che lui ricominciasse a parlare.

«Se n'è andato. Ha resistito per giorni, ma le ferite erano troppo gravi. Non c'era più nulla da fare.»

Irena si voltò. Sotto la luce fioca della candela, i tratti di Benedict tracciavano un'ombra tremula che non aveva nulla a che vedere con lo sfavillare della fiamma.

«Oh, Benedict. Mi dispiace.» Irena tornò verso di lui. «Eravate amici?»

«Lo conoscevo da tutta la vita.»

Lo pregò con gli occhi di dirle di più, e per un momento pensò, delusa, che non l'avrebbe fatto. Ma fu un momento passeggero. «Mi ha cresciuto» disse.

«Cosa vuol dire?»

Benedict si diresse verso il camino e prese a fissare il fuoco. «Per me è stato un padre più del mio vero padre.»

«Perché?»

Si strinse nelle spalle. «Per mio padre, io ero il suo erede. Solo questo contava. Una volta non l'ho visto per due anni di fila. Dopo tutto quel tempo, nemmeno mi riconosceva.»

Irena sospirò. «Oh, Benedict.»

Lui si voltò. «Rosendale non aveva figli. Lui e sua moglie non potevano averne. Casa loro divenne anche casa mia.» Sul suo volto comparve il fantasma di un sorriso, come se li stesse vedendo. «Mi portava sempre con sé. Tutto ciò che so su come si amministra una tenuta l'ho imparato da lui. Ed Elizabeth, sua moglie, ci accoglieva sempre alla fine della giornata con un dolce o un bel piatto di stufato.»

«Tua madre non si chiedeva dove fossi per tutto quel tempo?»

«Mia madre per la maggior parte del tempo abitava altrove. Trascorreva l'intera stagione a Londra e passava l'estate nella nostra tenuta in Scozia. La vedevo solo per le feste.»

«Benedict, è orribile.» Gli si avvicinò. «I tuoi genitori ti hanno abbandonato» gli disse, fermandosi a qualche centimetro da lui. «È imperdonabile.»

«Stavo meglio senza di loro. Era piuttosto spiacevole viverci insieme quando condividevano la stessa casa.»

«Perché? Capisco che è raro che gli aristocratici si sposino per amore, ma i più stabiliscono per lo meno una pacifica convivenza. I miei genitori erano persino felici.»

«Forse i miei erano meno socievoli.» Lo disse con un sorriso, ma la sua mandibola serrata le diceva che gli dispiaceva più di quel che voleva farle credere.

Irena alzò una mano, esitò per un secondo, e poi gliela posò sulla guancia. Avvertì la barba incolta che graffiava sotto le dita, ma la sua pelle era calda e morbida. Gemendo a bassa voce, Benedict chiuse gli occhi e affondò il viso nella mano di lei, come un fiore che si volge al sole.

«Mi sei mancata tanto, Irena» le disse.

«Mi sei mancato anche tu» ammise lei.

Gemette di nuovo, e abbassò la fronte premendola su quella della moglie. «Sono nelle tue mani, Irena. Dal momento in cui ti ho vista per la prima volta, sono un uomo a metà, perché l'altra appartiene a te. Metti fine alla mia agonia, mia amata. Ti imploro. Baciami. Lascia che ti stringa. Ti prego.»

Non gli avrebbe mai negato la consolazione di cui aveva bisogno, così come non avrebbe negato il cibo a un affamato. Premette le labbra sulle sue. Prima con dolcezza, poi più intensamente. Con un nuovo gemito, Benedict prese subito le redini. Le strappò il libro dalle mani e lo lasciò cadere. Poi la portò giù, fino a farla stendere sul pavimento. Le sfiorò la pelle calda con la bocca che, stuzzicante e provocatoria, le tracciò un cammino erotico dal mento alla gola fino alle curve del seno rotondo. La mano che le fece scivolare sul fianco tirò su l'abito e le scoprì le gambe, e poi ancora finché con le dita non le accarezzò la pelle sotto al seno.

Per l'urgenza di essere toccata, Irena inarcò la schiena protendendosi verso di lui. Una fervida supplica le torceva le labbra, ma cosa stesse supplicando non le era chiaro.

«Amore mio» sussurrò Benedict. «Posso toccarti?»

«Sì» gemette lei. «Sì.»

CAPITOLO DICIANNOVE

«Come sta venendo, Thea?»

Thea lasciò cadere il pennello e si voltò di scatto, paonazza. «Cosa?»

Erano passati nove giorni, ed erano al caffè di Alexis. Thea stava dipingendo il logo del locale sulla parete di mattoni grezzi dietro al bancone della pasticceria. E mica gratis. La pagavano. Il suo primo vero ingaggio da artista.

Liv sbatté sul tavolino più vicino a lei il grosso vaso che stava trasportando e incrociò le braccia. «Va bene, basta. Si può sapere che hai?»

«Di che parli?»

«Sei distratta, nervosa. Mi stai evitando da una settimana, e da quando siamo venute qui mi hai rivolto a malapena la parola. Sembra che qualcosa ti irriti.»

«È tutto a posto» le mentì Thea. Che effettivamente la stava evitando. Inutile negarlo. Ma il motivo era proprio quello. Sua sorella riusciva sempre a leggerle dentro, e aveva già parecchio a cui pensare anche senza il sarcasmo di Liv. Quello che era successo tra lei e Gavin la sera davanti al fuoco non era roba da poco, e tra loro era cambiato qualcosa da allora. Erano sempre più vicini al passo finale, ma si fermavano ogni volta.

L'indomani però ci sarebbe stata la festa di Natale della squadra. Lei avrebbe passato la notte da sola in un hotel con lui. Ed entrambi sapevano cosa significava.

Ironia della sorte, Liv un tempo era l'unica persona a cui avrebbe detto la verità. Ora invece stava di nuovo mentendo. E proprio a Liv.

All'improvviso la sentì ridere alle sue spalle. Non era un "ah-ah" allegro e divertito, ma piuttosto una risata tipo "ommioddio", come se all'improvviso avesse capito una barzelletta sentita ore prima. «Porca vacca» disse sarcastica.

Thea la guardò con la coda dell'occhio. «Che c'è?»

«Non ci credo. Non ho colto i segnali, però porca vacca.» Rise di nuovo.

«Intendi condividere con me questa tua piccola epifania?»

«Certo» disse Liv con una smorfia, incrociando le braccia. «Sei arrapata.»

Thea sentì una vampata di calore che le risaliva lungo il collo. «Ma finiscila.»

La porta della cucina si spalancò e comparve Alexis. Un gatto chiamato Bel Manzo le stava alle calcagna. «Chi è che è arrapato?»

«Oh mio Dio, nessuno.» Thea tornò al murale.

«Ammettilo, è vero. Lo so che viene a trovarti tutte le notti nelle tue stanze...» Pronunciò le ultime tre parole con un orribile accento britannico. «Comincia a piacerti. E se sei così arrapata tu, pensa a quanto lo sarà lui. Ben gli sta. Sarà praticamente un animale. Scommetto che le lenzuola nella camera degli ospiti saranno rigide quanto il suo coso.»

«Che schifo, Liv!» disse Thea, strozzandosi.

Liv improvvisò un balletto, canticchiando: «Sei arrapata. Sei arrapata. Ammetti che sei arrapata».

Thea infilò il pennello nel vaso e si voltò di scatto. «Va bene. Sono arrapata. Ma come posso non esserlo? L'hai visto mio marito? È come vivere con un calendario dei pompieri ambulante. Di quelli con le foto a petto nudo. Ogni giorno, un mese diverso: a petto nudo col cane, a petto nudo con le bambine, a petto nudo che demolisce la parete, a petto nudo che legge.»

Alexis scosse la testa. «Chissà di cosa state parlando.»

Liv incrociò le braccia e inarcò un sopracciglio. «Okay, tuo marito ha un fisico carino.»

«Carino? *Carino?* L'allenatore gli sta facendo fare un nuovo esercizio per il *core*, hai presente quella linea a V che i maschi hanno proprio sopra i fianchi?» Con le dita, Thea andò su e giù lungo le ossa del bacino.

«Ehm...»

«Cioè, Gavin ce l'ha sempre avuta, ma ora è superdefinita. E poi quella barba! E, oddio, Liv, lo sai che ha fatto stasera quando stavo per uscire? Si è inclinato. Sai che intendo, giusto? Quando lui si inclina? Mi ha messo le mani sui fianchi e si è inclinato per baciarmi. Mi vuole morta!»

La fragorosa risata di Liv ricordò un gallo agonizzante. «Allora vacci a letto e basta. Sfruttalo e poi buttalo fuori.»

Alexis si schiarì la voce. «Ehm, di chi stiamo parlando?»

Liv e Thea risposero all'unisono.

«Mio marito.»

«Suo marito.»

Alexis fece una faccia dubbiosa. «Ti serve l'autorizzazione di tua sorella per andare a letto con tuo marito?»

Parlarono di nuovo all'unisono.

«No» ringhiò Thea.

«Sì» disse Liv ridendo.

Bel Manzo miagolò.

«Io e Gavin abbiamo... qualche problemino» spiegò Thea, col viso bollente.

«Problemino?» la incalzò Liv. «Ora ne parli così?» Liv si rivolse ad Alexis. «Tre settimane fa voleva divorziare, ma lui le ha fatto gli occhi dolci e l'ha convinta a riprenderselo in casa per dargli un'altra possibilità.»

«Vuole provare a salvare il nostro matrimonio.» Ecco qua. Lo stava difendendo. Il mondo si era messo a girare alla rovescia.

La risata di Liv si dissolse. «Aspetta. Stai... Stai pensando davvero di tornarci insieme?»

Thea riprese a dipingere.

«Thea, non dirai sul serio.»

Thea si sforzò di trattenere una rispostaccia e si limitò a un: «Perché no?».

«Perché stai facendo esattamente quello che vuole lui. Sapeva fin dall'inizio come farti cedere. È così che fa. È un'atleta professionista.»

Thea si voltò di nuovo di scatto. «E questo che c'entra?»

«Ha una natura competitiva, e per lui non sei altro che una partita da vincere.»

«Be', grazie tante.»

Liv le puntò un dito contro per enfatizzare l'avvertimento. «Non concedergli la vittoria.»

Alexis si mise tra le due a mo' di arbitro. «Allora, che ne dite se apro una bottiglia di vino e parliamo da sorelle, amiche e...»

«Non intendo starmene ferma a guardare mentre lui ti ferisce di nuovo» la interruppe Liv.

Thea sentì il freddo, il caldo e la rabbia che montavano, tutti in una volta. «Liv, ti voglio bene, ma mi pare tu abbia un'opinione veramente infima della mia capacità di capire cos'è meglio per me stessa.»

«Il tuo curriculum non è dei migliori.»

Alexis parlò con tono pacato. «Liv, te lo dico da amica. Non è carino quello che stai facendo a tua sorella. Le relazioni possono diventare complicate. Le cose cambiano quando meno te lo aspetti. Non riesci a starle vicina in questo processo?»

Il volto di Liv si rabbuiò e quel tradimento colpì Thea dritto al cuore. «No, non ci riesco.» Afferrò il cappotto dalla sedia su cui l'aveva lanciato prima. «Ma magari la mamma sì. Sei indubbiamente sua figlia.»

Irena e Benedict ci stavano dando dentro. E di brutto.

Gavin aveva deciso di leggere un po' dopo aver messo a letto le bambine, ma porca vacca. Non aveva idea che di lì a poco sarebbe arrivata una mega scena di sesso. E mica sesso qualsiasi. Roba da maiali. Sul serio la gente faceva 'sta roba a quei tempi?

"Naturalmente sì" rispose Lord Dito-Allegro. "Credi sul serio che sia stata la civiltà bianca e occidentale del Ventesimo secolo a inventare il cunnilingus?"

Comunque, la cosa certa era che alla fine era successo.

Gli era salita la Libido da Libro.

A disagio per le conseguenze, cambiò posizione sul divano e lesse di nuovo la scena.

Benedict aveva la faccia dentro la gonna di Irena. Lei ansimava. Gemeva. Benedict infilò due dita dentro di lei. Entrava, usciva. A ritmo con la lingua.

Dio del cielo... Avrebbe sicuramente fatto la stessa cosa con Thea se mai gliene avesse dato la possibilità, e porca miseria. Quando l'immagine di Irena fu rimpiazzata da quella di Thea, superò abbondantemente il limite.

"'Ascoltami, amore mio' le sussurrò Benedict all'orecchio. 'Quando io e te ci amiamo in questo modo, sei tu al comando. Quando ci amiamo così, io sono alla mercé del tuo piacere.'"

Gavin si arrese e fece scivolare la mano fino ad accarezzarsi la punta palpitante del...

All'improvviso, qualcuno aprì la porta d'ingresso. Gavin fece un balzo come un adolescente beccato a guardare un porno al pc. Il libro volò per aria, ma riuscì ad afferrarlo e a conficcarlo dietro ai cuscini del divano appena prima che Thea entrasse.

«Ciao» disse con voce stridula. «Wow, ma che...»

Thea si sfilò la maglietta, gli si sedette addosso e lo baciò come se potesse trovargli un tesoro sepolto in gola. Lui cercò di tenere botta e accettò di buon grado quell'attacco finché non rimase quasi senza fiato. «Amore» ansimò lui, ritraendosi. «Non che sia contrario, a-a-anzi, ma che s-s-sta succedendo?»

Thea si alzò in piedi. «Sdraiati sulla schiena.»

Gavin si appiattì sul divano, con le gambe penzoloni. Thea gli si piazzò davanti e si sfilò il reggiseno. Ne seguì con gli occhi il volo sul pavimento all'altro capo della stanza, poi tornò a guardare il seno di Thea. Fu immediatamente distratto dalla vista delle dita macchiate di vernice che, dopo essersi posate sul bottone dei pantaloni, abbassavano la cerniera. Si scordò di respirare quando Thea se li fece scivolare sui fianchi assieme alle mutandine. Davanti al suo corpo nudo, Gavin gemette e pregò tutti gli dei possibili e immaginabili in ascolto che quello non fosse un sogno o qualche genere di allucinazione da Libido da Libro. Magari poteva capitare. Doveva chiederlo agli altri.

Però era tutt'altro che un sogno. Thea, nuda, si piegò in avanti e gli sbottonò i jeans. La fermò. «C-cosa stai facendo, Thea?»

«Credevo fosse evidente.»

«Devi dirmelo.»

«Dirti cosa?» Gli leccò tutt'intorno all'ombelico. Istintivamente, il suo bacino si sollevò di scatto.

«Devi dirmi che lo vuoi» riuscì a rispondere in qualche modo. «Che sei pronta.»

Thea gli frugò nei jeans e glielo prese in mano. «Sono pronta, Gavin.»

Quasi gli si spezzò la voce. «Grazie a Dio.»

Non si era mai spogliato tanto rapidamente in vita sua. Di nuovo, Thea lo spinse e gli disse di sdraiarsi. Eseguì, ma al contempo cercò di avvicinarla.

Thea gli si sedette addosso e cominciò a scivolare avanti e indietro finché lui non pensò che avrebbe perso la testa per il desiderio. Finalmente, ringraziando il cielo, finalmente lei sollevò il busto, allungò un braccio in mezzo ai loro corpi, e lo guidò verso la sua umida porta. Poi, uno spasmodico centimetro dopo l'altro, gli permise di entrare dentro.

Oh, cazzo. Cazzo. Gavin mandò la testa all'indietro. I gemiti dell'uno si confondevano e mescolavano con quelli dell'altra mentre lui la prendeva, la riempiva. Guardò in alto e la vide col capo inclinato all'indietro e gli occhi chiusi.

«Guardami» le disse.

Lei dischiuse le palpebre e lo guardò.

«Sei tu al comando» disse lui. Oh Signore, non immaginava che avrebbe avuto l'occasione di usare quelle parole così presto, dopo averle lette. «Quando ci amiamo così, io s-sono alla mercé, sono alla mercé del tuo piacere.»

Thea fece un'espressione perplessa. «Cosa?»

«Devi solo dirmi dove vuoi che ti tocchi. Come vuoi che ti tocchi.»

Lei condusse le mani di Gavin nel punto di unione dei loro corpi. «Ho bisogno...»

«Di cosa? Dimmi di cosa hai bisogno.»

«Ho bisogno che mi tocchi qui mentre sei dentro di me.»

Gavin premette il polpastrello del pollice sulla clitoride pulsante. Sapeva come fare. Aveva imparato alcune cosette pochi minuti prima da Lord Lingua-Pazza. «Così?»

Thea annuì, troppo ansimante per riuscire a parlare. Gli afferrò le spalle, premendo così tanto con le dita da fargli male. Scuoteva i fianchi, lo cavalcava. Lui tracciava dei cerchi col pollice stringendole la vita con l'altra mano.

Lei accelerò il ritmo. Lui si inarcò per spingere più in fondo. Lei emise un gemito lamentoso.

Porca vacca. Stava succedendo davvero?

«Gavin» ansimò. «Oddio, sì...»

«Avanti, piccola. Forza.»

«Oh mio Dio...»

«Brava, Thea. Dai, che ce la fai.»

Lei buttò la testa all'indietro e si afferrò i seni, e, maledizione, o Gavin si dava una calmata, o rischiava di rovinare tutto.

«Ce la fai, amore...»

Gli tappò la bocca. «La smetti di fare il tifo e incitarmi come se fosse un allenamento di baseball?»

«Scusa» mormorò. La mano di Thea scivolò di nuovo fino alla sua spalla. «Scusa, amore. Volevo solo incoraggiarti. Dio, mi ecciti troppo, cazzo.»

«Sta' zitto.» Thea buttò di nuovo la testa indietro e riprese il ritmo di prima, rapido e deciso. Ma qualcosa era cambiato. Thea gli afferrò le spalle.

«Tesoro...»

«Magari... Magari possiamo cambiare posizione.»

In quel momento, Gavin si rese conto che il più grande vantaggio dell'essere un atleta professionista era quello di poter far girare sulla schiena sua moglie senza sforzi e senza brusche interruzioni. Lei si agganciò a lui stringendogli le gambe attorno alla vita. Lui spinse col bacino fino a sentire il sudore che gli grondava sulla fronte, sulla schiena.

«Gavin» disse Thea, abbandonando le mani lungo i fianchi. Aveva nella voce una rassegnazione che sapeva di sconfitta.

No. No, no, no. Gavin si chinò per afferrarle un capezzolo con la bocca.

«Gavin, fermati. Non... Non succederà.»

Gavin si immobilizzò, ancora dentro di lei. «Piccola, c'eri vicinissima. Dimmi cosa devo fare.»

«Mi dispiace.»

Quel tremore nella voce di Thea lo portò a sollevarsi sulle braccia. Quando le vide le lacrime agli occhi, dentro di lui ogni cosa si paralizzò. «Mi dispiace, Gavin. Non so cosa sia successo. Non so quale sia il problema.»

«Amore, basta. Va tutto bene.» Gavin le si tolse di dosso con un verso strozzato. Dio, che male. «Andavamo t-troppo veloce. Tutto qui. Dovevamo andarci piano.»

«Ci andiamo piano da una settimana!» Thea si diede una spinta per allontanarsi da lui e si alzò in piedi.

Gavin si asciugò il viso e recitò a mente più parolacce di quante ne conoscesse Lord Sboccato. Dannazione alla malafemmina peripatetica della genitrice dei peggior felloni!

Fece di tutto per mantenere la voce calma. «Parla con me, Thea. Dimmi dove sbaglio.»

«Non lo so» fece lei, infilandosi la maglietta per poi andare alla ricerca dei jeans.

«Parlami, sul serio.»

Thea si rimise i jeans. «Non so cosa dire! Non lo so cosa c'è che non va! Non puoi schioccare le dita e dire "Dai, piccola" e la cosa va in porto. Dio, ma che cosa avete, vuoi uomini? Secondo voi, basta che ce l'abbiate duro, e noi donne cominciamo a rotolarci e a gemere come delle pornostar.»

"Mantieni la calma, sodale. Non dire nulla che non potrai rimangiarti più tardi."

Il lato bestiale e umiliato di Gavin sferrò un pugno in faccia a Lord Cazzo-Magico. Si alzò in piedi. «Però lo facevi, Thea. Tutte le volte. Pensavo di essere il re del sesso viste le tue doti attoriali.» Si passò una mano tra i capelli. «Dio, Thea. L'hai fatto solo con me? Sono l'unico uomo con cui non sei mai riuscita ad avere un orgasmo?»

«Come osi parlare degli altri con cui sono stata? Ho avuto solo due ragazzi prima di te, e per tua informazione – non che siano affari tuoi –, sì, con loro ho avuto qualche orgasmo, a volte.»

La sua ammissione sembrò togliergli il fiato. «Perché non me lo dicevi e basta?»

«E tu perché non lo sapevi?»

«Perché non leggo nel pensiero. N-noi dobbiamo parlare di queste cose apertamente e in tutta onestà.»

«È da tempo che non ci parliamo apertamente e in tutta onestà, Gavin.»

Lui cercò i suoi vestiti e se li infilò in fretta e furia. «Parli come se la nostra storia fosse un disastro. E non lo era.»

«È questa la tua massima ambizione? "Non era un disastro"? Sul serio preferiresti tornare a prima di quella sera?»

«Meglio che così.»

Thea impallidì. «Ecco cosa mi terrorizza, Gavin. Ci sono tanti modi per fingere. E io sono l'unica che lo ammette.»

«E questo cosa vuol dire?»

«Vuol dire che a volte mi sembra che avresti preferito non sapere mai che fingevo.»

«Non è vero.»

«E che palle, Gavin. Sii sincero!»

Lui serrò le mani a pugno. «Vuoi che sia sincero? Bene. Sì, cazzo. Vorrei non aver mai scoperto che per mia moglie il nostro matrimonio non è stato che una lunga scopata per compassione!»

"Oh, misero e scriteriato esemplare di fallica cocuzza. Hai esagerato, sodale. Questa volta non posso trarti in salvo."

«Scopata per compassione?» Thea si ritrasse come se le avesse appena dato un ceffone. «Non so per chi dei due questa cosa possa risultare più offensiva, Gavin, ma il mio corpo non è un ente di beneficenza. Non scopo con nessuno se non ne ho voglia. Vale anche per mio marito.»

Il rimorso affiorò lasciandogli in bocca un gusto amaro. «Non è... Non è quello che intendevo, Thea.»

Lei scosse la testa e parlò con una tristezza che lo distrusse. «Mi hai spezzato il cuore, Gavin.»

Lui sentì una morsa divorargli il petto. Attraversò la stanza e le afferrò le spalle. «Lascia che me ne prenda cura.»

«Non ce la faccio a tornare al punto in cui eravamo, Gavin. A quella che ero. Non posso.»

«Neanch'io v-v-voglio farlo. Voglio andare avanti.»

Thea incrociò le braccia. «Non so se ti credo.»

Gavin si voltò di scatto e si precipitò verso il tavolino vicino alla porta. Impugnò le chiavi e il portafogli e si infilò le scarpe.

«Dove stai andando?» domandò Thea, affannata.

«Devo schiarirmi le idee.»

«Te ne vai?»

Gavin aprì la porta e, a passi pesanti, uscì.

CAPITOLO VENTI

Gavin guidò dritto verso il campetto sportivo di zona. Intendeva intrufolarsi in quel parco del cazzo e colpire palline fino a farsi sanguinare le mani e finché il dolore non avesse surclassato la ferita aperta che gli bruciava nel petto.

Parcheggiò la macchina col cofano rivolto verso il diamante e lasciò i fari accesi. Aprì il bagagliaio per prendere la sacca con la mazza e una decina di palline che stavano sempre a ballonzolare lì dentro.

Scaraventò con forza il borsone oltre la ringhiera. Poi prese la rincorsa e si arrampicò senza troppa fatica fino a scavalcare dall'altra parte. E se lo beccavano, fanculo. Cosa avrebbero potuto fargli? Una multa? Buttarlo per una notte in cella? Sarebbe stata una benedizione.

Dopo aver preso la mazza, Gavin estrasse dalla sacca la prima pallina. La lanciò in aria e si diede lo slancio. La colpì con uno schianto soddisfacente, e la pallina volò fino a colpire la rete dalla parte opposta.

Ne seguì un'altra. E una terza. Gavin si tirò su le maniche. "Mi hai spezzato il cuore, Gavin." Una quarta pallina raggiunse le sue sorelle all'altro capo del tunnel di battuta.

"Non so se ti credo." Colpì la quinta pallina così forte che gli ritornò indietro spedita e per poco non gli spaccò una rotula. Per mera vendetta, la colpì di nuovo e la mandò a farsi fottere.

Fu una sensazione così piacevole che la pallina numero sei subì la stessa sorte. Alla pallina numero sette, smise di imprecare e cominciò a rivolgersi direttamente a Thea.

«Pure tu mi hai spezzato il cuore» ringhiò. Un altro colpo. La pallina finì sulla rete. «Non sei mica l'unica.»

La numero otto prese il volo. «Mi hai cacciato!»

La numero nove si schiantò tra le maglie. «Sai come ci si sente?»

La numero dieci per poco non le sfondò. «Che cazzo dovevo fare?»

Una voce dal pomposo accento britannico rispose nell'oscurità. "Dovevi batterti per lei."

La numero undici fece quasi un buco. «Mi ha chiesto lei di andarmene!»

"Ti stava mettendo alla prova."

«Stronzate.» Con la numero dodici stava per spaccare la mazza.

"Perché ti sei trasferito nella camera degli ospiti?"

Gavin, infuriato, andò verso la rete e cominciò a lanciare le palline dall'altra parte.

"Stai ignorando la domanda, vedo."

«Non ti rispondo, Lord Petto-Peloso.» Riprese la mazza.

"Volevi punirla."

«Mi ha ingannato per tre anni» ringhiò Gavin mentre colpiva un'altra pallina.

"Ma non è per questo che volevi punirla."

Un altro colpo. Un'altra pallina.

"L'accusavi di aver strappato via il roseo velo che copriva il vostro matrimonio."

«Stronzate.»

"Di averti costretto ad affrontare qualcosa che non avevi alcuna voglia di affrontare."

«Vaffanculo.»

"Perché avevi paura della verità."

«Vai. A fare. IN CULO.»

Gavin lasciò cadere la mazza e cominciò a scagliare palline dall'altra parte del tunnel finché non ne rimase neanche una, nulla da colpire. Affannato, sudato, si chinò con le mani sulle ginocchia.

Thea aveva ragione. Lord in-Calzamaglia aveva ragione. Tutto quel cazzo di book club aveva ragione.

Lui stava fingendo. Fingeva ormai da mesi prima della serata fatidica. Si comportava come se tutto andasse alla grande tra loro – quando era ovvio che non fosse così –, perché era più facile che accettare la verità, cioè che si stavano allontanando, che la stava perdendo. E stava fingendo ancora, convinto com'era di poterla riconquistare con un libro e un bacetto romantico e le serate fuori, di poter sistemare le cose senza occuparsi seriamente di quello che non andava, perché era facile.

Perché non doveva fare nessuno sforzo.

Nessuna ricerca dentro se stesso. Nessuna analisi del proprio comportamento. Nessuna spiacevole epifania che gli facesse dire "Sacripante!" come quella che, in quello stesso momento, gli stava scombussolando lo stomaco.

"Sta tornando all'università, e non ha bisogno di te. A meno che tu non le dia una ragione per credere che..."

Gavin afferrò le palline e le stipò di nuovo nella sacca. Era coperto di polvere e sudore, e gli si era strappata la maglietta su un gomito. Sfrecciò via dal parcheggio in un turbine di ghiaia, che schizzò sotto le gomme dell'auto. Quando si fermò sul vialetto, non c'era nemmeno una luce accesa, in casa. Neanche quella del portico. Neanche il bagliore azzurrognolo della TV. Neanche la calda aura gialla che illuminava la tenda della camera da letto. Gavin si produsse in un salto per superare gli scalini e, dopo essere atterrato con un tonfo sul portico, si fiondò dentro.

Fece le scale due alla volta. La porta della camera era chiusa. Sperava che Thea non avesse girato la chiave, altrimenti sarebbe stato nella merda. Lo sapeva. Afferrò la maniglia, e appoggiò la fronte sul legno.

"Fa' che non sia chiusa."

Il pomello scattò, stretto tra le sue dita.

Grazie a Dio, cazzo.

La camera era di un buio nero pece, ma riusciva a distinguere due sagome sul letto. Una aveva una gigantesca coda pelosa e se ne stava fin troppo comoda, sdraiata sul lato di Gavin. L'altra, nascosta sotto lo spesso piumone, si girò di scatto quando avvertì l'intruso.

«Sono... Sono a casa» disse con aria svampita.

«Bene» rispose lei, sottovoce.

Gavin schioccò le dita richiamando Butter, che si spostò ai piedi del letto sospirando per il maltrattamento subito. "Certo,

certo. Almeno tu puoi dormire nel suo stesso letto." Thea drizzò la schiena, pronta a protestare.

«Ti devo dire una cosa» le disse, prima che lei potesse parlare.

«Gavin, sono stanca. Non ce la faccio più.»

Lui la raggiunse dall'altra parte e si sedette sulle ginocchia. «Q-quando andavo al liceo, mi piaceva una. Era b-bella e molto ricercata. Alla fine trovai il coraggio di chiederle di uscire, e lei scoppiò a ridermi in faccia. Mi ridicolizzò perché balbettavo.»

«Gavin, mi dispiace, ma...»

«Non è finita. Circa una s-s-settimana dopo, cominciò a girare per la scuola una lista: *I dieci ragazzi che ti faresti solo...*» Si interruppe per deglutire e mandare giù la rabbia che riaffiorò al ricordo di quell'umiliazione. «*Solo per compassione.* Io ero al primo posto. Dietro quella lista c'era lei.»

Thea si portò le mani alle tempie.

«Thea, non sono mai stato sicuro delle mie capacità a letto. Sono... Sono sbocciato tardi. Ho perso la verginità che ero al college. E mi sono sempre...» Inspirò, tremante. «Ho sempre avuto paura che nel nostro matrimonio fossi io quello più innamorato.»

«Gavin» sospirò lei, con un'espressione addolcita.

«Ho sempre avuto paura che non mi avresti sposato, che non sarei riuscito a tenerti con me, se non fossi rimasta incinta.»

Thea lo afferrò per la maglietta. «Come puoi pensare una cosa simile?»

«Quindi, sì, c'è una parte di me che v-vorrebbe non aver saputo che fingevi, perché almeno avrei potuto continuare a illudermi che andava tutto bene. Che non ti avrei persa.»

Una lacrima le bagnò la guancia.

«Mi illudevo di poter andare avanti come se non fosse successo niente, ma non è giusto nei tuoi confronti. Né nei miei, suppongo.»

Thea buttò le gambe giù dal letto e strattonò Gavin per farlo avvicinare. Gli bastò per sentirsi incoraggiato. Ormai stava rischiando il tutto per tutto. Abbandonò la fronte sulle ginocchia di lei. «Sono nelle tue mani, Thea. Dal momento in cui ti ho vista per la prima volta, sono un uomo a metà, perché l'altra appartiene a te.»

«Gavin...» Il nome del marito le venne fuori con voce flebile, come se all'improvviso anche lei respirasse a fatica.

Gavin alzò lo sguardo. «Metti fine alla mia agonia, Thea. Ti imploro.»

Col cuore che sobbalzava come una pallina finita in seconda base, attese che lei facesse la sua mossa. In un'altalena tra indecisione e desiderio, i loro respiri si mescolarono l'uno all'altro. Thea, affannata, strinse tra le dita i bicipiti in tensione di Gavin.

Lui si alzò e la spinse delicatamente sul letto. Thea sprofondò sul cuscino, spalancò la bocca, e qualcosa nel suo petto si sciolse. Le vene di lui si gonfiarono di ossigeno ed eccitazione, un cocktail inebriante di sollievo e lussuria.

Da tanto non baciava sua moglie in quel modo, e non c'entravano i baci appassionati che le aveva rubato nelle ultime due settimane. Non la baciava in quel modo da così tanto che non riusciva a ricordare l'ultima volta. Era un bacio lento e sensuale, consolatorio nella sua familiarità ma elettrizzante nella sua novità. Thea gli mise le mani tra i capelli. Una gamba attorno alla vita. Premette il seno contro il suo petto. Persino i loro baci sfrenati di quella stessa sera non andavano neanche lontanamente vicini a un'intimità così naturale. Scuse e promesse scorrevano da ogni centimetro della lingua di Gavin fin nella bocca di Thea, nella quale a lui parve di assaporare il gusto dell'accettazione.

Il corpo di Gavin bruciava per la voglia di strapparsi di dosso i vestiti, fare lo stesso con quelli di Thea e affondare dentro di lei. Ma sapeva che nessuno dei due era pronto. Il loro matrimonio non era pronto. Erano a un passo da qualcosa di assolutamente nuovo per loro. Di migliore. Non intendeva rischiare di perderlo per soddisfare le sue necessità carnali.

Specialmente considerato che non era ancora sicuro di poter soddisfare quelle di lei. E un insuccesso li avrebbe ricatapultati verso un punto in cui non sarebbe mai voluto ritornare. Non quando il futuro sembrava promettere altri momenti come quello che stavano vivendo.

I suoi polmoni, svuotati dell'ossigeno, si aprirono per essere riempiti da qualcosa che sembrava gratitudine. Sì, gratitudine. Per quell'istante. Per quella seconda occasione. Per quella donna.

Thea possedeva metà del suo cuore da così tanto tempo che i suoi battiti, frenetici e intensi, gli risultavano estranei tanto quanto la sensazione di essere completo, qualcosa che aveva provato solo con lei, solo con lei in tutta la vita. Thea emise un verso, un mormorio rassicurante come se avesse capito, come se tutte quelle sensazioni le stesse provando anche lei.

Fece scorrere la mano lungo la linea del viso di Gavin e schiuse le labbra proprio vicino alla sua gola, col respiro sulle vene pulsanti di lui. Si mossero. Si toccarono. Parlavano solo attraverso il tocco leggero delle labbra, come piume sulla pelle febbricitante.

Era, come Gavin comprese inspirando affannosamente, il momento più importante della sua vita.

Alzò il viso fino a poterla guardare negli occhi. Il petto di lei tremò, respirando.

«Parlami» le sussurrò.

Lei sorrise in mezzo al pianto. «Vuoi rimanere a leggere un po'?»

CAPITOLO VENTUNO

Thea si svegliò nuda.

Non avevano fatto l'amore – o meglio, non ci avevano provato – di nuovo, ma Gavin aveva passato la notte nel letto di lei, ed erano giunti al tacito accordo che i vestiti fossero superflui.

Sdraiato alle sue spalle, emise un verso assonnato. «Riesco quasi a sentire i tuoi pensieri.» La strinse tra le braccia e la trascinò a sé. «Dormito bene?»

«Mmh.»

«Dimmi a c-c-cosa stai pensando» disse Gavin, affondando ancora di più il viso nella curva del collo di Thea e mugugnando mentre le si strofinava addosso.

Oh, be'. A niente di che. Solo al sesso.

Sesso sfrenato.

Sesso sdolcinato.

Sesso tipo "Ti graffio tutta la schiena".

Sesso da "Non è possibile non avere un orgasmo".

Argh.

Le mordicchiò il lobo. «Sai a c-cosa sto pensando io?»

«Al sesso?» disse lei senza riflettere.

La risata esplosiva di Gavin le fece traballare il seno. «Quello è ovvio.» Con una mano le accarezzò tutto il corpo e afferrò quella di lei. «Ma in realtà stavo per dire: "Al bacon".»

Thea si voltò a guardarlo. «È un eufemismo?»

«Sapessi...» Gavin si sollevò appoggiandosi su un gomito e guardò in basso con quell'aria sensuale e sfinita. «Buongiorno.»

Lei rotolò per sdraiarsi sulla schiena così da vederlo meglio. «Buongiorno a te.»

«Vuoi che faccia i pancake?»

Oh, sì. Era sabato.

«Certo. Ma non ancora. È presto. Le bambine non si sono nemmeno alzate.»

Lui inarcò un sopracciglio. «E che ce ne facciamo di questo tempo in più da passare al b-buio?»

La risata di Thea si trasformò in uno strillo quando Gavin tirò il piumone sopra le loro teste, a chiuderli come in un bozzolo. Si immobilizzarono entrambi nello stesso istante, immersi nel momento, a fare un elenco di tutti i punti in cui le parti dure del corpo di lui schiacciavano quelle morbide di lei.

Thea mordicchiò il labbro inferiore di Gavin, e lo tirò a sé.

Non ci volle altro. Lui emise un intenso verso gutturale e inclinò la testa per baciarla. La schiacciò contro il materasso, mentre le sue labbra piluccavano e massaggiavano, adoravano ed esploravano. La baciò come se avessero tutto il tempo del mondo, ma quando lei fece scivolare una gamba sulla sua, strusciandogli il tallone lungo il polpaccio, qualcosa cambiò. Lui cambiò. Strinse la mano libera attorno alla mandibola di Thea e la baciò da una nuova angolazione, infilandole la lingua in bocca più in fondo, più forte.

Thea lo avviluppò tra le braccia. Con le dita sondò attentamente i muscoli disegnati del busto di Gavin, ogni increspatura, ogni crinale, ogni tendine teso. Quell'esplorazione sembrò alimentare il fuoco in lui, che tirò fuori dal petto un gemito e ondeggiò coi fianchi per scavare nelle parti di lei che ormai pulsavano di desiderio. Thea voleva infiltrarglisi sottopelle. Voleva baciare ogni centimetro del suo corpo.

Voleva tutto, ecco.

Voleva sentire il suo peso, il suo sudore. Voleva ondeggiare coi fianchi sotto di lui. Voleva gemere e dimenarsi e ansimare.

Voleva che le mettesse le mani addosso, le labbra sul seno. Voleva sentirlo duro, lungo e grosso che spingeva dentro di lei. Voleva tornare in quel luogo abitato dal calore, dalle scintille e dai tornado. E poi voleva accoccolarsi al suo fianco, seguire con le dita un sentiero giù per il suo torace umido, e stampargli dei baci sensuali e dolci sulla pancia.

Voleva tutto.

Voleva lui.

«Gavin» sussurrò. «Posso chiederti una cosa?»

Lui la leccò dietro l'orecchio. Lei trattenne un sussulto. Oh, le piaceva eccome. Si sforzò di respirare. «Come l'hai capito, quella sera?»

«Capito cosa?» Le succhiò il lobo.

«Che quello era un orgasmo.»

«All'inizio, per i versi che facevi.» Le mordicchiò la gola, in quel punto morbido e palpitante. «Non ti avevo mai sentita fare un verso simile, una specie di lamento, di piagnucolio.»

Thea si mosse sotto il suo corpo. La pressione sempre più

forte che sentiva tra le gambe andò a cercare la lunga e dura forza che spingeva tra quelle di lui.

«E poi hai cominciato a strusciarti contro di me.» Gavin ondeggiò coi fianchi tra le sue cosce. Thea lo afferrò dalle spalle.

«Hai cominciato a dire il mio nome» disse lui con voce roca, e lei sentì il suo alito caldo sul collo. «Ancora e ancora. Finché non ci sei più riuscita.»

Thea gemette e si inarcò di nuovo per spingere più in fondo.

«Ormai eri fuori controllo» ansimò Gavin, strofinando tutta la sua erezione contro le grandi labbra di Thea. Lei sussultò, poi dondolò su e giù per strusciarsi a sua volta contro il suo sesso duro.

«E poi ti sei irrigidita dalla testa ai piedi.» Le affondò le dita nei fianchi. «Dicevi il mio nome, e dentro di te... Cristo, Thea, dentro di te...»

Insinuò una mano tra i loro corpi e giunse alla fonte del desiderio di Thea. Con le dita cominciò a esplorare. Lei gemette e buttò la testa all'indietro.

«Riuscivo a sentirlo, Thea. Il tuo orgasmo.» Le infilò due dita dentro, facendola urlare.

«Hai contratto tutti i muscoli stringendoti a me e, oddio...» Gavin abbandonò il capo sulla spalla di lei mentre con le dita entrava e usciva a ritmo regolare. «È stata la cosa più incredibile che abbia mai sentito, piccola. E io sono venuto come non era mai successo prima.»

Thea gli coprì la bocca poggiandoci sopra la sua. Si baciarono con la lingua come due adolescenti, mentre lei cavalcava la mano di Gavin. Ondeggiava coi fianchi, alla ricerca di quella sensazione, di quel piacere.

Lui gemette. «Sto soffrendo da quella sera. V-voglio farti sentire ancora così. Ti voglio, Thea. Da morire.»

Il battere di un pugnetto sulla porta della camera le fece spalancare gli occhi. «Cazzo!»

«Non ci credo» brontolò Gavin.

«Mamma!» Era Amelia.

«Un attimo, tesoro.» Thea spinse via Gavin e acchiappò il primo indumento che le capitò sottomano – una maglietta lunga ai piedi del letto. Lui si spostò di lato con fare drammatico e si coprì gli occhi con un braccio mentre lei si rivestiva.

«Un secondo, amore, vengo!»

«No, non più» borbottò Gavin. Thea gli gettò le lenzuola fin sopra il pube e si alzò per girare la chiave.

Amelia irruppe in camera trascinando con una mano la sua copertina. La seguiva Ava, stretta alla sua paperella.

«C'è papà?» domandò la prima, affrettando il passo.

«Sì. Venite a darci un bell'abbraccio.» Le bambine raggiunsero il lato del letto di Gavin e aspettarono che le tirasse su. Si stesero entrambe sopra le lenzuola in mezzo ai due genitori.

«A papà non fa più male la schiena?» chiese Ava. Avevano motivato così il suo trasloco nella camera degli ospiti.

Thea schivò la domanda. «Vi siete alzate presto» sussurrò, schioccando un bacio sulla guancia di Amelia. «Perché non andate a dormire ancora un pochino?»

Chiusero entrambe gli occhi. Thea si girò su un fianco per abbracciare Amelia, e Gavin fece lo stesso con Ava. Stretti alle figlie, incrociarono gli sguardi, e quello che lei trovò nell'espressione di Gavin le provocò un groppo in gola e un'accelerazione dei battiti del cuore.

Il mondo si era messo di nuovo a girare alla rovescia.

. . .

Quella stessa mattina alle dieci, Thea stava pulendo la cucina quando ricevette un messaggio da Liv, che non era tornata a casa.

Sarebbe rimasta da Alexis per qualche giorno e quella sera non avrebbe potuto guardare le bambine.

Solo pochi giorni prima, l'avrebbe chiamata immediatamente per provare a sistemare le cose. Ma no. Stavolta no. Liv si stava comportando da mocciosetta viziata.

Gavin la abbracciò da dietro, con una tazza di caffè in mano. «Liv?» chiese.

«Non può tenere le bambine, stasera.»

«Le passerà. Troveremo una soluzione.»

Thea si voltò, ancora tra le sue braccia, si alzò sulle punte dei piedi e gli diede un bacio. Lui emise un verso intenso e gutturale, posò il caffè e la strinse avvinghiandola ancora di più.

«Troveremo una soluzione» sussurrò. «A costo di spendere ventimila dollari per far venire qui i miei in aereo, andremo in quell'hotel.»

Lei alzò la testa per baciarlo ancora, ma lui si ritirò con una smorfia maliziosa. «Sai quella cosa che ti ho fatto con la mano stamattina?»

«Sì» disse lei con un sospiro.

«La prossima volta te la faccio con la lingua.»

CAPITOLO VENTIDUE

Non fu necessario spendere ventimila dollari per far andare lì in aereo i genitori di Gavin.

Del e Nessa invitarono le bambine a passare la serata con Jo-Jo e una babysitter e dormire da loro. Avevano deciso di non fermarsi in hotel perché Nessa stava ancora combattendo con le nausee mattutine.

«Per quanto tempo dobbiamo restare?» chiese Thea, mentre entravano sulla rampa del parcheggio del campo da baseball in cui si sarebbe svolta la festa. Si coprì le spalle con la pashmina.

«Se vuoi andare dritta in hotel, sono sicuro che mi puoi facilmente convincere» disse Gavin.

Facevano così da tutto il giorno. Per un tacito accordo, la parola "hotel" era servita da jolly per riferirsi a quello che sarebbe successo, in hotel. Come se dirlo esplicitamente avrebbe portato iella, tipo la superstizione secondo cui non bisogna dire la parola "no-hitter" quando è chiaro che il lanciatore è lì lì per realizzarlo.

Quella sera avrebbero fatto sesso.

La domanda era: Thea avrebbe avuto un orgasmo? E cosa sarebbe successo altrimenti?

«Mi sa che dovremo almeno farci vedere» scherzò Thea.

Tradotto: "Sono così nervosa che nemmeno coglierò l'occasione di evitare un'altra lite con Rachel, la mia migliore amica".

«Probabilmente dovremo rimanere anche per la premiazione» disse Gavin.

Tradotto: "Sono nervoso anch'io".

«Ce ne andiamo subito dopo?» Tradotto: "Quindi ho un paio d'ore per superare la tensione?".

Gavin spense il motore e la guardò nel buio. «Affare fatto» le disse. Tradotto: "Ho un paio d'ore per superare la tensione".

Gavin la prese per mano e insieme uscirono dall'ascensore all'ultimo piano del palazzo degli uffici del campo, dove ogni anno lo staff della struttura e quello del catering trasformavano la spaziosa hall col suo soffitto altissimo in una sala da ballo addobbata a festa. La guidò attraverso un dedalo di tavolini alti da cocktail fino al punto in cui Del e Nessa li stavano aspettando. Gran parte dei giocatori che incrociarono salutò Gavin con la mano o con un pugnetto al passaggio, ma le mogli e le fidanzate non avrebbero potuto evitare Thea in modo più palese. Chi distoglieva lo sguardo, chi sorrideva impacciata. Non che fosse un atteggiamento inusuale, ma quella sera sembrava più evidente.

Thea capì il motivo quando si accomodò con Nessa mentre i ragazzi prendevano da bere.

«Rachel e Jake hanno litigato di brutto» le comunicò Nessa, che sembrava un'indossatrice in passerella con quell'abito lungo impreziosito da perle color oro. «Non so se sia vero o meno, ma pare che lui le abbia detto che starà in albergo per un po'.»

Thea fu colta da un sorprendente afflato di empatia per Rachel. «Sono venuti, stasera?»

«Sì, ma è abbastanza ovvio che stia succedendo qualcosa.»

«Dà la colpa a me, vero?» disse Thea, tornata in sé. «Alla mia energia negativa alla festa del Ringraziamento?»

Nessa fece una smorfia. «Mi è arrivata questa voce, in effetti.»

Fantastico.

Quando i ragazzi tornarono coi drink, smisero di parlarne. Del alzò la birra in direzione di Gavin. «Alle nostre bellissime mogli.»

«Un brindisi a cui mi aggrego volentieri.» Gavin si sporse in avanti con la sua bottiglia per fare cin cin con l'amico e bevve un sorso.

Poi si chinò per avvicinarsi all'orecchio di Thea. «Alla moglie più bella che ci sia qua dentro» sussurrò, colpendo delicatamente il bicchiere di lei con la bottiglia. La baciò prima di lasciarla bere.

«Mi sento un pochino trascurato» fece Del, scherzando. «Tu che mi dici, Ness?»

Thea alzò gli occhi. Il sorriso di Nessa era dolcissimo, quello di Del, invece, malizioso. Gavin le sfiorò la tempia con le labbra. Sarebbe stata una serata lunga.

Gli altri tavoli si riempirono di coppie nel giro di una mezz'ora, ma quello a cui erano seduti loro rimase per lo più vuoto. Anche Yan e sua moglie, Soledad, si accomodarono a un tavolo dall'altra parte della sala, il che fu una bella botta. La gente era davvero così scaramantica? Pensavano sul serio che lei c'entrasse qualcosa con la possibile rottura tra Jake e Rachel? Thea si scolò lo champagne tutto d'un fiato e chiese a Gavin di prendergliene un altro.

Qualche minuto prima di cena, due allenatori accompagnati dalle mogli ebbero finalmente pietà di loro e chiesero se il resto del tavolo fosse libero. Apparentemente, la superstizione non era arrivata alle orecchie dei preparatori sportivi.

Quando, terminata la cena, iniziò la cerimonia di premiazione, Thea aveva già bevuto tre bicchieri di champagne, e scoppiò in una risatina sommessa appena si rese conto che almeno non si stava più crucciando sull'orgasmo che chissà se avrebbe raggiunto quella sera.

I premi erano un mix di risultati seri e tradizioni goliardiche: il premio per chi non si era rasato più a lungo prima dei playoff; peggior balletto nel *bullpen*. Tanto per scherzare, Del finse di rifiutare il premio per la Peggiore Crisi di Nervi in Panchina dopo un tentativo fallito di rubare la seconda base all'inizio della stagione. A ogni riconoscimento, però, si avvicinava sempre di più il momento inevitabile in cui Gavin sarebbe stato premiato per il suo Grande Slam, e ogni minuto che passava, Thea si sentiva sempre più tesa.

Se non ne avessero fatto un caso di stato, il problema non si sarebbe posto neanche. Ma non c'era alcuna possibilità che menzionassero la cosa in fretta e furia. Era stata l'azione migliore dell'anno. Probabilmente l'avrebbero mostrata per intero in un video, e Thea l'avrebbe rivista per la prima volta dopo la fatidica serata. Si era rifiutata di guardare i replay perché rievocavano ricordi troppo amari. La sera del miglior risultato sportivo di Gavin era stata la sera della più grande umiliazione e del più grande dolore per lei. Il fatto che le due cose potessero coesistere nello spazio e nel tempo era un crudele scherzo del destino, e lei avrebbe dovuto rivivere quell'esperienza di fronte a tutta quella gente.

Se Gavin era ansioso quanto lei, stava facendo finta di niente. Per tutto il tempo le tenne una mano addosso o un braccio attorno alle spalle, rivolgendole ogni tanto una strizzatina d'occhio o quel suo sorriso da capogiro.

«Il prossimo è veramente scontato» disse poi il tizio del marketing. «Per il miglior lancio lungo...»

La sala proruppe in un coro di «Grande slam, grande slam, grande slam» che sembrava provato prima. Sul maxischermo comparve una foto ormai iconica di Gavin che si tuffava tra le braccia dei suoi compagni. Tutti applaudirono. Il video mostrò a rallentatore il suo giro attorno alla terza base. A metà strada, aveva lanciato il casco in aria, un gesto esuberante che il giorno dopo aveva dato origine a un migliaio di tweet che recitavano: "Il casco di Gavin Scott è mai atterrato?". Al suo arrivo in casa base, i compagni lo avevano accolto in una mischia urlante, esaltata e saltellante. Lo avevano spintonato, abbracciato, buttato a terra e tirato di nuovo in piedi. Gli avevano strappato la maglia di dosso, rivelando una canottiera intima che gli si aggrappava a ogni increspatura degli addominali, dei pettorali e dei deltoidi. *Quella* foto scatenò un migliaio di tweet che recitavano: "Gavin Scott, mettimi incinta".

Gavin corse sul palco per accettare il premio simbolico tra abbracci, pacche sulla schiena e grasse risate. Quando tornò al tavolo, si chinò per darle un bacio con lo schiocco, ma non si sedette. Il tizio del marketing disse che era il momento di chiudere la cerimonia con un nuovo premio che secondo gli stessi ragazzi doveva essere assegnato ormai da tempo.

«Legends, per favore, in piedi.»

Tutti i giocatori e i preparatori sportivi si alzarono. Thea lanciò un'occhiata a Nessa, che fece spallucce come a dire che ne sapeva quanto lei.

«È noto a tutti che le vere eroine di questa squadra sono quelle che stanno a casa e in qualche modo ci sopportano» disse il tizio al microfono.

Il cuore di Thea si fermò. Cosa stava succedendo?

«Ci state vicine quando vinciamo e quando perdiamo. Quando siamo stressati per i colloqui prima degli ingaggi e quando chiude il mercato. Rendete possibile questo nostro folle sogno, e noi non vi dimostriamo abbastanza la nostra gratitudine.»

Thea avvertì un groppo in gola. Sentiva il cuore pulsarle nella gabbia toracica.

«Legends» disse il tale, «dimostrate la vostra gratitudine.»

Seguì un coro di fischi esultanti e di ululati. Tutt'intorno, giocatori e preparatori fecero alzare in piedi le proprie partner e le strinsero tra le braccia per un bacio appassionato e inaspettato. Un lampo di incertezza attraversò il viso di Gavin quando le tese la mano. Thea gliela afferrò e si alzò, barcollando sui tacchi.

«Ecco perché volevo che ci fossi, stasera» disse piano, facendole scivolare un braccio attorno alla vita per avvicinarla a sé.

Thea inclinò il viso per guardarlo negli occhi, e subito dopo arrivò quel momento da film, dove il tempo si ferma e il resto della stanza svanisce, e non rimase altro che lo sguardo di Gavin, il suo sorriso e le sue mani. Dio, le sue mani. Grandi e callose per gli anni di duro lavoro. Con le dita le tracciò lentamente un sentiero su e giù lungo la pelle nuda della schiena. Fu scossa da un brivido, di quelli peccaminosi.

Le strinse piano le dita dietro il collo e inclinò la testa. Le loro bocche si sfiorarono, come se lui volesse darle la possibilità di farsi indietro, perché il linguaggio del corpo di Gavin le diceva che non sarebbe stato un bacio come quelli che le aveva dato per tutta la sera. Quelli erano stati un riscaldamento. Un allenamento alle battute prima della partitona. Quel bacio sarebbe stato roba seria.

La provocò con un morsetto al labbro inferiore che le fece tremare tutto il corpo.

«Gavin» sussurrò lei, supplicante, mentre lasciava che lo champagne prendesse tutte le decisioni.

Un sorriso, e Gavin la baciò. Finalmente. Completamente.

Ebbe la sensazione di galleggiare, confusa e leggera, ma non per lo champagne. Era lui. Il suo odore, il suo sapore, la forza delle sue labbra. Il modo in cui si ritraeva solo per spingere più in fondo, ancora e ancora e ancora. Era l'inebriante frenesia di baciarsi in una stanza piena di gente che dentro il loro bozzolo privato non esisteva più. Era la maniera tenera ma possessiva con cui le reggeva la testa. Thea raccolse tra le mani le sue guance coperte di una morbida barbetta e, dolcemente, si staccò dalle sue labbra. I loro respiri, rapidi e affaticati, si mescolarono in un singolo affanno, poi in una risata sorpresa e improvvisa. Lentamente, Thea riprese ad avvertire i rumori. Il tintinnio dei bicchieri. Il brusio delle coppie i cui abbracci erano già terminati. Il ticchettio dei tacchi alti sulle mattonelle del pavimento. La romantica melodia di un lento suonato dalla band.

Gavin le stuzzicò il mento per farle tirare su il viso e guardarla negli occhi. «N-non so tu, ma io penso che possiamo andarcene.»

Il fischio d'inizio. Thea annuì. «Vado al volo in bagno, prima.»

Raccolse la borsetta dal pavimento e gli sorrise per ringraziarlo quando lui la sostenne per aiutarla a rialzarsi.

«Torno subito» gli disse.

Il bagno era dietro l'angolo, alla fine di un lungo corridoio. Appena uscita dalla sala da ballo, la musica della band svanì e lasciò spazio all'unico suono che Thea riusciva a sentire, il rapido battito del proprio cuore.

Quelle pulsazioni, tuttavia, non poterono sovrastare le voci dietro l'angolo.

Si fermò e trattenne un sussulto. Sembrava che Rachel e la sua congrega fossero sedute nell'anticamera che separava gli uffici dai bagni. Il che le lasciava due possibilità: scendere di sotto e usare un'altra toilette, o passare facendo finta di niente e rivolgere solo un cenno di saluto. Mannaggia! Non voleva perdere tempo per andare al piano inferiore. E poi, ma che gliene fregava? Perché avrebbe dovuto? Il fatto che Rachel fosse riuscita a rivoltarle contro la maggior parte delle altre non significava che lei avesse meno diritto di stare lì. Era ancora la moglie di Gavin.

Si fece coraggio con un bel respiro, e girò l'angolo.

Ma le parole che Rachel pronunciò subito dopo la bloccarono di nuovo.

«Assurdo che abbiano avuto le palle di presentarsi qui stasera» disse, biascicando quanto bastava per rivelare il flusso costante di alcol che aveva buttato giù.

«Sono così egoisti» disse Mia Lewis, fidanzata dell'esterno Kevin Krieg. «Mi dispiace, ma portano ufficialmente sfiga.»

Thea avvertì un crampo allo stomaco. Non c'era dubbio che parlassero di lei e Gavin.

Rachel ridacchiò. «Hai visto quando si baciavano?»

«A me sono sembrati carini» obiettò un'altra voce. Mary Phillips, forse? Moglie di Brad Phillips, ricevitore di riserva, sempre gentile con lei. Che ci faceva con loro?

«Disgustoso» rispose Rachel con un ghigno. «Cioè, santo Dio. Prendetevi una stanza, che cazzo.»

«Si stavano baciando tutti» disse Mary.

«Sì, ma il problema erano *loro*» ribatté Rachel. «Scommetto che erano vergini quando si sono conosciuti.»

«Quanto sei cattiva» disse Mia, ridendo.

«Te l'immagini, essere sua moglie?» domandò Rachel.

Thea strinse a pugno la mano che teneva sulla pancia.

«Hai mai provato a parlarci? Scommetto che balbetta pure a letto.»

Rabbia. Scarlatta e bollente. Le fece arrossire la pelle e le offuscò la vista. Immaginò di scagliarsi addosso a Rachel, di buttarla a terra e di prenderla a cazzotti in faccia. Invece, a passo pesante si portò verso di loro, rivelando la sua presenza. «Come vi permettete?»

Le tre donne si voltarono di scatto ed ebbero quantomeno la decenza di mostrarsi dispiaciute per essere state colte in flagrante.

Thea avanzò ancora. «Chi vi credete di essere?»

Mary impallidì e fece un passo verso di lei. «Thea, non... Non stavamo parlando di voi.»

Rachel alzò gli occhi al cielo. «Mi sa che non se la beve.»

Una furia si impadronì di Thea, come un uragano. «Potete dire quello che vi pare su di me. Ma non vi azzardate a mancare di rispetto a mio marito. Gavin ha più dignità, integrità e forza d'animo di tutti i componenti della squadra messi insieme, e più di quella che voi tre potrete mai sognarvi di avere.»

Mary deglutì a fatica. «Scusa. Io... Io torno alla festa.» Le passò accanto di corsa con le guance in fiamme.

Ancora una volta, Rachel alzò gli occhi al cielo. «Senti, se ti aspetti le mie scuse, sarà una lunga attesa.»

«Non me le aspetto, e francamente non me ne frega niente. Ma se dovessi sentirti di nuovo denigrare mio marito...»

«Cosa farai?» Rachel si alzò in piedi, approfittando di ogni centimetro della sua corporatura alta e longilinea. «Ti arrabbierai? Lo andrai a dire a tuo marito? Tesoro, non siamo mica al liceo.»

Thea scoppiò in una fragorosa risata. Il proverbiale bue che dice cornuto all'asino. Rachel barcollò di nuovo sui tacchi, palesemente sbronza. «Quanto hai bevuto, Rachel?»

«Non sono cazzi tuoi.»

Nel dirlo, però, traballò nuovamente e per poco non stramazzò per terra. Thea la sorresse per un braccio, ma Rachel la spinse via. «Non toccarmi.»

A quel punto, si aspettava che fingesse di spruzzarsi addosso un prodotto per scacciare via i pidocchi.

Mia le afferrò il polso. «Andiamocene.»

Rachel si ritrasse. «No. Perché non le diciamo la verità?»

Lo sguardo di Mia scattò lateralmente verso un punto alle spalle di Thea. «Rachel, dai.»

«Quale verità?» sbottò Thea. «Che dai a me la colpa dei tuoi problemi?»

Rachel avanzò barcollante. «Tra me e Jake andrebbe tutto bene se fossimo arrivati alla World Series! E non ci siamo riusciti solo perché tuo marito si è messo in mezzo in quell'ultima partita!»

«Okay, questa qui si chiama proiezione, ed è avvilente.»

«Avevo dei progetti!» strillò. «Credi che voglia abitare in questa cittadina di buzzurri per sempre? Tuo marito ha praticamente scippato l'anello dal dito di Jake e tutti i contratti con gli sponsor che gli sarebbero arrivati!»

Thea borbottava come il carburatore di un trattore rimasto nel fienile ad arrugginirsi per un lungo inverno. Ma quando finalmente si mise in moto, la sua rabbia la fece partire a tutto gas. «Mio marito? Parliamo di tuo marito e di quel fuoricampo da due punti che ha fatto segnare al terzo inning? O di quel doppio che ha dato il vantaggio ai Cubs?»

Rachel arretrò con aria sorpresa. «Be', se tuo marito avesse fatto mezzo sforzo in battuta alla settima partita...»

«La settima partita non ci sarebbe neanche stata, se non fosse stato per mio marito!»

Rachel stava solo aspettando che le desse il la. Schiuse le labbra e inarcò una delle sue perfette sopracciglia con aria di scherno. «E se tu fossi stata la degna moglie di un giocatore di baseball, alla settima partita ci saresti venuta.»

«Che sta succedendo?» La voce rimbombante del marito portò Thea a voltarsi di scatto. Gavin stava a pochi metri da loro, con un'espressione turbata.

Rachel rise, sarcastica. «Oh, eccolo qui. L'uomo grande e grosso accorso a trarla in salvo.»

Peccato che l'uomo grande e grosso non fosse da solo. Il marito, o quasi ex marito, di Rachel girò l'angolo seguito, apparentemente, da mezza squadra. Thea avvertì di nuovo una certa empatia, e per un momento considerò di prendere e andarsene.

Ma quella era la vecchia lei.

Ora non aveva più intenzione di scappare di fronte ai conflitti.

Si avvicinò così tanto a Rachel da costringerla a indietreggiare, barcollante. «Vuoi sapere che razza di moglie sono? Quella che ha dovuto partorire da sola perché il marito, che gioca a baseball, era in trasferta. Sono una moglie che ha dovuto passare ventiquattr'ore al pronto soccorso con le gemelle completamente da sola perché si sono prese l'influenza intestinale durante il campionato di baseball del marito. Sono una moglie che ancora non sa bene che differenza c'è tra no-hitter e partita perfetta, e sai che c'è? Chi se ne frega. Non ho sposato il baseball.

Ho sposato Gavin, un uomo che ha più integrità di quella che tu potrai mai sognarti di avere.»

A quel punto Rachel sembrava davvero un po' spaventata, e fece un altro passetto all'indietro, ritrovandosi con le spalle sulla parete del corridoio. Thea avanzò ancora. «E sono anche una moglie che ha messo in pausa i suoi sogni del cazzo per tre anni per poter sostenere il proprio marito e cercare di ambientarsi in mezzo a gente come voi, ma è uno sbaglio a cui sto finalmente rimediando. E l'unico motivo per cui mi odi, in realtà, è che non hai il coraggio di fare lo stesso. Preferisci aggredire qualcun altro, trovare un colpevole. Ma l'unica ad aver rovinato le cose tra te e Jake sei tu.»

Girò sui tacchi, poi però si fermò e tornò indietro per un ultimo appunto. «E per tua informazione, sì, Gavin balbetta a letto. Ed è fantastico, cazzo.»

Quindi, senza degnare neanche di uno sguardo Gavin o il resto della squadra, Thea alzò la testa e se ne andò.

CAPITOLO VENTITRÉ

Gavin la raggiunse all'ascensore. Thea aveva recuperato sciarpa e borsa.

«Thea...»

Alzò una mano. «Non ci provare. L'ha voluto lei.»

L'ascensore arrivò, e quando lei vi entrò lui la seguì. Era affannata per la lite, e le sue parole riecheggiavano ancora nell'aria saturando lo spazio tra loro: "Sì, Gavin balbetta a letto. Ed è fantastico, cazzo".

Avrebbe dovuto sentirsi in imbarazzo. Furioso. Ma non era così. Ce l'aveva duro come la pietra.

Thea incrociò il suo sguardo e avvertì una scossa elettrica fino al ventre. Era eccitata tanto quanto lui. Si staccarono contemporaneamente dalle pareti a cui si erano appoggiati per sbattere l'uno contro l'altra come due animali in calore accecati dall'istinto primordiale. Gavin inciampò e si ritrovarono di nuovo addossati al muro.

«Altro che fingere, stanotte» borbottò lui baciandole la bocca. «Mi hai sentito? Non dovrai fingere mai più.»

Non aveva mai guidato così veloce in città. L'hotel era a meno di due chilometri, ma sembrava dall'altra parte del mondo. Frenò bruscamente a uno stop all'ingresso dell'albergo e lanciò le chiavi al parcheggiatore. Se la poteva pure tenere, la macchina, per quel che gli riguardava.

Gavin raccolse i borsoni dal sedile posteriore. Thea lo aspettava sul marciapiede, con le pupille dilatate e gli occhi avidi di desiderio.

A costo di morire, sua moglie avrebbe avuto un orgasmo, quella sera.

Per il check-in ci vollero circa cinque minuti che sembrarono durare un'ora. In ascensore, si appiccicarono di nuovo l'uno all'altra, con la bocca, con le mani, e uscirono barcollando una volta raggiunto il piano attico. Aveva prenotato una suite perché poteva permetterselo, e poi quella era una serata speciale.

Gli tremavano le mani quando infilò la chiave nell'apposita fessura.

Una spia rossa si accese emettendo un bip.

Gavin ringhiò e provò di nuovo. Finalmente, la luce diventò verde. Spalancò la porta, lanciò dentro i borsoni e si voltò per tirare a sé sua moglie.

Finirono di nuovo addosso alla parete, a sbranarsi l'un l'altra. «Girati» le ordinò.

Gli tremarono di nuovo le dita mentre le abbassava la cerniera del tubino nero. Non avesse avuto quella voglia matta, si sarebbe concesso più tempo. Per spogliarla piano, baciare ogni millimetro della sua pelle nuda. Ma sarebbe stato per un'altra volta.

L'abito le scivolò ai piedi e lei lo allontanò con un calcio per poi rigirarsi. Stava di fronte a Gavin, senza nulla addosso a parte i tacchi a spillo e un perizoma. Lui emise un verso a malapena umano, le strinse un braccio attorno alla vita e la tirò a sé. Thea lo baciò con una passione viscerale che non vedeva da tanto. Che in lei non si vedeva da tanto. In quella donna selvaggia di cui si era innamorato. E, oddio, Gavin non vedeva l'ora di ritrovarla.

Thea si inarcò con un gemito quando il marito intromise la sua mano tra i loro corpi, facendogliela scorrere sulla pancia. Con le dita, la sentì bagnata e si insinuò in lei, che urlò e spinse in avanti il bacino perché andasse più in fondo. Dio, se fosse riuscito a farla venire semplicemente così, tenendole una mano tra le gambe.

«Gavin» disse lei, prendendogli la testa tra le mani. «Fai l'amore con me.»

Gavin le agguantò il fondoschiena e la prese in braccio. Lei gli si avvinghiò ai fianchi con le gambe, conficcandogli i tacchi nella carne. Non aveva alcuna intenzione di sfilarseli dai piedi.

Gavin si portò fino al letto e la distese sul materasso, poi si tolse la maglia in fretta e furia e prese ad armeggiare con la cerniera dei pantaloni, ormai sul punto di esplodere. Thea si sbarazzò del suo perizoma e rimase nuda, eccetto per le scarpe.

«Gavin, cosa stai facendo?» sussurrò. «Ti voglio.»

«Voglio farti l'amore così, prima» disse lui, ringraziando Dio per Lord Macchina-del-Sesso, che sapeva sempre cosa dire.

Le fece scivolare le mani sotto il bacino e si chinò in avanti fino a toccare con le labbra la sua porta del piacere. «Oddio» sospirò Thea, stringendo il piumone tra le dita.

Gavin soffiò sulla sua pelle bollente, e fu ricompensato con un altro sospiro, con la schiena di Thea di nuovo inarcata. Quando la lingua di lui si insinuò in lei, il gemito gutturale che ne seguì per poco non lo fece scoppiare.

Restò con la testa tra le gambe di Thea finché lei non cominciò a dimenarsi: Gavin la leccava delicatamente e si interrompeva solo per succhiarle la clitoride gonfia. I suoi gemiti lo facevano impazzire, ma si ritrasse per lasciarla respirare. Un trucco che aveva imparato da Lord Lingua-Pazza. Farla placare prima di ricominciare più forte di prima. Usare le parole, non solo il corpo.

Soffiò di nuovo sulla sua pelle calda. «Adoro il t-tuo sapore» disse, andando su e giù con la lingua.

Non aveva mai pensato di dirglielo, prima del libro. Thea reagì come lui sperava. Gli si avvinghiò al collo con una gamba. «Davvero?» gemette.

«Potrei baciarti e mordicchiarti tutto il giorno, Thea» ringhiò.

Lei sollevò i fianchi, a cercare nuovamente la sua bocca. Stavolta, quando lui le posò le labbra sulla clitoride, le mise due dita dentro. Entrava e usciva tenendo il ritmo dei movimenti della lingua.

Thea scalciava. Ondeggiava coi fianchi sulla faccia di Gavin. Gli affondava le mani tra i capelli.

Lui aumentò il ritmo per adeguarsi a quello di Thea.

Le cominciarono a tremare le cosce.

I suoi gemiti si trasformarono in gridolini.

Il suo piacere montò fino a farla contorcere. *Contorcere*. E, cazzo, era la cosa più eccitante che Gavin avesse mai visto. Un'ondata di tenerezza lo investì, potente come il desiderio che gli pompava nelle vene. Era sua moglie. L'amore della sua vita. E per tre anni non era riuscito a farla sentire così. A farla sentire tanto al sicuro da potersi permettere di sentirsi così. Non era riuscito in tante cose, con lei, tantissime volte. Non sarebbe più successo.

«Gav...» Non riuscì a dire il suo nome. C'era vicinissima.

«Sì. Sì, oddio.»

Thea gli conficcò le dita tra i capelli, e scattò con la testa all'indietro tra i gemiti. Tutto il suo corpo tremò. I muscoli della sua vagina si contrassero, pulsanti, stretti attorno alle dita di Gavin. Sollevò i fianchi per strusciare un'ultima volta le labbra sulla bocca del marito.

E poi il suo corpo si fece molle. I suoi versi gutturali si affievolirono in un placido mugugnare, un altro gridolino, un altro «Oddio».

Porca miseria. Ce l'aveva fatta.

Aveva fatto venire sua moglie.

Porca miseria.

Era venuta.

Le mani e la bocca di Gavin erano bastate. Quando Thea tornò in sé, rilassò le gambe sulle spalle di lui. «Gavin» sussurrò.

Risalendo lungo il suo corpo, le tracciò un sentiero di baci sulla pancia. «Parlami» le disse, con la voce che gli tremava.

«Ti voglio dentro.»

Non si prese neanche la briga di togliersi il resto dei vestiti di dosso. Gavin si abbassò pantaloni e slip e si chinò su di lei. Quando Thea sentì l'erezione che premeva con urgenza contro la sua vagina ancora pulsante, sollevò i fianchi dal letto, nuovamente alla ricerca di quel piacere.

«Dimmi cosa vuoi» le disse. «Dimmelo c-chiaro. Dimmi esattamente c-cosa vuoi che ti faccia.»

«Ti voglio dentro» gli ripeté.

«Continua» ansimò lui, con la punta del suo sesso che le spingeva dentro.

Gli accostò la bocca all'orecchio. «Voglio che mi fai venire di nuovo.»

Gavin entrò dentro di lei. Completamente. Fino in fondo. Piantò la sua erezione dentro il corpo di Thea, provocandole un grido estatico.

Thea gli strinse le gambe attorno alla vita. «Voglio che mi scopi, Gavin» ringhiò, e, cazzo, era la cosa più eccitante che sua moglie gli avesse mai detto.

Gli si aggrappò addosso. «Scopami, forte e veloce.»

Gavin obbedì. Si tirò su, poggiandosi sui gomiti, e andò a un ritmo tale che lei perse la capacità di parlare. I suoi bicipiti si gonfiavano, si contraevano, e Thea poteva sentirli vicino alle orecchie. Il sudore di suo marito le gocciolava addosso.

Thea venne così improvvisamente che Gavin non se l'aspettava, e non poté fare altro che restare immobile mentre gli conficcava le unghie nella schiena, finché anche lui non riuscì più a trattenersi e la seguì all'apice del piacere, spingendo un'ultima volta con un fremito, un ringhio, chiamando il suo nome con un sussurro rauco.

Coi muscoli che si afflosciavano come spaghetti, Thea restò inerte sotto di lui, e fece scivolare le mani dalla schiena sudata di Gavin al piumone su cui erano distesi. Gavin le si abbandonò addosso di peso, liberatosi ormai anche dell'ultimo briciolo di forze. Due volte. Aveva fatto venire sua moglie due volte. Neanche se avesse vinto la World Series per cinque anni di fila sarebbe stato tanto soddisfatto.

«Gavin» gli disse, voltandosi per appoggiargli le labbra sulla tempia. «Vuoi sapere una cosa?»

Le rispose con un verso nasale, tenendo la faccia schiacciata sul letto.

«Non ho fatto finta.»

Gavin alzò il viso e la baciò. «Vuoi sapere una cosa?» le sussurrò quando si ritrasse.

«Uhm?»

«Neanch'io.»

Thea rise. Gavin rotolò sul materasso e la tirò a sé finché lei non fu distesa sul suo petto, ancora nuda. Le strinse un braccio attorno alla vita per tenerla ferma e l'altro attorno alla testa, e la abbracciò così, cullandola.

Lo stomaco gli brontolò. Thea scivolò con le dita fino alla sua pancia. «Hai fame?»

«Sempre» rispose.

«Vuoi ordinare dal servizio in camera?»

«Tu sei nel menu?»

Rise di nuovo. «Te lo prendo, il menu.»

La strinse forte. «Ci penso io. Tu resta a letto, e non azzardarti a toglierti quelle scarpe.»

«Oh, ti piacciono le scarpe?»

Gavin rotolò nuovamente, con un movimento secco, finché Thea non fu di nuovo sotto il suo corpo. Si staccò da lei stampandole una fila di baci lungo il collo, il petto – fermandosi a risucchiarle tra le labbra entrambi i capezzoli – e giù fino all'ombelico.

Poi si alzò in piedi, brontolando. «Torno subito.»

Quando Gavin se ne andò, Thea si alzò e frugò nel borsone per cercare la maglia di lui. Se la mise sul corpo nudo e...

«Gesù Cristo, stai cercando di uccidermi?»

Lei si morse il labbro e si voltò. «Ti piace?»

«Più di tutta la lingerie che esista sulla faccia della terra».

Thea afferrò l'orlo tra il pollice e l'indice. «Davvero?»

«Vuoi vedere cosa sta succedendo in questo momento nei miei pantaloni?»

«Sì» disse lei, affannata, percorsa dalla testa ai piedi da un brivido sensuale. Da dove era spuntato quest'uomo così sicuro di sé che diceva maialate a gogò?

Gavin lasciò cadere il menu e la raggiunse. Le afferrò una mano e la posò su quel rigonfiamento sempre più massiccio.

«N-non sapevo nemmeno che fosse possibile un'erezione così immediata, Thea.»

Lei si inumidì le labbra. «Allora non va di certo sprecata.»

«No, infatti.» La prese dai fianchi, la trascinò di nuovo verso il letto, e sprigionò la sua erezione.

Si distese e la tirò a sé finché non gli si sedette addosso a cavalcioni. Con una sola spinta, fu di nuovo dentro di lei. Presi da quel piacere intenso, qualcosa li travolse entrambi, qualcosa di primitivo, feroce, incontenibile. Thea sentiva dentro un fuoco mai provato prima.

Le mani di Gavin le acchiapparono i glutei, glieli strizzarono e massaggiarono, e li tennero stretti mentre lei faceva su e giù sulle ginocchia a un ritmo erotico. Gli stava aggrappata alle spalle, gli scavava la pelle con le dita, e si cullava sul suo sesso lungo e duro. Le sue dita, grosse e callose, le sfiorarono la pelle sotto i seni e poi salirono su finché i capezzoli increspati di Thea reagirono a quella frettolosa perlustrazione e si fecero tesi.

Abbassò lo sguardo, tenendogli le mani sulle spalle, e incontrò i suoi occhi affamati che bruciavano del fuoco del possesso.

«Cazzo, sei troppo bella» bisbigliò affannato. Poi le aprì con forza la maglia, facendole saltare tutti i bottoni, e si chinò in avanti. Le baciò un capezzolo. Lei strillò e scattò col capo all'indietro, tenendolo per i capelli per non farlo muovere. Gavin si dedicò a ciascun seno con attenzione, succhiò e leccò finché la pressione tra le sue cosce divenne insopportabile.

Thea scese di nuovo sul suo sesso eretto. Lui la avvolse tra le braccia e si aggrapparono l'uno all'altra, dimenandosi tra i gemiti. Thea aprì le gambe per prenderlo più in fondo, per spingere forte contro la parete granitica dell'addome di Gavin.

Lui emise un verso profondo e gutturale che la riempì di una soddisfazione erotica di cui non era a conoscenza.

«Cazzo, Thea» ringhiò lui, spingendo più forte. Le afferrò le natiche. Poi la sculacciò.

Porca vacca.

Thea si immobilizzò e lo guardò dall'alto in basso. «Mi hai sculacciata?»

«Oh, ti è... Ehm... Ti è piaciuto?»

«Direi di sì. Forse però lo devi rifare, giusto per essere sicuri.»

Gavin disse qualcosa tipo «Porca la cutrettola inzaccherata», stranissimo, ma Thea avrebbe dovuto indagare più tardi, perché la sculacciò di nuovo.

«Oddio, sì.» E ancora. «Sì, mi piace.»

Il corpo di Thea divenne un amalgama di colori e sensazioni, e quando lei si gettò nell'occhio del ciclone, lui fece lo stesso, poi si abbandonò con la schiena sul letto e un'espressione sorpresa.

Thea lo guardò e rise. «Io sono venuta tre volte, e tu non ti sei tolto neanche i pantaloni.»

«Amore» ansimò lui, «abbiamo appena cominciato. Devo recuperare tre anni interi.»

CAPITOLO VENTIQUATTRO

Li recuperò.

Una volta, di nuovo sul letto.

Una sul pavimento dell'altra stanza, dopo aver ordinato finalmente il servizio in camera.

Alle tre di notte, dopo che lei, piombata nel sonno per sfinimento, si era risvegliata per il tocco delle sue mani sul seno.

All'alba, quando lui la svegliò prendendole la mano e posandogliela sulla sorpresina del mattino.

Dopo quella, si addormentarono perdendo i sensi.

Al risveglio, lo trovò che la fissava appoggiato al cuscino, con gli occhi dolci e un sorriso tenero. Le si avvicinò e le scostò i capelli dal viso. «Buongiorno» le augurò con un fil di voce.

«Ciao.» Sbadigliò. «Che ore sono?»

«Le dieci e qualcosa.»

Lei si lamentò con un verso nasale. «Tra poco abbiamo il check-out.»

«Lo so.» Le mise i capelli dietro l'orecchio. «Pensavo che magari dopo che passiamo a prendere le bambine, possiamo fermarci a comprare l'albero di Natale.»

«Lo addobbiamo e prepariamo la cioccolata calda.»

«Facciamo vedere un cartone animato alle bimbe.»

Gli diede un delicato bacio sulle labbra. Lui poggiò la fronte sulla sua. «Ho paura di alzarmi dal letto.»

Thea sentì una vampata di calore che le incendiava il petto. Anche lei detestava l'idea di alzarsi da lì, ma non vedeva l'ora di vivere ciò che sarebbe venuto dopo. «Il nostro letto a casa è meglio.»

Lui le coprì la bocca e la baciò con una passione folle. Dopo un po', lei si accoccolò appoggiandogli la testa sulla spalla, appagata. «Andiamo a casa, Gavin.»

Alla corte della contessa

Irena aveva ragione. I balli erano una faccenda orribile e tediosa. E non solo per tutti i presupposti per cui lei li detestava, ma anche perché le norme sociali, per qualche assurda motivazione, proibivano a marito e moglie di ballare insieme più di una volta.

Benedict la desiderava tra le sue braccia. Subito. Sempre. Ogni cosa era cambiata dalla notte in cui si era finalmente aperto a lei. Il tocco innocente e i baci titubanti di Irena si erano accesi come un fuoco, e nonostante lui fosse disposto ad aspettare ancora, lei si era decisa finalmente a consumare il matrimonio. Fare l'amore con sua moglie era stata un'esperienza così trascendentale che era giunto a mal sopportare il sorgere del sole ogni mattina.

«Latford.» Una mano pesante e vigorosa gli assestò una

pacca sulla schiena. Benedict distolse lo sguardo dalla moglie per voltarsi e trovare il suo amico, il visconte Melvin.

«Non mi aspettavo di trovarvi qui» disse Melvin.

«Perché?»

«L'ultima volta che vi siete palesati nel "bel mondo" è stata memorabile.»

Benedict non voleva pensarci. Aveva gettato la moglie in mezzo ai lupi e pensato ingenuamente che fosse abbastanza forte da poterli battere con la sola forza di volontà.

«Oserei dire che state dando tutt'altra impressione, stasera» continuò.

«E perché mai?» rivolse di nuovo lo sguardo a Irena.

«Hai tutta l'aria di un uomo innamorato perso di sua moglie, e ciò non è passato inosservato.»

«È così.» Una sensazione vertiginosa, per nulla virile ma del tutto liberatoria, gli gonfiò il petto. «Sono un uomo felicemente sposato, amico mio.»

«E io ne sono ben contento. Ma stai attento, Latford. Non tutti sono clementi.» Fece un cenno col capo verso il gruppo di donne che circondavano Irena.

Giusto in tempo perché Benedict la vedesse fuggire via.

Benedict si precipitò nella stessa direzione. Agli occhi del resto del mondo, sembrava serena. Ma lui sapeva che qualcosa non andava. Lo capiva dalla linea retta che disegnavano le sue labbra, dal modo in cui si stringeva le mani sul grembo, dai passi veloci in quelle scarpette da ballo che aborriva.

La trovò nella biblioteca.

Ovviamente.

Si chiuse alle spalle la porta massiccia. Lo scatto della serratura fu l'unico suono dell'ambiente, tranne che per un delicato respiro irregolare.

«Irena?»

La trovò seduta su una poltrona con lo schienale rigido, davanti al gigantesco caminetto sul lato opposto della sala. Sembrava piccolissima, in confronto all'imponente sedile in velluto. Ma non era solo un fatto di statura. Aveva l'aria sconfitta. «Stai poco bene?»

Le si accovacciò davanti e le prese le mani. Erano gelide. Come i suoi occhi.

«Irena, che succede?»

«Come possono un uomo e una donna disprezzarsi tanto da abbandonare il proprio figlio pur di non stare nella stessa casa?»

Fu sopraffatto dall'inquietudine. Si sedette sul pavimento. «Di cosa stai parlando?»

«Hai detto che i tuoi genitori erano persone particolarmente infelici, ma non mi è sembrata una spiegazione esaustiva.»

«Perché ne stiamo discutendo?» Un brivido freddo gli percorse tutto il corpo. «Cosa ti hanno detto quelle donne?»

«Non dare la colpa a loro. Dimmi la verità.»

Benedict si alzò lentamente. «Non ho idea di cosa significhi.» Ma ce l'aveva. Ed era stato uno sciocco a pensare di poterglielo nascondere, convinto che non le sarebbe mai giunto all'orecchio.

Lei lo guardò alzarsi in piedi. «Il "bel mondo" non dimentica mai uno scandalo. Non l'avete ancora capito, milord?»

Il ritorno al titolo gli provocò un groviglio allo stomaco. «Irena, ascoltami...»

«Dimmi la verità.»

«Quanto è accaduto con mia madre e mio padre non ha nulla a che vedere con noi.»

Una smorfia di scherno le si disegnò sulle labbra morbide. «Certo che ha a che vedere con noi. Avanti. Dimmelo. Raccontami cos'è successo.»

«Lei lo ha ingannato.»

CAPITOLO VENTICINQUE

«Yeee! C'è zia Livvie!»

Il giovedì dopo il party della squadra, Amelia si mise a strillare nel momento esatto in cui Thea vide la jeep di sua sorella entrare nel vialetto. Liv non aveva risposto neanche a una chiamata o a un messaggio dopo la sera della lite.

«Ti aveva detto che sarebbe venuta?» chiese Gavin. Aveva appena posato la valigia davanti alla porta d'ingresso, e sarebbe partito di lì a breve per uno shooting fotografico a New York. Sarebbe stato fuori solo per il weekend, ma Thea era preoccupata per la sua assenza. Non avrebbe mai voluto lasciarlo andare via. Il prossimo si prospettava un campionato infernale.

«No» disse Thea, osservando sua sorella dalla finestra della cucina.

Gavin le si mise accanto e le posò una mano sulla schiena. «Vuoi che porti le bambine da qualche parte, così parlate?»

Lei gli sorrise. «No. Grazie, ma non c'è bisogno. Probabilmente è venuta solo a prendere qualcosa.» In cuor suo, però, Thea sperava che a Liv fosse semplicemente passata, che si fosse stancata di dormire sul divano della sua amica, e avesse deciso di tornare a casa. Quella era casa sua. Liv era mancata persino a Gavin.

Thea aprì la porta e lasciò uscire Butter. Il cane si fermò per sollevare la zampa davanti a un cespuglio, e poi corse da Liv. Thea la aspettava sul portico.

«Ciao.»

«Ciao» disse Liv. «Sono venuta a prendere le mie cose.»

«Liv, non ce n'è bisogno.»

La sorella la ignorò e si infilò in casa, giù nel seminterrato, seguita da Thea. Aprì la cassettiera e cominciò a tirare fuori i vestiti.

«Vorrei che restassi» disse Thea, arrivando alle sue spalle.

Liv infilò un mucchio di magliette in un borsone.

«Dov'è tuo marito?»

«Di sopra. Anche lui vuole che resti.»

Liv appallottolò un maglione e lo mise nel borsone assieme agli altri vestiti. «Deduco che non dorme più nella camera degli ospiti.»

«Liv, puoi stare ferma un minuto?»

«Questo pomeriggio lavoro, quindi no.»

«No, non dorme più nella camera degli ospiti. Il che significa che saresti più che benvenuta se volessi tornarci e rimanerci tutto il tempo che desideri.»

Liv chiuse la cerniera del borsone e si alzò in piedi. «Avete bisogno di stare un po' insieme senza di me in mezzo ai piedi.»

«Non ci stai in mezzo ai piedi. Le bambine vogliono che resti. E io voglio che resti.»

«Ascolta» disse Liv, guardandola in faccia per la prima volta. «Lo so come funziona, okay? Tu e Gavin siete di nuovo quel genere di coppietta tutta lucente e scintillante. Una OTP. Io vi starei solo tra i piedi.»

«È questo il punto? Temi che non avrò tempo per te se io e Gavin torniamo insieme?»

Liv ridacchiò, con uno sbuffo oltremodo sarcastico. «Tranquilla. Non ti chiederei mai di scegliere. E poi, in tutta la mia vita non mi è mai capitato di essere scelta.»

Il suo lato da sorella maggiore aveva voglia di avvolgere Liv in un abbraccio che la proteggesse dal dolore atroce rivelato in quella singola frase. Ma non erano più bambine. «Non è lo stesso. Io non sono come i nostri genitori, e se torno con Gavin di certo non rifiuto te.»

Liv alzò gli occhi al cielo, classica mossa alla Liv da quando erano bambine. «Dio, ma ti prego. Due scopate come si deve, ed è diventata psicologa.»

Thea dovette inspirare ed espirare diverse volte per non esplodere. Provò un'altra tattica. «E dove andrai? Torni alla fattoria?» Prima di trasferirsi da loro, abitava in un appartamento ricavato in un garage di una cooperativa agricola fuori città.

Liv fece passare il braccio nello spallaccio del borsone. «Ancora non lo so. Per ora sto da Alexis.»

«Non ho ancora finito di dipingere, quindi sicuramente ci vediamo al locale» disse Thea, azzardando un ultimo tentativo.

Liv trascinò la sua roba verso le scale ma si fermò davanti al primo gradino. «Thea, non provo alcun piacere a dire ciò che sto per dire. Spero che tu lo sappia.»

Oh, cielo. Thea incrociò le braccia.

«Gli uomini che amano vincere sono disposti a fare qualsiasi cosa per ottenere ciò che vogliono.»

Thea emise un verso di sconforto e scosse la testa. «Gavin ha un sacco di difetti, ma quest'idea machiavellica che ti sei fatta di lui non è reale.»

«Allora va' a vedere cosa nasconde nell'armadio della camera degli ospiti.»

Il suo corpo fu travolto dall'ansia. Era una cosa piuttosto specifica da dire. «Di che parli?»

Liv si fiondò sulle scale. Thea la seguì, l'ansia e la rabbia che alimentavano ogni passo. «Liv, non puoi dire una cosa del genere e andartene.»

Il borsone sbatteva, un tonfo dopo l'altro, trascinato su per gli scalini. «Liv!» sbottò Thea.

Sua sorella la ignorò.

Gavin comparve in cima alle scale. «Va tutto bene?»

Liv gli disse di spostarsi, e lui la accontentò.

Il cigolio delle rotelle del borsone sul parquet attirò le bambine. Amelia corse verso la zia ma si fermò di scatto. «Dove vai?»

Liv lasciò cadere il bagaglio, si accovacciò e tese le braccia verso le nipotine. Parlò con voce allegra e spensierata, e Thea capì che lo faceva per loro. «Vado all'avventura!» disse. «Cavalcherò gli elefanti e andrò a caccia di unicorni e...»

«E rinoceronti!» ridacchiò Amelia.

«E ricci selvatici» disse Liv. Ma poi la voce le morì in gola.

Le baciò sulla guancia, poi si alzò. «In realtà, piccoline, vado solo a vivere in un'altra casa. Perché ora che il campionato di papà si fermerà per un po', non avrete più bisogno di me.»

Ava le si avvinghiò alle gambe. «No! Noi abbiamo bisogno di te, zia Livvie.»

Gavin le si accostò. «Liv, non devi andartene.»

Le tirò su il borsone. Liv glielo strappò di mano.

«Lasciala andare, Gavin» disse Thea con toco pacato. Quando sua sorella si metteva in testa una cosa, non cambiava idea.

Liv prese la sua roba e oltrepassò la porta con un laconico gesto di saluto.

Non è che stesse andando chissà dove. Lavorava a Nashville, sarebbe rimasta a Nashville. Ma per Thea fu come se si stesse spezzando una corda.

E poi risentì le sue parole, come una canzone che ti si fissa nel cervello e si ripete senza sosta.

«Gavin?» chiamò.

Lui abbassò lo sguardo verso di lei. Il tono che aveva usato gli fece aggrottare la fronte. «Dimmi.»

«Che c'è nell'armadio?»

Alla corte della contessa

«Dimmelo, Benedict. Raccontami cos'è successo.»

«Lei lo ha ingannato.»

Il labbro inferiore di Irena tremò prima che se lo stringesse tra i denti. «Be', si spiegano parecchie cose, dico bene?»

Benedict si portò una mano ai capelli. «No. So cosa stai pensando, ma non farlo. La loro relazione non ha nulla a che vedere con...» Si interruppe di colpo, come a smentire il suo stesso diniego.

«Col fatto che hai dato subito per scontato che fossi colpevole?» lo incalzò. «Col tuo desiderio impellente di pensare quanto di peggio si potesse pensare sul mio conto?»

«La nostra situazione era, *è*, del tutto diversa.»

«Domandati questo, allora: perché ritieni che sia stata

lei a ingannarlo? Tuo padre non era in sé quando ebbero quell'avventura?»

«Certo, ma...»

«E tu non eri in te quando noi avemmo la nostra?»

«Certo! Ma...»

«"Ma" cosa? È sempre colpa della donna e mai dell'uomo, dico bene?»

«Io...»

«Per tutta la vita hai accettato una sola versione della verità, ossia che tuo padre fosse la vittima. Hai mai guardato le cose dal punto di vista di tua madre? Hai mai considerato che potesse essere stata lei quella ingannata?»

Sua madre ingannata? Un fremito gelido gli si insinuò sottopelle provocandogli un brivido. Ricordò sua madre nel corso degli anni, algida e regale. Ma era davvero così distaccata, o il suo era un mero tentativo di camuffare una tristezza che lui non aveva mai nemmeno immaginato?

Irena era immobile di fronte a lui, ma le sue mani, disposte lungo i fianchi, tremavano. «Detesto ciò che ti ha fatto, Benedict, il suo abbandonarti in quel modo. Non c'è scusa che tenga. Ma sto anche male per lei. Ha dovuto passare l'intera vita in un matrimonio freddo e senza amore con un uomo crudele che odiava il solo vederla, sebbene una volta l'avesse desiderata tanto da convincerla a infischiarsene dei dettami della società, rischiare la reputazione, e unirsi a lui lontano dalla luce del sole.»

Per Benedict fu come se lo stomaco prendesse a fagocitare se stesso.

«Ha dovuto sopportarne il disprezzo così come un tempo ha ricevuto il suo affetto. Quali erano le intenzioni di tuo padre all'epoca di quegli incontri clandestini, se non sposarla?»

«Non lo so» ammise, con la voce roca per la vergogna e la paura, non solo di ciò che non aveva mai considerato prima, ma delle rivelazioni che certamente avrebbe appreso di lì a poco.

«Eppure lui l'ha detestata non appena si è palesata questa conseguenza» proseguì Irena. «E la colpa la dai a lei.»

Avanzò, spinto dalla disperazione. «Avevo torto su di te e le tue intenzioni, e lo riconosco. Quando Lord Melvin mi ha detto la verità su come siamo stati sorpresi...»

«Appunto, Benedict!» urlò lei, con un tono di voce tanto acuto da provocargli la pelle d'oca. «C'è stato bisogno che te lo dicesse qualcun altro per convincerti che non fossi in malafede! Proprio come ho dovuto dirti io stessa che forse tua madre non era l'opportunista che hai sempre creduto che fosse.»

Irena scosse la testa. «Hai mai pensato, anche per un momento, che quando mia madre ci ha scoperti, sono rimasta anch'io in trappola come tua madre?»

In trappola? Sposandosi un conte? No, non ci aveva mai pensato. Perché avrebbe dovuto? Era stato cresciuto sin da piccolo con la convinzione di essere un semidio per cui le donne, pur di sposarlo, avrebbero fatto carte false. Lei, quindi, avrebbe indubbiamente potuto mentire o ingannarlo pur di accasarsi con lui e col suo titolo.

Quando Irena pronunciò quelle parole, però, fu come se gli avesse strappato una benda dagli occhi, e il mondo pareva diverso da quella prospettiva, dalla sua prospettiva.

Era stato una parte attiva nei loro rendez-vous. Vi aveva dato lui inizio, santiddio. Ma solo lei portava il macigno della vergogna che la società le aveva imposto. Solo lei subiva la collera del "bel mondo". Solo lei era stata etichettata come opportunista.

La realtà era ben diversa.

Quegli incontri non erano stati segreti per Benedict.

Lo erano stati per Irena.

Buon Dio, era lei che voleva tenerli nascosti. Il suo vortice di ribellione contro una società che lei disprezzava. Lui era un conte, ed essere costretta a sposarlo le aveva rovinato la vita, dannazione. Lui l'aveva costretta agli abiti da ballo e ai valzer. Lui l'aveva gettata in un covo di vipere che vivevano di diffamazione e pettegolezzi, credendo come uno sciocco che il suo titolo sarebbe bastato a risparmiarla.

Una strana risata isterica gli gonfiò il petto, di quelle che lo facevano piegare in due con le mani posate sulle ginocchia.

«Milord.»

Benedict inspirò a fondo e drizzò la schiena. L'espressione granitica che trovò sul volto di Irena non lo aiutò a smorzare quel senso di terrore.

«Me ne vado» gli disse.

CAPITOLO VENTISEI

Una riga di sudore colò sulla fronte di Gavin, come se avesse avuto davanti un vincitore del premio Cy Young.

«Thea, ascolta.»

«Oddio» ringhiò Thea. «Che cos'è? Che cosa nascondi in quell'armadio?»

«Una cosa che r-richiede una spiegazione, ma se mi fai...»

Thea non lo stava più ascoltando. Si dirigeva già verso le scale.

Okay. Calma. Rifletti. Gavin tirò fuori il cellulare dalla tasca e aprì la chat di gruppo coi ragazzi. «Codice rosso. Libri scoperti. Aiuto.»

Controllò le bambine, intimò loro di restare sul divano, e la seguì. «Thea» chiamò, sperando che il panico nella sua voce non fosse così evidente come era sembrato a lui. Entrò nella camera degli ospiti giusto in tempo per vedere Thea acchiappare un sacchetto pieno di libri e sedersi per terra.

Alzò gli occhi, con la fronte aggrottata. «Libri?»

Gavin fece spallucce. «Già. Ehm, libri.»

«Era di questi che parlava Liv.»

«Suppongo di sì...?»

Thea si allungò verso uno dei sacchetti tirando fuori due volumi ambientati all'epoca della Reggenza inglese. Con una faccia corrucciata ne studiò le copertine. «Sono romanzi rosa.»

«Ehm, già. Sì.»

«Sono tuoi?»

«Ah ah» annuì. Gavin non voleva abbassare la guardia, ma fino a quel momento non era andata poi così male. Aveva visto solo le copertine. Non stava guardando dentro. Eppure, se Liv ne aveva parlato in quel modo, doveva averne sfogliato uno e magari aveva notato gli appunti. I frammenti sottolineati. Le parti osé evidenziate.

Cazzo.

Thea ne prese un altro, e il suo cuore cominciò ad accelerare, allarmato. *La contessa sessualmente appagata* la fissava.

Il telefono di Gavin vibrò.

«Ti...» Si sforzò con tutta se stessa di non ridere. «Ti piacciono sul serio?»

«Non c'è nulla di m-male nel leggere i romance. Rappresentano una guida alle, ehm, alle relazioni moderne e al femminismo e... Roba così.»

Thea ridacchiò. «Gavin, lo so. Io li adoro.»

«Sul serio?»

«I miei ebook sono quasi tutti romance. È solo che... Da quanto li leggi?»

Il suo telefono vibrò altre due volte, una dopo l'altra. Cazzo. «Ehm, amore. Aspetta, ehm, dammi un momento.»

Si voltò e sgattaiolò fuori dalla camera. Aveva ricevuto tre messaggi dagli altri.

"Stai calmo." Questo era Del.

"Chiedile se vuole mettere in scena le parti da sporcaccioni." Mack, ovviamente.

"Importantissimo: non mentire." Malcolm.

Okay. Voleva dirle tutto del book club. Doveva solo farla allontanare dai libri prima che ne aprisse uno o trovasse qualche appunto. Perché sarebbe stato troppo umiliante.

«Papà?» Era Ava, in fondo alle scale.

Gavin trattenne un ringhio. «Che c'è, piccola?»

«Ho fame.»

Tra sé e sé urlò migliaia di improperi. "Mannaggia ai semina-vomito dal grugno dilavato!" «Ehm, va bene, amore. Puoi aspettare un secondo?»

«Gavin.»

Thea aveva detto il suo nome. Piano. Con tono sinistro. Girò i tacchi e rientrò in camera.

Aveva in mano *Alla corte della contessa*, aperto, con gli appunti e i passaggi sottolineati in bella vista.

Alzò lo sguardo verso il marito. «Chi è che finge tra me e te?»

Thea scrutava il viso di Gavin alla ricerca di un segnale che le dicesse che si trattava di uno scherzo, o uno sbaglio o, o... o qualche genere di giochetto perverso architettato da Liv. Qualsiasi cosa che la convincesse che non era come sembrava.

Lui parlò con voce ferma. «Thea, ascolta.»

«Tutte quelle cose fantastiche che mi hai detto...»

«Non sono farina del mio sacco, ma...»

Lei era in piedi con le gambe che le tremavano. «Sono un uomo a metà. Metti fine alla mia agonia. Sono nelle tue mani.» L'ultima parte la citò con un ghigno. L'aveva sedotta con quelle parole. Si era guadagnato la sua fiducia con quelle parole. Aveva ragione Liv? Per lui era solo un gioco? Riconquistarla in qualsiasi modo possibile solo per dimostrare che poteva riuscirci?

Gavin, sulla soglia, si precipitò dentro la camera. «Sono i miei sentimenti, Thea. È questo l'importante.»

«Mi hai sedotta con le parole di un altro!»

«Solo qualche citazione da un libro, Thea. Tutto qua. Giusto per aiutarmi a parlare con te q-quando non sapevo come fare.»

«Non era solo qualche citazione da un libro. Erano parole bellissime, che mi hanno fatto credere che le cose fossero cambiate, che noi potessimo cambiare.» Indietreggiò fino a sbattere con le gambe sul letto. «Che altro?»

Gavin si passò le mani tra i capelli.

«Devo leggerli a uno a uno per scoprire tutto quello che nell'ultimo mese hai costruito a tavolino?»

«Assolutamente n-niente! L'ultimo mese con te è stato il più importante della mia vita.»

«Avevi calcolato tutto!»

«No, invece. Ero d-d-disperato. Non sapevo c-cosa fare per convincerti a darmi un'altra possibilità, e Del e gli altri dicevano che i libri mi avrebbero aiutato, e...»

Thea sentì un vuoto nello stomaco. «Del lo sa?» Le cedettero le gambe, mentre il puzzle cominciava a prendere forma. Era la forma dell'umiliazione più assoluta. Si abbandonò sul letto. «Mack. E Malcolm? La sera che erano qui e vi siete travestiti con le bambine? Di questo si trattava?»

«È un book club.» Gavin cadde in ginocchio davanti a lei. «L-leggiamo i romance per migliorare le nostre relazioni.»

«Hai finto di essere un altro!»

«No. Questo sono io. E sono una persona migliore di quella che ero. Non per i libri, ma perché i libri mi hanno aiutato a vedere le cose in modo diverso. Ti prego, amore.»

Si sentiva nauseata. Poi si alzò in piedi. «Devo riflettere. Devo schiarirmi le idee.» Lui si sollevò da terra ma lei lo schivò. «Devo capire...»

«Capire cosa?» sbottò Gavin. «Se mi ami?»

Thea si voltò di scatto. Lo sguardo supplicante di lui era stato rimpiazzato da un'espressione dura e rassegnata. «Non c'entra questo.»

«No?» Gavin fece due passi verso di lei e la guardò in faccia. «Io ti amo.»

Un battito colmo di dolore le nacque in petto per poi diffondersi in tutto il corpo.

«Io ti amo, Thea. Ho cercato altri m-modi per dirtelo perché non volevi sentire queste parole esatte, ma forse il problema è che non vuoi sentire proprio nulla.»

L'affanno si impossessò della voce di Thea. Dei suoi pensieri. «Stai cercando di confondere le acque, di mettere sullo stesso piano cose che non hanno alcun legame. Non intendo portare avanti questa conversazione adesso.»

«Questa conversazione è l'unica cosa che conta!» Gavin la afferrò per le spalle. «Dimmi che mi ami.»

Un nodo le strinse la gola.

«Perché non riesci a dirmelo, Thea? Dopo tutto quello che abbiamo passato. Mi ami o no?»

«Io... Io non mi fido di te.»

Gavin emise un verso strano allontanandosi da lei, e per poco non si strappò i capelli. Un attimo e tornò a guardarla, con una postura di abbandono, quasi fosse schiacciato sotto il peso della rassegnazione. «Che cosa vuoi, Thea?»

«Voglio onestà.»

«Mi hai mentito per tre anni. Non venirmi a raccontare dell'onestà.»

«Sei scorretto.» Era una risposta debole. Una risposta disperata. Una risposta da "Non so più come difendermi".

«Forse dovresti cominciare a essere onesta con te stessa.»

«Sono onesta con me stessa. Per questo ti ho detto di andartene! E per la stessa ragione sto tornando a studiare.»

«Cazzate superficiali, Thea.» Rise, scosse la testa, e le puntò il dito contro. «E anche queste non sono parole mie. Me le ha dette Del quando non volevo fare quello che andava fatto. Ma ora sì, ora c'ho provato con tutto me stesso. Però non posso essere l'unico.»

Le passò accanto e uscì. I suoi passi leggeri svanirono in fondo al corridoio verso la loro camera da letto.

La paura e l'infantilità presero la scena e si imposero a gran voce. Thea gli corse dietro. «Ora prendi e te ne vai? La cosa non mi sorprende, chissà perché.»

Si fermò e trattenne il fiato quando lo vide posare la valigia sul letto.

«Li hai già fatti i bagagli.»

«Per andare a New York.»

«E ora che stai facendo?» sussurrò lei.

«La cosa che mi spaventa più di tutte» le disse, dirigendosi verso la sua cassettiera. «Quella che giuravo non sarei mai riuscito a fare, c-cioè l'unica che è assolutamente necessaria.»

Acciuffò una pila di vestiti dal cassetto più in alto e la ripose sul letto. «Ti lascio.»

«E figurati» sbottò Thea, ma la voce acida serviva solo a camuffare il rumore del suo cuore che andava in pezzi. «In questo sei bravo. Ad andartene.»

Gavin non abboccò. Con calma chiuse la cerniera della valigia e la sollevò. «No, ti sbagli. Quello è tuo padre. E io non sono tuo padre.»

«Gavin...» Ora era lei ad avere un tono supplicante.

Lui si fermò sulla soglia ma non la guardò. «I trascorsi sono tutto, Thea. Scava nei tuoi. Forse allora potremo avere una chance.»

CAPITOLO VENTISETTE

Era passata mezz'ora da quando Gavin se n'era andato, e Thea era già tornata alle sue vecchie menzogne. Disse alle bambine che papà era andato a New York per uno shooting fotografico e sarebbe tornato in tempo per Natale.

Poi si fece una tazza di caffè pur non avendone voglia, mandò giù le emozioni che non intendeva provare, e finse che era tutto a posto.

Le cose presero una bruttissima piega quando sentì una chiave nella toppa. Col cuore impazzito, Thea prese lo slancio e dal divano si precipitò all'ingresso. «Gavin...»

Liv era in piedi sulla soglia. «Sono io.»

Le bambine, che stavano colorando sul pavimento del soggiorno, la raggiunsero di corsa come facevano sempre. Il tradimento, il senso di colpa e una dose di dolore alla vecchia maniera provocarono in Thea una fitta acuta che si rifletté sul suo tono di voce caustico. «Hai scordato qualcosa?»

Liv si divincolò dalle bambine. «No.»

«Quindi sei venuta a girare il coltello nella piaga? A elargire un "te l'avevo detto"?»

«No. Sono venuta perché Gavin mi ha scritto che forse avresti avuto bisogno di me.»

Thea fu percorsa da una scossa. Trattenne la reazione istintiva e si voltò verso la cucina. «Non mi serve niente.»

«Thea, mi dispiace» disse Liv, seguendola.

«Cosa?» Si diresse distrattamente verso la brocca del caffè, giusto per avere qualcosa da fare.

«È colpa mia.»

«No, invece.»

«Ascolta» disse Liv, facendosi avanti. «Magari mi sono sbagliata. È stato molto carino a scrivermi.»

Thea ridacchiò. «Ora è carino? Hai passato gli ultimi due mesi a convincermi che era un incorreggibile pezzo di merda.»

«Mi dispiace.» La voce e l'espressione di Liv erano sincere, ed ebbero l'effetto di placare la rabbia irrazionale che controllava ogni frase di Thea. «Tornerà?» le domandò.

«Non... non ne ho idea.»

Liv le andò incontro. «Mi dispiace, Thea. È solo che avevo paura di... di perderti come perdo tutti ogni volta. Mi dispiace, Thea. Davvero.»

Thea abbracciò sua sorella. «Non è colpa tua.»

Liv le gettò un braccio attorno alle spalle, e lei la lasciò fare. «Hai voglia di mangiare gelato e guardare *Cuori senza età*?»

No, in realtà no, ma le disse comunque di sì. Perché sicuramente quello che le andava ancora meno era di starsene seduta da sola ad aspettare il rombo della macchina di Gavin e rendersi conto che finalmente aveva capito un altro dei proverbi della nonna.

"Non c'è peggior solitudine che un matrimonio in solitudine."

In quel momento Thea si sentiva sola come si era sentita sola per tutta la vita.

Gavin passò una notte lunga e buia su uno dei divani del seminterrato di Mack perché sembrava avesse senso chiudere la faccenda proprio dov'era cominciata.

Be', e anche perché nessun altro poteva ospitarlo. Del e Yan avevano detto che doveva vedersela da solo, Malcolm aveva da fare, e mai e poi mai sarebbe andato dal russo. Chissà che orrori digestivi l'avrebbero atteso.

Mack lo aveva accolto, gli aveva consegnato una bottiglia di whiskey e una coperta, e lo aveva minacciato di tagliargli le palle se avesse vomitato fuori dal cesso.

Ora si era svegliato, la bottiglia era sigillata e intatta sul tavolino, e un paio d'occhi che non riconobbe subito lo stavano palesemente fissando come se fosse un esemplare allo zoo.

«Stai male?» La bambina aveva i capelli scuri raccolti in due codini e teneva in mano un coniglietto rosa di peluche. «Lo zio Mack dice che stai male.»

Gavin si schiarì la voce. Sentì la gola come carta vetrata. Com'era possibile essere sbronzo senza aver bevuto? «Lo zio Mack?»

«Sì, è mio zio.»

«E tu sei?»

«Lucy.»

«Piacere.»

Lucy gli posò una mano sulla fronte. «La febbre non ce l'hai. Però hai l'alito un po' puzzolente.»

Nonostante il suono metallico nella testa e una caverna vuota al posto del cuore, Gavin riuscì ad abbozzare un sorriso. «Sicuramente non hai torto.»

«Lo zio Mack mi ha detto di darti questa.» Tirò fuori dalla tasca della felpa una mela verde.

Gavin scoppiò a ridere. «Dov'è lo zio Mack?»

«Di sopra con mamma, papà e le mie sorelle.»

Il suono nella testa divenne simile a un martello pneumatico quando un fascio di luce filtrò dagli scuri della portafinestra che dava sul cortile interno e sulla piscina. «Be'» disse Gavin, mettendosi seduto, «grazie per la mela. Puoi chiedere allo zio Mack di scendere?»

«Va bene!» Lucy se ne andò di corsa, lasciando Gavin con un attacco di panico imminente per il dubbio di aver corso troppo il giorno prima. Avrebbe potuto voltarsi e tornare indietro subito dopo essere uscito di casa. Avrebbe potuto implorare perdono. Ma non poteva. Non più.

I piedi pesanti sulle scale annunciarono l'arrivo di Mack, che girò l'angolo e sogghignò. «Sei vivo?»

«Non ho bevuto neanche un goccio.»

Mack alzò un sopracciglio. «Caspita. Sei cambiato.»

Gavin si passò una mano sulla faccia. «Non sapevo avessi una nipote.»

«Ne ho tante. Figlie di mio fratello.»

«Non sapevo nemmeno avessi un fratello.»

«Non sai un sacco di cose di me.»

Gavin concordò annuendo. «Grazie per l'ospitalità.»

«Quando ce l'hai il volo?»

Già. New York. Come se gliene fregasse qualcosa in quel momento. «Tra un paio d'ore.»

Mack si abbandonò su una sedia da gaming e si protese in avanti, poggiando i gomiti sulle ginocchia. «Andarsene è stata una mossa audace, Gav.»

«Del sembra pensarla diversamente.»

«Be', diciamo che hai violato la prima regola.»

«Non parlare del book club?»

Mack lo guardò storto. «Okay, la seconda regola.»

«Non permettere al russo di cagare nel tuo bagno?»

«Non dovevi riprodurre il libro per filo e per segno, geniaccio. Te l'avevamo detto.»

Gavin fissò la mela che teneva in mano. «Comunque vada, v-v-voglio che sappiate che vi sono grato per quello che avete fatto.»

Era un uomo diverso, prima del book club. Ora aveva capito i suoi errori e i suoi limiti. Si esprimeva con più sicurezza. E, certo, era più bravo a fare l'amore.

Ma comunque non bastava. L'amore non basta.

«Ora che farai?» domandò Mack, mettendosi in piedi.

«Devo prendere un aereo. Dopo, non ne ho idea.»

Ora c'era Thea alla battuta. A lui non restava che aspettare.

CAPITOLO VENTOTTO

Thea si svegliò nella camera degli ospiti. Aveva il collo indolenzito per la posizione scomoda in cui aveva dormito dopo essere crollata leggendo. Per tutta la notte i suoi sogni erano stati ambientati all'epoca della Reggenza inglese, ma i protagonisti erano persone vere.

E quando si svegliò, era vero anche l'imbarazzo.

«Ti va un caffè?»

Thea guardò dietro di sé. Liv era sull'uscio. «Certo.»

Sua sorella entrò e si sedette sul letto. «Che ci fai qui?»

Thea andò alla finestra. «Sai cosa ho fatto per tutta la notte?»

«Hai distrutto la parete?»

Thea si sforzò e rise. «No. Ho pensato alla mamma.»

"Per tutta la vita hai accettato una sola versione della verità... Hai mai guardato le cose dal punto di vista di tua madre?"

Liv si ritrasse. «Perché?»

Perché i trascorsi sono tutto. «Ho provato a vedere le cose dalla sua prospettiva.»

«Sì, ma non credo che se lo meriti.»

«Magari no, ma odiarla a prescindere per le decisioni che ha preso non è stato proprio un bene per me. E neanche per te. Mi sbaglio?»

«Non prendere a calci i tronchi se non sei pronta a quello che potrebbe strisciare fuori.»

Thea rise. «La nonna.» Forse quello era il proverbio che Liv e Thea si erano sentite dire più di tutti gli altri. Una filosofia di vita che Thea aveva completamente dimenticato. Il punto non era temere le orribili creature striscianti. Il punto era avere la forza di affrontarle.

«Sono una codarda, Liv.»

Sua sorella la guardò col suo solito ghigno alla "Che baggianata stai blaterando". «Tu? Codarda? Sei la persona più forte che conosco.»

«No. Non è vero. Gavin aveva ragione. Sono una codarda.»

«Smettila, Thea.»

«Non posso. Sai perché ci siamo lasciati?»

Liv fece un'espressione confusa, preoccupata.

«Fingevo gli orgasmi. L'ha scoperto, e la cosa l'ha ferito. Lui l'ha gestita male, ma io ho fatto lo stesso. Sono stata onesta...»

«Tu sei stata più che onesta.»

«Ne sei sicura? Non ho fatto altro che fingere, e lui non ha fatto nulla per meritarselo. È perché ho qualcosa che non va, Liv. Ho paura di aprirmi con Gavin, di aprirmi sul serio. E ora se n'è andato. Di nuovo.»

Aveva ragione lui. I trascorsi sono davvero tutto. Gli orgasmi finti, il suo rifiuto di dirgli che lo amava, la sua reazione davanti a quei libri, le accuse tremende che gli aveva rivolto. Faceva tutto parte del groviglio di problemi che non aveva mai voluto affrontare. I suoi genitori le avevano tolto la capacità di fidarsi. E questo le stava costando l'uomo che amava.

Lo amava. Tantissimo.

Non l'aveva lasciata lui.

Era stata lei a cacciarlo.

Thea si voltò e abbracciò la sorella. «Grazie di essere qui.»

Liv la strinse. «E di che. Io e te, sempre.»

Thea indietreggiò e le scostò i capelli dalla fronte. «Liv, so che ho fatto molto affidamento su di te, ma pensi di poter restare con le bambine questo weekend?»

Liv sorrise. «Vai a New York da Gavin?»

«No. Vado al matrimonio di nostro padre.»

Gavin arrivò in aeroporto appena in tempo. Del, Yan e gli altri Legends che dovevano partecipare allo shooting erano già seduti nei loro posti in prima classe quando lui si trascinò a bordo assieme al suo bagaglio a mano. Mentre infilava valigia e cappotto nella cappelliera, Del lo fissava in silenzio col suo sguardo assassino che in campo intimidiva chiunque.

Gavin ricambiò l'occhiataccia e sprofondò nel sedile libero accanto a lui. Poi chiuse gli occhi, inclinò la testa all'indietro e sperò che Del capisse che non era assolutamente in vena per un altro giro di "brutta testa di cazzo".

«Brutta testa di cazzo.»

«Ho f-f-fatto quello che dovevo fare, Del.»

«Come hai potuto pensare che lasciarla fosse una buona idea?»

Gavin aprì gli occhi e lo guardò in cagnesco. «Non ho pensato che fosse una buona idea. È una merda. Mi sento morire. Come se il mio cuore sanguinasse...»

Il suo telefono vibrò, e agitandosi come un matto lo tirò fuori dalla tasca dei jeans. Fa' che sia Thea. Fa' che sia Thea.

Era Liv. "Mannaggia alla donnaccia imparruccata!"

«Rispondi, deficiente» disse Del.

Passò il dito sullo schermo. Liv non si prese nemmeno la briga di salutarlo. «Mi sembrava giusto dirti che avrà bisogno di te.»

Gavin si irrigidì, e col cuore impazzito pensò al peggio. «Che è successo? Le bambine?»

«Sta andando ad Atlanta.»

Rovistò nella sua mente nebulosa alla ricerca del significato di quelle parole. Poi: «Sta andando al matrimonio?».

«Non lo so che sta succedendo, ma è scappata da qui come se per lei fosse la cosa più importante del mondo.»

«I trascorsi.»

«Cosa?»

«Lo sta facendo. Sta scavando.»

«Dovrei capire che significa?»

«Grazie per avermelo detto, Liv. Non hai idea di cosa significhi per me.»

Lei fece una pausa, poi la sua voce si addolcì. «Assicurati che stia bene.»

E riattaccò. Gavin, indeciso, rimase immobile per un decimo di secondo prima di scattare in piedi. Sbatté la testa sulla cappelliera e strillò un'imprecazione. «Alla faccia della vecchia cagnaccia inviperita!»

Si passò una mano sulla testa e, accovacciandosi, uscì dalla sua fila. Un assistente di volo gli disse che doveva prendere posto perché stavano per chiudere il portellone.

Del si protese verso di lui. «Amico, ma che stai facendo?»

«Devo scendere dall'aereo.» Aprì la cappelliera e tirò fuori la sua roba.

L'assistente di volo si avvicinò con le mani alzate. «Signore, devo chiederle di accomodarsi.»

«Non posso. Dovete farmi scendere. Devo... È un'emergenza.»

«Devo scendere anch'io.» Del di colpo si alzò in piedi.

Seguito da Yan. «*Yo también.*»

«Signori, per favore...»

«Senta, è un'emergenza» strillò Del.

«Qualcuno sta male?»

A questo punto li stavano guardando tutti. Un'altra assistente di volo stava percorrendo il corridoio per raggiungerli.

Del afferrò Gavin per un braccio e sorrise. «Facciamo 'sto grande gesto?»

«Oh, sì.» Gavin si voltò verso l'assistente di volo e assunse l'espressione più risoluta possibile. «Fatemi scendere da quest'aereo. Devo andare a sposare mia moglie.»

CAPITOLO VENTINOVE

Per Thea, la fila di Rolls-Royce antiche parcheggiate davanti alla cattedrale di pietra svettante le indicava con estrema chiarezza che si trovava nel posto giusto. Suo padre non aveva mai usato mezze misure. Be', tranne che nel matrimonio. Era un esperto di mezzi matrimoni, da sempre. Ma le cerimonie? In quelle non si risparmiava.

Thea aveva guidato per quattro ore di fila fino ad Atlanta. Almeno una decina di volte aveva accostato pensando di chiamare Gavin. Non sapeva neanche se avrebbe risposto, e pure se l'avesse fatto non sarebbe stata comunque pronta a parlarci.

Per chissà quale miracolo, era arrivata così presto da trovare un parcheggio eccezionale dall'altra parte della chiesa, che le avrebbe permesso di scappare in tutta fretta in caso di necessità. Rovescio della medaglia, ora doveva starsene seduta in macchina da sola coi suoi pensieri per troppo tempo.

Thea chiuse gli occhi e abbandonò la nuca contro il sedile. Dio, ma che ci faceva lì? Ce n'erano tante di cose sciocche e impulsive da fare. Cosa ci avrebbe guadagnato? Non era giusto mettersi a discutere col padre il giorno del suo matrimonio, e non aveva alcuna voglia di rovinare il grande giorno della sua fidanzata. Anche senza il suo aiuto, quella povera donna avrebbe avuto già abbastanza dolori da sopportare nei giorni a venire.

Ma ormai Thea aveva fatto tutta quella strada, e doveva sbrigare questa faccenda. Perché Gavin aveva ragione. Stava scappando da troppo tempo da un passato in cui suo padre aveva un ruolo cruciale.

Sussultò quando udì che qualcuno stava bussando al suo finestrino. Spalancò gli occhi e vide che... oh, cazzo. Suo padre stava sbirciando dentro. Con quello smoking grigio antracite addosso e i capelli brizzolati, più che lo sposo pareva il padre della sposa.

Thea abbassò il finestrino, cosa che sembrò divertirlo. «Hai intenzione di entrare, o vuoi assistere dall'auto a tutto il matrimonio?»

«Come sapevi che ero qui?»

Indicò uno dei piani più alti della chiesa. «Finestra.»

«Mi hai riconosciuto da lassù?»

«So riconoscere mia figlia, sì.»

La parola "figlia" la punse come uno spillo appuntito. Conosceva così poco quell'uomo che persino chiamarlo papà le faceva storcere il naso. Ma lui poteva prendere e uscirsene con "mia figlia"?

«Non pensavo venissi» disse.

«Tranquillo, non resto a mangiare.»

«Smettila, testona. La wedding planner ti sta già procurando un posto al tavolo dei genitori di Jessica.»

«Dei suoi genitori?» Thea si ritrasse. «Oh, no. Lascia stare, ti prego. Sarei veramente troppo, troppo esposta.»

Il padre raddrizzò la schiena e fece un cenno col capo verso il sedile del passeggero. «Posso?»

«Non hai faccende da sposo da sbrigare?»

«Non è la prima volta. Saprò cavarmela.»

«Forse a te la cosa farà ridere, ma in realtà è orribile.»

Indicò di nuovo il sedile. «Ti dispiace?»

Thea sbloccò le sicure e lo guardò passare davanti al cofano. Qualcuno in lontananza doveva averlo chiamato, perché alzò la mano per salutare e proseguì verso lo sportello.

Mentre lui si accomodava c'era un silenzio assordante. Starsene seduti in macchina in compagnia era uno di quei gesti di quotidianità famigliare che potevano risultare banalissimi o imbarazzantissimi. Stavolta era imbarazzantissimo. La serenità con cui gran parte delle persone stava accanto al proprio padre era ben lontana da Thea. L'uomo al suo fianco non le aveva mai rimboccato le coperte, non le aveva mai dato un bacetto su un graffio o sulla bua, non l'aveva mai presa in braccio per metterla a letto o coccolata mentre dormiva. Lei non gli si era mai messa sulle gambe in cerca di consolazione, non avevano mai preparato i pancake insieme. Era un estraneo. Come un lontano parente che vedi ogni cinque anni alle riunioni di famiglia e con cui l'unica conversazione che intrattieni ripetutamente verte su quanto sei diventata alta.

Eppure, in qualche modo, le azioni di quell'estraneo le avevano lasciato ferite nell'anima così profonde che Thea stava per perdere l'uomo che amava. Uomo che la amava a sua volta, al punto da leggere, sottolineare e citare romanzi rosa per riconquistarla.

Le ferite inflitte da quest'uomo in macchina con lei l'avevano disillusa tanto da non riuscire a vedere gli sforzi di Gavin per ciò che erano: una testimonianza bellissima, sincera e onesta dei suoi sentimenti.

«Gavin e le bambine non ci sono?» chiese poi Dan.

«No. Sono sola.»

«Liv?»

«Mi dispiace.»

«Be', sono felice che tu ci sia. Com'è che hai cambiato idea?»

«Sto prendendo a calci qualche tronco.»

L'angolo delle labbra di lui si alzò. «E sei pronta a quello che potrebbe strisciare fuori?»

Thea fissava fuori dal parabrezza. «Non so perché mi trovo qui, in realtà. Sono abbastanza sicura che sia un errore.»

«Solo se te ne vai senza averlo detto.»

«Detto cosa?» Strinse il volante tra le mani.

«Qualsiasi cosa pensi di dover dire per sbarazzarti di quei tronchi.»

«Non ho nulla da dire. Volevo solamente vedere.»

Lui inclinò la testa. «Vedere?»

Thea incrociò lo sguardo di suo padre per la prima volta dopo anni. «Il modo in cui mi guardi.»

I tratti di lui si ammorbidirono per un decimo di secondo, e una minuscola crepa le si aprì nel petto. Come una spaccatura nelle placche tettoniche da cui fuoriesce fumo, rischiava di rilasciare i gas nocivi dei trascorsi trattenuti per anni. E, Dio, se non era un sollievo liberarsi di un po' di pressione.

«Volevo vedere se mi guardi come Gavin guarda le nostre figlie. Mi hai mai guardata in quel modo?»

Sbuffò, colpito. «E dicevi di non aver nulla da dire.»

Thea scosse la testa e premette il tasto per avviare il motore. «È meglio che entri. Farai tardi al tuo matrimonio, e io ho evidentemente sbagliato. Da te non posso cavare fuori nulla di utile.»

Suo padre sbottò in un'altra risata colma di stupore. «Lo so di aver fatto schifo, come padre, e lo so che dirti che spero non sia troppo tardi per rimediare fa di me uno stereotipo imbarazzante.»

«Infatti» disse lei, col fumo che veniva fuori sempre più intensamente. «È troppo tardi.»

«Allora sarai contenta di sapere che ci sto male. Devo farmi da parte e, di fronte alla donna che sei diventata, alla donna che tua sorella è diventata, prendere atto che non potrò avere un ruolo. Guardo le tue splendide bambine e so che non potrò essere un nonno per loro.»

Thea rimase a bocca aperta, le mani inerti sul grembo. «No, non sono contenta. Per niente. Sono tristissima, perché non doveva per forza andare così. Hai scelto tu di stare ai margini delle nostre vite, e di rimpiazzarci continuamente con qualcun altro.»

«Io non ho mai voluto rimpiazzarvi, Thea.»

Un fischio, e dalla spaccatura uscì altro fumo. «Hai permesso alla tua seconda moglie di vendere casa nostra. Le hai permesso di impedirci di venire a vivere con te. Hai preferito lei e tutte le altre donne alle tue figlie. Perché?»

«Perché tu e Liv stavate meglio senza di me!»

Dopo il fumo, ecco l'incipiente eruzione. «È veramente così che te la racconti?»

«Era così che me la raccontavo allora. Non sarei mai stato il tipo di uomo che allena la squadra di softball delle figlie o...»

«Che fa i pancake il sabato mattina?»

«Io portavo il pane a casa. Ecco cosa facevo, e lo facevo bene, ed era il mio modo di essere un padre per voi.»

«Be', mentre tu te la raccontavi così, io e Liv crescevamo pensando che in noi ci fosse qualcosa di sbagliato. Qualcosa che portava la gente ad abbandonarci, e per cui saremmo sempre state abbandonate. E adesso sto perdendo mio marito perché l'ho allontanato per paura.»

Dan la guardò sbalordito. «Che succede tra te e Gavin?»

Lei agitò le mani come per respingere la domanda. «Non sono qui a chiedere ulteriori consigli, quindi non sforzarti troppo, ecco. Dimmi solo una cosa.»

Oddio. Stava per farlo. Stava per porgli la domanda che l'aveva perseguitata tutta la vita.

«Ti sei mai pentito...» Espirò. «Di me?»

«Mai» disse Dan, con voce profonda e sicura. «Mai. Neanche una volta.»

Thea chiuse gli occhi.

«Guardami» le ordinò suo padre. E di nuovo, i loro sguardi si incrociarono. «Mettere incinta tua madre è stata la cosa migliore che mi sia mai successa. Ero solo troppo stupido ed egoista per capire come poter essere il padre che voi meritavate.»

Le porte della chiesa si aprirono, e ne uscì una donna dall'aria agitata, vestita di rosso, che scattava con la testa da una parte all'altra.

Dan sospirò.

«È la wedding planner?»

«Sì.»

«Sembra abbia paura che lo sposo se la sia data a gambe. È meglio se entri.»

Annuì, smarrito per un momento nei suoi pensieri. Poi aprì

lo sportello. «Spero che rimarrai» le disse. «In caso contrario, lo capirei.»

Thea lo guardò correre dall'altra parte della strada. Vedendolo apparire, la wedding planner esultò con le mani al cielo.

Dan la calmò, e a occhio riuscì a consolarla, perché tutti e due si voltarono e risalirono gli scalini della chiesa. Arrivati alle porte, lui si guardò indietro.

E poi entrò.

Thea si asciugò le guance. Splendido. Ora aveva il trucco rovinato. Il che, a dirla tutta, era un'ottima scusa per andarsene.

Guardò la borsa che aveva ai piedi, nella quale quella mattina, irrazionalmente e spinta da un impulso improvviso, aveva infilato, prima di uscire, *La contessa rompiscatole*.

Tirò il libro fuori dalla borsa e lo aprì nel punto in cui si era interrotta la sera prima.

Benedict batté le palpebre. Tossì. Si stirò il cappotto. «Farò... farò accomodare la carrozza.»

«Mi spiego meglio, milord. Andrò in campagna.»

No. Buon Dio, no. «Irena, ti prego.»

«Non posso curare una ferita infetta che voi vi rifiutate di accettare, Benedict, né permetterò a me stessa di risponderne personalmente.»

«Non ti ho chiesto nulla di tutto ciò.»

«Potrete venirmi a trovare quando vi sentirete pronto per un erede, così da negoziare i termini della...» Un nodo le chiuse la gola. «... della procreazione. Ma così non posso andare avanti.»

«Irena, ti prego. Io ti amo.»

«Pensavo che almeno questo vi fosse chiaro, milord. L'amore non basta.»

Che cazzate. Che immani cazzate da smidollati.

L'amore non basta.

Certo che basta.

Thea scese dall'auto e correndo sui tacchi attraversò la strada. Entrò che mancavano cinque minuti scarsi. Raggiunto l'atrio, una donna vestita di rosa le diede un programma e le lanciò un'occhiataccia. Un quartetto d'archi stava suonando un lento romantico. Lo sposo e i suoi testimoni erano già allineati di fianco all'altare, tutti con lo stesso smoking grigio scuro. Non ne riconobbe nemmeno uno, a parte suo padre, che era accanto al pastore con le mani giunte davanti a sé che dondolava avanti e indietro sui talloni, teso come uno sposino di primo pelo.

Thea scivolò tra due banchi in penultima fila, guadagnandosi un altro sguardo scocciato, stavolta da parte di una coppia, mentre il quartetto d'archi intonava le prime note del *Canone* di Pachelbel. Le damigelle, in abito verde smeraldo, cominciarono a sfilare lentamente lungo la navata spargendo petali di rose rosse. Poi i presenti si alzarono e si voltarono per il grande momento: la sposa. La sua nuova matrigna.

Thea non riuscì a vedere bene il suo viso nascosto dal velo, ma non sembrava più grande di lei. Il suo sorriso smagliante traspariva dal merletto che copriva tutti gli altri dettagli dei lineamenti.

Non distoglieva gli occhi da Dan, che non guardò altrove nemmeno per un momento mentre lei si avvicinava a braccetto col proprio padre. E quando arrivò all'altare, Dan le prese la mano con lo sguardo colmo di... Porca vacca, era innamorato cotto.

Il suo era un sentimento vero.

E lo stesso valeva per Jessica.

E Thea lo sapeva perché conosceva quello sguardo. Sapeva che sensazione si provava.

Oddio. Ma cosa le era saltato in mente? Avrebbe dovuto correre dietro a Gavin, l'uomo che la amava nonostante l'avesse tenuto a debita distanza in mille maniere, anziché guidare fino ad Atlanta per un uomo che non sapeva come provare amore per lei. Thea controllava l'ora sul telefono ogni tre minuti, ricevendo altre occhiatacce dalla coppia seduta accanto. Certo, figurarsi. Era arrivata tardi e ora non vedeva l'ora di uscire da lì. E allora? Non capivano che era un'emergenza? Non capivano che doveva andare a salvare il suo matrimonio?

E l'avrebbe fatto. Subito dopo il bacio tra lo sposo e la sposa, sarebbe corsa a New York per compiere un gesto che non avrebbe mai pensato di compiere.

Avrebbe implorato suo marito di tornare con lei.

CAPITOLO TRENTA

«Perché corriamo?» strillò Mack.

Stavano correndo tutti quanti.

Mack. Del. Yan. Il russo. Gavin. Correvano su un marciapiede dissestato ad Atlanta verso una gigantesca chiesa in lontananza.

«Perché questo è grande gesto» rispose il russo, affannato. «Si corre sempre per grande gesto.»

«E pure perché hai parcheggiato a sette isolati!» strillò Gavin.

Mack ribatté blaterando qualcosa sul GPS del telefono che si era sbagliato, ma Gavin lo ignorò. Riusciva a scorgere la chiesa, e nulla gli avrebbe impedito di raggiungere sua moglie. Quindi decise di correre più veloce. Correva da quando era sceso dall'aereo. Aveva corso per tutto l'aeroporto. Aveva corso fino alla macchina. Erano passati a prendere Mack e il russo e avevano guidato fino ad Atlanta il più velocemente possibile.

Ma ormai erano passate le tre, ed erano in ritardo.

Quindi accelerò il passo. Perché se si fosse perso le promesse avrebbe perso anche la sua unica possibilità.

Finalmente, dopo quella che sembrò un'ora, la sposa e lo sposo si voltarono l'una verso l'altro per le promesse.

Thea muoveva nervosamente la gamba su e giù, attirando su di sé l'ennesima occhiataccia.

Suo padre parlò per primo. Ripeté ogni parola suggerita, sebbene probabilmente a questo punto le sapesse a memoria. Le promise di amarla. Onorarla. Ed esserle fedele in salute e malattia eccetera eccetera.

Thea controllò l'ora.

La sposa cominciò a recitare calma la stessa roba che aveva recitato suo padre. Amarlo. Onorarlo. Salute. Malattia. Lo voglio. Lo voglio.

Gesù, ma baciatevi e basta!

La folla applaudì quando Dan protese il capo per baciare Jessica, ma un rumore assordante in fondo alla chiesa allontanò i due sposi. Tutte le teste ruotarono, le donne sussultarono per la sorpresa e gli uomini esclamarono una serie molto creativa di parolacce.

Poi però una voce emerse su tutte. Un balbettio squillante e affannato.

«Lo v-v-voglio.»

CAPITOLO TRENTUNO

Okay, allora, forse avrebbe dovuto escogitarla meglio.

Duecento facce sconvolte fissavano Gavin fermo all'ingresso. La sposa si portò la mano alla bocca, e lo sposo... Oh, be'.

Il padre di Thea sembrava infuriato come il mare in tempesta.

Un uomo dal lato della sposa balzò in piedi. «Che cos'è questa sceneggiata?» sbottò. «È il matrimonio di mia figlia.»

Lo scalpitare di gente che correva e si fermava sgommando portò tutti gli invitati a sporgersi contemporaneamente per sbirciare alle spalle di Gavin.

Mack, in scivolata, gli si fermò accanto. «Cazzo.»

Del, affannato, si chinò con le mani sulle ginocchia. «Ci siamo persi le promesse?»

Yan e il russo si abbandonarono contro il muro.

«Che succede?» domandò nuovamente a gran voce il signore in prima fila. «Chi siete voialtri?»

Mack alzò la mano. «Braden Mack.»

Gavin lo tirò per la giacca. «Scusate. Sto, ehm, sto cercando Thea.»

«E chi sarebbe questa Thea?» ringhiò il tizio.

«Mia figlia» disse Dan, indicando un banco sul fondo.

Gavin era piuttosto sicuro di aver scorto un sorriso sul viso dello sposo.

Tutte le teste dei presenti si mossero collettivamente verso il punto indicato da Dan, ed ecco che la vide. Seduta a non più di sei metri da lui, con la bocca spalancata, il petto che si gonfiava e sgonfiava per l'affanno. Si alzò lentamente in piedi. Mille emozioni le attraversarono il viso: sorpresa, imbarazzo, divertimento. Amore.

«Ciao» gli disse in un sospiro.

Gavin si asciugò il sudore dalla fronte. «Ciao. P-possiamo...» Indicò con un cenno la porta alle sue spalle.

Thea si fece strada, sbattendo contro le ginocchia dei vicini di panca, bisbigliando «Scusate, permesso, scusate» fino a quando non raggiunse la navata. Guardò l'altare in direzione del padre. «Io, ehm... Io ora vado.»

«Ci sarete al ricevimento, vero?» chiese la sposa.

«Non saprei» squittì Thea.

«Spero di sì, perché non ci siamo ancora presentate.»

Le teste degli invitati seguivano la conversazione muovendosi da una parte all'altra all'unisono.

«Già» disse Thea. «Piacere. Scusa. Devo proprio andare...»

Thea si diresse rigida e a passo veloce verso l'uscita. Gavin indietreggiò salutando con la mano. «Scusate l'interruzione.»

Uscendo, tirò a sé le porte, si voltò e...

«Mannaggia, Gavin» disse Thea. «Stavo per farlo io, il grande gesto.»

Poi lo afferrò per il bavero della giacca, lo trascinò a sé, e lo baciò. Oh, eccome se lo baciò. Lo baciò mettendogli le mani tra i capelli, il cuore in mano.

Mentre lo baciava, parlò. «Volevo venire a New York.» Bacio. «Volevo venire a cercarti.» Bacio più profondo. «Volevo entrare e dirti...» Bacio ancora più profondo. «Ti amo.»

Gavin le prese il viso tra le mani e indietreggiò. «Dillo di nuovo.»

«Ti amo, Gavin. Ti amo. E mi dispiace tanto. Avevi ragione su di me. Sono stata una sciocca, ed ero spaventata.»

«Anch'io.»

«Probabilmente saremo di nuovo sciocchi e stupidi, a un certo punto.»

«Ma lo supereremo» le promise lui.

Mack si schiarì la voce. «Accelera. Hanno quasi finito con le promesse.»

Giusto. Gavin aveva ancora da fare. Il suo grande gesto non era concluso. Si inginocchiò e prese la mano di Thea.

«Che stai facendo?» disse lei ridendo.

«Non ho mai potuto prima, quindi lo faccio ora. Thea Scott, vuoi sposarmi?»

«Adesso?»

«Sì. Adesso. Siamo in chiesa.»

Thea rise di nuovo e lui si alzò in piedi. «Russo» disse, affannato. «Vieni qui.»

«Si chiama Russo?»

«Mi chiamo Vlad. Scusa per il bagno.»

«Quindi siete voi... Quelli del *bromance book club*?» disse Thea.

Mack annuì lentamente, poi più deciso. «Mi piace. Il Bromance Book Club.»

«Forza» disse Gavin.

Poi prese entrambe le mani di Thea e si mise di fronte a lei.

«Ripeti dopo di me» disse Vlad, dispiegando il foglio che Gavin gli aveva passato. «Io, Gavin Scott...»

«Io, Gavin Scott.»

Si udì un applauso provenire dai banchi della chiesa.

«Prendo te, Thea Scott...»

«Prendo te, Thea Scott.»

Musica. Cazzo. Gavin strappò il foglio dalle mani di Vlad e recitò la formula a memoria. «Prendo te, Thea Scott, come mia moglie, e prometto di dirti sempre ciò che provo. Di leggere per te ogni sera. Di onorare il tuo corpo...»

Mack e Del si tapparono le orecchie. «Ci sono bambini, qui!»

Gavin le si avvicinò e le sussurrò il resto all'orecchio. «E di non dimenticare mai che l'amore...»

«Che l'amore basta» sussurrò Thea.

Gavin la baciò ancora proprio quando le porte della chiesa si spalancarono e gli sposini – gli altri sposini – si precipitarono fuori in un fragore di applausi e note del *Canone* di Pachelbel.

«Bene» disse Dan con voce monocorde. «Vedo che avete risolto.»

Gavin guardò suo suocero, un uomo che poco prima avrebbe preso volentieri a pugni in faccia. «Scusa se non possiamo trattenerci, Dan. Dobbiamo goderci il nostro lieto fine.»

Poi strinse Thea tra le braccia. «Pronta, amore mio?»

Lei gli accarezzò la guancia. «Sono nelle tue mani, milord.»

EPILOGO

Vigilia di Natale

Thea si accoccolò di fianco a Gavin e gli passò lentamente le dita su e giù sulla pancia. Le luci dell'albero di Natale illuminavano i loro corpi di un fioco bagliore giallo. Di sopra, le bambine dormivano, e sognavano pan di zenzero e nuovi giochi della Nintendo.

Di sotto, mamma e papà stavano rinnovando le loro promesse, ancora e ancora.

Gavin leggeva ormai con la voce stanca. Da quando erano tornati da Atlanta avevano letto ogni sera. Solo che il libro era un altro.

«Irena, aspetta!»

Benedict corse dietro a sua moglie. Si udirono versi di stupore, e i membri del "bel mondo", che prima si erano premurati di evitarla a tutti i costi, ora non riuscivano a distogliere lo sguardo dallo spettacolo che si stava svolgendo di fronte a loro.

Benedict attraversò la sala da ballo.

Irena si voltò di scatto. «Milord, non lo fate.»

«Cosa non dovrei fare? Ammettere davanti al mondo intero che ti amo?»

Altri sussulti seguirono le sue parole.

Benedict la raggiunse, le cinse la vita con un braccio, e...

Gavin si interruppe. «Deve baciarla, o prima dovrebbe chiederle il permesso?»

Thea emise un mugolio. «A questo punto, penso che un bacio rubato vada bene. È il suo grande gesto, e questo è il momento clou.»

Gavin la baciò sul naso. «Giusto.»

... le cinse la vita con un braccio e disse: «Sono qui per fare una proposta a mia moglie».

E poi la baciò. Davanti a tutti. Le pettegole ridacchiarono. Le più giovani ebbero un mancamento. Irena ondeggiò, poi si abbandonò a lui.

«Ti amo» le sussurrò tra le labbra. «Ti ho sposata perché ti amo. Hai cambiato l'uomo che sono. Mi hai reso un uomo migliore.»

Gavin abbassò lo sguardo verso Thea. «Lo capisco molto bene.»

Thea alzò il viso e lo baciò. La sua bocca indugiò sulle labbra di Gavin, stuzzicandolo, e con le mani gli planò su tutto il corpo.

Gavin sorrise. «Non l-leggiamo più?»

«Mmh.»

Gavin lasciò cadere il libro e rotolò sul letto. Thea sollevò le gambe, gliele strinse attorno ai fianchi e lo baciò con tutto il sentimento possibile. Stavano diventando bravissimi a parlare.

Gavin premette le labbra sulle sue, e le cose passarono da zero a orgasmo in un secondo. Il bisogno le conficcava gli artigli sottopelle: bisogno, voglia ed emozioni da ragazzina super eccitata che la facevano tremare tra le braccia del suo uomo.

«Tu non mi basti mai» ansimò Gavin, smanettando coi bottoni della maglia di Thea. Quella nuova. Quella vecchia gliel'aveva strappata. La sbottonò del tutto, scoprendole il seno, e si chinò per prenderle tra le labbra prima un capezzolo, poi l'altro.

Thea allungò una mano in mezzo a loro due e gli sbottonò i pantaloni che imprigionavano la sua erezione, e poi, oddio, lui le entrò dentro. «Anche tu non mi basti mai.»

Gavin sussurrò una rispettosa imprecazione.

La fece sentire aperta. Piena. Amata.

«Parlami» disse Thea. «Dimmi cosa vuoi.»

Gavin rotolò di nuovo fino ad avercela sopra. «Voglio che mi cavalchi» mugugnò.

Lei si cullò su e giù. Ondeggiò coi fianchi per farlo entrare sempre più in fondo. L'uno respirò l'aria dell'altra, con le labbra che si sfioravano, e i fianchi che si muovevano all'unisono.

«Voglio farti godere» disse Gavin con voce rauca.

Thea si chinò fino a strofinare i capezzoli contro i peli del petto di lui.

«Voglio che mi ami per sempre, Thea.»

Di colpo, eccola raggiungere l'orgasmo. Ormai era la prassi. Come se dentro, nel profondo, avesse avuto un forziere colmo di fiducia che solo Gavin era riuscito ad aprire.

«Ti amo» le disse, stringendola mentre lei cavalcava l'onda del piacere.

«Ti amo» gli rispose, muovendosi ancora, su e giù, fino a quando Gavin, percorso da un brivido, scattò col bacino, col nome di sua moglie sulle labbra quasi fosse una preghiera.

Thea gli si abbandonò sul petto, affondando il viso nel suo collo.

Lui la tenne lì, con le dita intrecciate ai suoi capelli. «Come p-pensi che andrà a finire?» le chiese.

«Credo che Benedict e Irena si siano guadagnati la loro vita felici e contenti» sussurrò.

«Concordo» rispose e le baciò la testa. «E per me ce lo siamo guadagnati anche noi.»

Thea sentì un nodo in gola. Per poco non avevano perso tutto. Per poco non si erano persi.

Si alzò appoggiandosi su un gomito e guardò in basso. «Sai cosa penso?»

«Dimmelo.»

«Il nostro lieto fine mi piace di più.»

Si addormentarono dopo ore e ore.

RINGRAZIAMENTI

Scrivere e pubblicare un romanzo è un lavoro di squadra. Non starei vivendo questo sogno senza l'aiuto e il sostegno di tantissime persone che meritano di essere ringraziate.

Innanzitutto, grazie alla mia famiglia, che mi ha incoraggiata e sostenuta ogni giorno della mia vita. Mamma, non mi hai mai permesso di mettere i miei sogni da parte, né di pensare che non avrei potuto vederli diventare realtà. A mio marito: decidere di fare la scrittrice a tempo pieno è stato un terrificante salto nel vuoto. Mi sei stato accanto passo dopo passo e mi hai aiutata a realizzare questo mio folle sogno. E papà, a te che sei il mio vetro-da-rompere-in-caso-di-emergenza, grazie di essere sempre il capitano che regge tranquillo il timone della nave.

La mia profonda gratitudine va alla mia agente, Tara Gelsomino. A quel *pitch-fest* di Twitter hai scelto me e hai reso possibile tutto questo. Grazie per i tuoi consigli, il tuo senso dell'umorismo, e per aver creduto nei miei *Bromance boys*! E, naturalmente, un ringraziamento altrettanto profondo va alla mia editor, la lungimirante, appassionata e simpaticissima Kristine E. Swartz, che ha lottato con le unghie e con i denti per far arrivare ai lettori *The Bromance Book Club*.

Alla mia tribù di scrittrici, a cui devo il mantenimento della mia sanità mentale (o di qualcosa che ci assomiglia vagamente): Meika Usher, Christina Mitchell, Alyssa Alexander, Victoria Solomon, Tamara Lush, e tutte le donne della Binderhaus. Vi adoro! Un riconoscimento speciale ad Anna Bradley, che mi ha spinta a trasformare la mia idea strampalata in un vero e proprio libro!

Per avermi assicurato il giusto apporto di caffeina durante la redazione e la revisione, devo ringraziare i migliori baristi del mondo: Joey, Walls, Brandon, Allie e Alexa, del Biggby di Okemos. Come voi, l'espresso non lo fa nessuno.

Infine, ringrazio mia figlia. Sei la ragione per cui faccio ogni cosa. Grazie per i tuoi abbracci stretti stretti, per i messaggi di incoraggiamento sulla mia lavagnetta, e per le giornate in cui abbiamo mangiato solo cereali perché si avvicinava la consegna. Non scordarti mai che sei tu l'eroina della tua storia. Scrivine una bellissima!

Lyssa Kay Adams ha letto il suo primo romanzo d'amore, trafugato dalla libreria della nonna, quando era in terza media e ne è stata catturata per sempre. Dopo una carriera giornalistica quasi ventennale, nel 2015 ha realizzato il sogno di scrivere e pubblicare la sua prima storia romantica, *Seventh Inning Heat*, seguito da *Wild in Rio*, finalista ai RITA Award. Attualmente vive nel Michigan e si dedica a tempo pieno alla scrittura.

Paola Molica è una traduttrice nata e cresciuta su un'isola e che usa la traduzione come una zattera. Sua madre le ha fatto studiare danza classica, pianoforte e canto lirico. Ora a lei piace lavorare in pigiama e ogni tanto si rasa un pezzo di testa.